越南童話的文化審美性及其教育價值

麥美雲・著

序

　　越南童話歷史悠久，內容豐富、多彩、充實、健康，是人民長期以來經驗智慧的結晶，是越南人民依以為榮的文學作品。每一則越南童話故事，都帶有一個永恆的主題，就是倡導真、善、美而諷刺假、惡、醜。這些愛恨情感深涵著教化意義；這些富有幻想色彩的故事對兒童身心的健康成長，有著積極的教化作用。我採用理論建構的方式探討「越南童話的文化審美性及其教育價值」，結合其他研究方法作為參考依據。並使用「文化的五個次系統」作為邏輯上主要的論述結構。從結構越南經典童話開始，來發掘越南童話的深層意涵及其源流，並從文化審美的角度來探討越南童話的文化審美性。

　　越南童話具有世界上各國童話故事的一些特徵：奇幻色彩、萬物有靈、擬人、誇張、變幻、奇特等。從中西方的文化論來加以擴充、容納越南童話，以彰顯出越南童話的特別處，知曉越南童話有別於其他國家童話的地方。透過文化異系統的比較，發現越南具有氣化觀型文化兼及緣起觀型文化的屬性，可以稱它為「泛氣化觀型文化」，其代表了越南傳統文化的根源。再者，如果將童話納入語文教育，則能達到很多效果，如：增進學生語文能力、擴展知識與累積生活經驗；培養良好的品格；啟發思考能力與想像力；認識越南傳統文化，並培養多元文化的觀念和美感的培養等。這裡所提的「創新文化」概念，也就是「再生文化」的意思，而這有著積極的

教育意義，所以建議將它納入教育政策擬定，以便達到童話教學的效果。由此對越南童話的教育價值提出更有力的證明。

我本身畢業於越南胡志明市師範大學中文系，在四年的學習光陰總覺得自己的才識有很大的不足。因此，在家人的鼓勵之下，我決定了要出國求學，萬幸的我有機會赴臺灣臺東大學就讀語文教育研究所，這是我人生中的一大轉折。有一句話「光陰似箭，日月如梭」，說得一點也沒錯，轉眼間我的研究生生活快結束了。將要離開最美的東海岸、師長和同學們，這令我感傷。可是我懂得「天下無不散的宴席，有聚就必然有散」這句話，只能在此祝福我在臺灣的師長、朋友們健康，快樂。

這一段研究論述與耙梳的過程中，最要感謝的是我的指導教授周慶華博士。從研究的對象開始，他就很慎重的考慮到我的學習背景而提出有利的研究題材。而從論文題目的產出，研究架構、目的的確定到論文的撰寫、完稿，一直給我指導與協助，使得我的研究能順利完成。在研究的過程中，怕我遇到瓶頸時寫不下去，老師總是非常的有耐心幫助我突破難關，並常跟我說：「遇到瓶頸時，不論什麼時候都可以找我討論。」這句話讓我覺得溫馨及感動。再次感謝周老師帶領我走過這一段摸索的路程，能跟他一起作研究，真是「幸運」和「福氣」！另外，還要感謝的是口考委員溫宏悅教授和蔡佩玲博士不吝賜教，提供許多寶貴意見，讓我的論文得以修正得更加完整。

最後要感謝我的父母及家人們，感謝他們對我無條件的信任和支持，讓我擁有最強大的情感後盾，順利的完成論文。另外，還要感謝「秀威資訊科技公司」的協助出版，感謝幕後工作夥伴的協助，圓了我的出版夢。

　　謹以此書獻給周慶華教授，我的偉大父母親及親愛的家人們、
朋友們！

　　　　　　　　　　　　　　　　　　　麥美雲謹誌

　　　　　　　　　　　　　　　　　　　2010.05

目　次

表目次

圖目次

第一章

緒論

第一節　研究動機

　　「Ở Hiền Gặp Lành」，意思是「善有善報」，是一條無形的紅線貫穿著童話故事的內容，是眾多童話故事中一個「永恆」的主題，相信善有善報為核心就是童話故事吸引兒童的理由。任何一位越南人童年時一定會聽過〈Tấm Cám〉（Nguyễn Cừ，2008：15-23）〈Tấm Cám〉是越南版灰姑娘的童話故事。受虐的年輕姑娘 Tấm（暫時譯為碎米姑娘）在井口哭泣的影子，已打動了無數的純真小朋友的心，世界上為何會有這麼可憐常被欺負的心地善良的姑娘？為何會有這麼心狠手辣的繼母？在天津理工大學教授舒偉的《中西童話研究》裡指出：

> 童話體現著成人一代對兒童的殷切和關愛……〈睡美人〉、〈白雪公主〉、〈灰姑娘〉、〈小紅帽〉、〈美女與怪獸〉等這些原型童話集中地體現了童話的特點，如幸福的結局、樂觀主義、成長因素、生存的困境，以及包含生理現象及心理現象在內的少年的生命節律等等，具有重要的研究價值。（王小浩，2008：414-416 引）

1

　　童話是一種較適合兒童閱讀的文學題材,它按照兒童的心理特點和需求,以豐富的幻想和誇張的手法塑造了完美的形象,用以曲折動人的故事情節和淺顯易懂的語言文字來反映現實生活,起了教育人的目的。童話故事陪伴著無數的兒童成長從幼兒到少年的過程。如此有趣的童話故事究竟隱含了什麼魔力而能吸引世界上的兒童?這就是我想深入探討的動機之一。其次,來自越南胡志明市的我,從小接受越南教育,對本國的深遠文化感到自豪。越南是多元種族的國家,已有四千年建國與護國的歷史。這四千年來已建立了獨有的文化特色,凡是越南人都感到自豪的是龐大有價值的民間文學作品,當中童話故事數量最多:

> *Trong một cuộc hội thảo về sức sống văn hóa,khi giới thiệu nền văn học dân gian Việt Nam và chỉ riêng mảng truyện cổ tích,các học giả Châu Phi đã phải kinh ngạc vì truyện cổ tích Việt Nam có quá nhiều,dân tộc ít người nào cũng sưu tầm công bố được vài ba tập,tổng cộng lại tới hàng trăm tập dày mỏng khác nhau. Hơn nữa,truyện cổ tích của ta,truyện nào cũng hay,cũng mang nội dung xã hội,lịch sử sâu sắc và được truyền tụng lâu dài từ đời này sang đời khác.* (Nguyễn Cừ,2008:5)

意思是:

> 在一場探討「文化活力」的研討會中,在介紹越南民間文學方面,非洲學者對越南童話大吃一驚,由於童話故事幾千年來留下的數量太驚人了,幾乎每個少數民族都有好幾則的代

表作。再者，我們的童話故事，每則都帶有深刻的社會、歷史因素，而且流傳至今千百年了。

　　如上所述，可說越南童話的存在與影響是非常深遠的。越南的著名童話故事，陪伴著兒童一起成長，是越南文學界留下的最龐大有價值的遺產。越南著名童話故事有諸多則與世界著名的格林童話、安徒生童話、義大利童話、美國童話、希臘童話、中國經典童話等等相近，不僅是內容上、人物、情節、圓滿結局、其教育價值都有相似的地方。童話內容生動活潑，激發兒童的興趣，使兒童聽來興致勃勃，讀來津津有味。再來童話情節豐富，充滿人情味，啟發兒童的同情心。圓滿結局，善惡分明，促進兒童心理上的滿足。童話無國界，也無種族，疆域之別。因其所描述者為人類共同具有的「真、善、美」，所以具有世界性。一篇好的童話，世界各國都有譯本，各地兒童都喜歡閱讀，所以能使兒童免於疆域、種族、國籍上種種成見。相反的有尊重異邦文化，與友善異族人民，逐漸達成「天下為公」的理想，只有童話裡才能實現出來。（吳鼎等，1966：5）張公甫在《童話研究》裡表示：

> 每一個小孩子的心理，都有一個「童話世界」，這個童話世界是童話作家一生描繪的對象。兒童讀童話，常會含著會心的微笑，發出驚奇讚美的歡息。因為童話的語言，原本是孩子們的心聲，心對心，自然容易感動孩子，甚至感化孩子。純粹從教育的理想著眼，沒有一種兒童文學作品，能比童話更接近孩子的心，能帶領兒童離「真、善、美」更近。（吳鼎等著，1966：1）

　　因其有深刻教育價值的童話故事，這些美好的古代作品，有永恆的生命，永遠值得向後世傳遞誦讀。加上未來準備從事教育的我，童話就是最好的教育題材，掌握童話的根本有助於教育效果，這就是我的研究動機之二。

　　回談起家喻戶曉的〈灰姑娘〉童話故事。「灰姑娘型」童話故事是世界流傳最為廣泛的一個民間童話故事類型。其童話故事傳遍世界各個角落，進而在世界上博得美的名稱。其流傳特別廣泛的原因是此故事包含著大眾所熟悉的題材：一是後母虐待非親生子女；二是生活狀況不好的女子與生活狀況好的男子結婚改變自己的命運。這類型的故事有幾個關鍵情節：「被後母虐待、神物相助、集聚會良緣、以鞋為婚物。」對身分地位的嚮往、對改變生活現況的渴望以及女性對獨立的恐懼是德國格林兄弟的〈灰姑娘〉童話文本，也是在格林童話中被傳播得最廣遠的一篇。越南灰姑娘型的〈Tấm Cám〉，也具有世界各國上述的灰姑娘型的內容情節，可是當 Tấm 成為皇后之後的故事則有所不同。故事前段諸多相似的地方，在此不便多述，留給下章再作處理。不同的地方在於世界各國的灰姑娘經過種種欺壓與考驗，最終與王子過著快樂、幸福的生活。而越南的〈Tấm Cám〉卻不是，她是與國王結婚而並非王子。結婚後屢次再受到繼母與小妹的陷害慘死了。死後變成了 chim vàng anh（黃鸝鳥）、cây xoan đào（橢圓樹）、khung cửi（紡織機）、cây thị（香果樹），而又變回人類而且變得越來越漂亮。經過種種落難及考驗最後與國王再度重逢，結局雖然曲折離奇，但卻是圓滿的結局。故事不斷發展，輪迴又輪迴，Tấm 死後所變成的動物與植物都具備能講話的動植物，這種泛靈信仰就是東方國家所特具的文化特色，這樣的情節有別於西方國家的故

事。〈Tấm Cám〉故事關鍵情節之一「神物相助」中的「神魚」是故事發展的關鍵之一，這「神魚」情節與中國的「葉限姑娘」是一樣的。如果沒有「神魚」整個故事將沒有了一個有力的支撐。為何〈Tấm Cám〉帶有與世界各國不同的地方？這是否意味著在不同的文化體系下會有不同的文化特徵？舒偉在《中西童話研究》裡指出：「中西童話猶如兩個有生命的機體，在不同的文化沃土中生長發育，它們即有不同的民族文化特徵，也必然具有共性和相同的本質特徵。」（王小浩，2008：414-416引）為了想更清楚了解「童話」如何形塑「文化」，而「文化」如何輔助「童話」。由於國內（指越南）對自己國家童話的研究少之又少，難以找到一則對越南童話的研究。在這情況下，我想從結構越南經典童話開始，發掘文學中越南童話的文化深層意涵與本質及其教育價值，由多元角度探討越南童話故事。期望藉此研究經驗，能帶給其他同在教學的夥伴們在教學上的參考依據，這是本研究所要解決的問題。

第二節　研究目的與研究方法

一、研究目的

　　童話對兒童來說很有發展價值，對父母與教師來說也有重大的教育意義。童話與兒童的精神世界是非常切合的，所以應該為

兒童多提供一些接觸童話的機會。童話和神話一樣，所講的都是人類生存永恆的主題：「善惡、窮富、強弱等……」所提出的問題都是人人終有一天必須面臨的人生問題：「恐懼、絕望、死亡、尋找伴侶、從童年到成年追求生活意義等……。」據上所述，可說童話具有豐富的意義及情感色彩。童話在兒童來說，是童年最親切的友伴及能寄託自己金色夢想的神奇世界。不僅能給人的生命帶來陽光、給心靈溫馨的記憶，還能使小孩們形成人生的信念，將自己純美的人性融入生活中。想深入了解如此有價值的民間文學，則是本研究的目的之一。

「越南民間文學歷史悠久，內容豐富多彩、充實健康、形式多種多樣。它是越南古代文學的主流，是越南文學寶庫中不可或缺的。文學是社會生活的反應，從越南民間文學中可以窺見古代社會越南人民的生活狀況及他們淳樸的思想理念。」（謝群芳，2004：105）童話也是民間文學的一類，越南童話有部分別於世界各國的童話；童話以兒童可以理解的方式解釋社會習俗，可見在不同的文化體系下所蘊含的文化背景也有所不同。關於「文化」一辭，其定義根據賴醉葉（Jean Ladriere）提出並透過沈清松所增補的定義：

> 文化是一個歷史性的生活團體──也就是其成員在時間中共同成長發展的團體──表現其創造力的歷程和結果的整體，其中包含了終極信仰、觀念系統、規範系統、表現系統和行動系統。（沈清松，1986：24）

為了讓文化的五個次系統產生更好的詮釋性的邏輯，周慶華將此五個次系統之間的關係及層次整編為下圖：

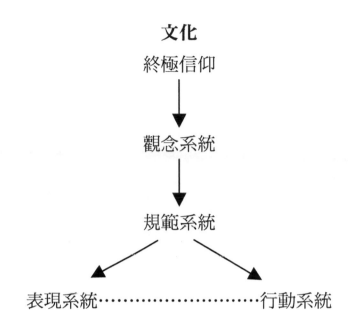

文化

終極信仰

觀念系統

規範系統

表現系統‧‧‧‧‧‧‧‧‧‧‧‧‧‧‧‧‧‧‧‧‧‧‧‧‧‧‧‧‧行動系統

圖 1-2-1　「文化的五個次系統」關係圖（資料來源：周慶華，2007：184）

　　以文化角度來探討越南童話，透視越南童話究竟有什麼文化審美性，以及文化審美性有什麼教育價值，是本研究的目的之二。研究目的之三，希望此研究能作為童話跨文化的參考，藉由跨文化系統的論述，擴展兒童對自己國家及世界各國的童話有更深的了解，以及將研究成果回饋給未來從事童話研究者作參照，推展本國童話的美。也希望能回饋給童話教學者，以提升教學趣味，為童話的發展提供多面向思考來因應多變社會的需要，讓本國童話發展更完善、圓滿。此外，還希望能回饋給教育政策的擬訂者，知道怎麼把童話融入教育中而擴大它的效應。

　　本研究採用理論建構的方式來進行,而理論建構的規律在周慶華《語文研究法》一書中指出:

> 理論建構,講究創新。大致上從概念的設定開始,經由命題的建立到命題的演繹及其相關條件的配置等程序而完成一套具體系且有創意的論說。(周慶華,2004a:329)

　　據此論點,將本研究所要建立的理論架構整理出來:就研究題目「越南童話的文化審美性及其教育價值」來看,內容涉及「童話、越南童話、文化性、審美性」,形成概念一。接著所涉及的問題有二:一是泛氣化觀型:終極信仰、世界觀、道德規範;二是審美類型:崇高、優美、悲壯,形成概念二。

　　概念設定後,接著要建立命題以作為所要立論的基礎:從世界各國童話來歸納童話的特徵,此為命題一。接著以越南文化特色來歸納越南童話的特徵並凸顯其童話特色,此為命題二。綜合命題一、命題二的論點和結合概念一、二,形成命題三與命題四。命題三為:越南童話具有泛氣化觀型文化性。命題四為:越南童話具有崇高、優美和悲壯等審美性。

　　由上述的命題一至命題四的建立成功,最後則希望本研究的價值可以在語文教育上發揮作用,此為演繹一;本研究的價值可以在創新文化審美教育上發揮作用,此為演繹二;本研究的價值可以在教育政策擬訂上發揮作用,此為演繹三。整合上述論點,將本研究「概念設定、命題建立、命題演繹」的發展進程圖示如下:

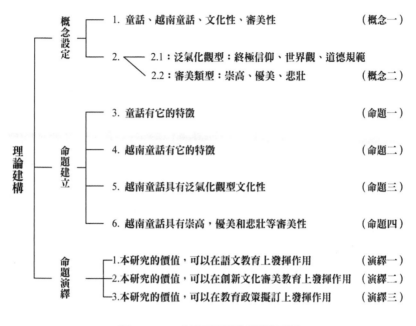

圖 1-2-2　本研究理論建構圖示

二、研究方法

　　根據上圖的架構，本論述除了第一章「緒論」說明了研究動機、研究目的、研究方法、研究範圍及其限制。第二章「文獻探討」就將本研究的理論建構中的概念作釐清，分別為「童話」、「越南童話」、「越南童話的文化審美性」等三個部分來描述目前文獻的研究成果，並且探討其不足待補的地方。在第二章中選用了現象主義方法來說明目前童話及越南童話的文化審美性。所謂「現象主義方法」，是指探討本身所能經驗的語文現象的方法（周慶華，2004a：

94），它不同於現象學方法。現象主義的現象觀是指「凡是一出現者，一切顯示於意識者，無論它的方式如何」。（趙雅博，1990：311；周慶華，2004a：95）我將意識到的問題與文獻中所闡述的作對照，釐出文獻中不足的地方以及我所能著力的地方。

在第三章我將探討「童話的特徵」並使用「發生學方法」。所謂「發生學方法」，是指透過分析語文現象或以語文形式存在的事物的發生及其發展過程，來認識該語文現象或以語文存在的事物的規律性的方法。（周慶華，2004a：51-52）它的基本觀念是：從作為被研究對象的語文現象或以語文形式存在的事物的起源的某種初始狀態出發，逐一探索整個過程的各個階段的特徵和規律性。（王海山，1998：9；周慶華，2004a：51）以此前提來探究第三章的第二節「童話的源起及其社會背景」以及第三節的「童話的心理需求」。在本研究第四章第一節「越南童話的興起與傳承」也需運用「發生學方法」來加以論述，從歷史源流中探討越南童話的起源與發展，以尋找出越南童話的特徵。

本研究第四章「越南童話的特徵」分為三小節並利用不同的研究方法來探討。第四章第一節前段已大略講過，在此不必再重述。第二節「越南童話與別國童話的差異」，為了凸顯越南童話的特徵，在此運用了「比較文學方法」。「比較文學方法」是指評估語文現象或以語文形式存在的事物所具有的影響／對比情形（價值）的方法。（周慶華，2004a：143-144）這種方法是從事跨系統的文學比較的人所開發出來的。簡單的說，是一種文學和另一種文學或多種文學的比較；同時也是文學和其他人類各種思想情感表達方式的比較。（樂黛雲，1987：40；周慶華，2004a：144）世界各國童話故事歷史悠久，各有特色，只有經由比較才能凸顯出不同的特徵，而

這也稱為影響研究。第三節「越南童話的象徵意涵」在此運用詮釋學方法。所謂「詮釋學方法」，是指解析語文現象或以語文形式存在的事物所蘊含的意義。不論是語言的表面意義，還是語言的深層意蘊，都可以構成詮釋的對象；而詮釋所要了解或獲得的對象，包含語文現象或以語文形式存在的事物所蘊含的主題、情感、意圖、世界觀、存在處境、個人潛意識和集體潛意識等幾個向度。（周慶華，2004a：101-110）而這在故事的詮釋方面，所有組成故事的成分及其相關的創作經驗等，都可以成為詮釋的對象；甚至故事所具有的認知、規範和審美等功能，也不妨一併涵蓋在內而給予妥適的解說。（周慶華，2002：273-274）在從事童話文本的詮釋中，並以文化審美性作為文本所蘊含的主題、情感、意圖、世界觀、存在處境、個人潛意識和集體潛意識等幾個向度進行詮釋。因此，將「詮釋學方法」運用在本研究，可以藉由童話文本表面意義的解析來釐清越南童話中的倫理道德、民族精神、文化性、審美性以達成童話文本深層意蘊的理解。

　　本研究第五章探討「越南童話的文化性」，「文化性」是本研究所要解決的問題之一。目前探討童話的研究，大多以西方童話為研究範疇，較少涉及東方童話的文化差異，更不用說到越南童話。本章將要採用「文化學方法」作探討依據。在研究目的中已提及了沈清松對「文化」的定義並介紹了周慶華歸納的「文化的五個次系統圖」（圖 1-2-1），在此不再重述。據沈清松為文化下的定義，周慶華更進一步提出：現存世界的三大文化系統為「創造觀型文化」、「氣化觀型文化」和「緣起觀型文化」；而依文化本身的創發表現，再細分為終極信仰、觀念系統、規範系統、表現系統和行動系統五個次系統並整理為以下圖示：

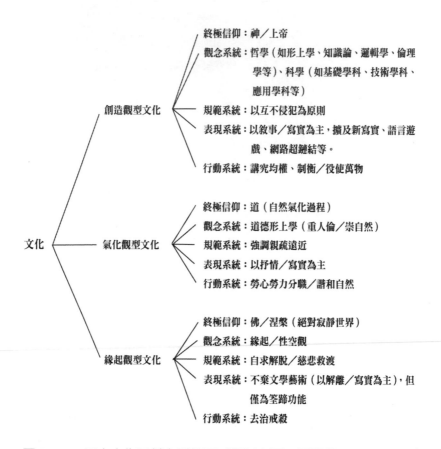

文化
├─ 創造觀型文化
│   ├─ 終極信仰：神／上帝
│   ├─ 觀念系統：哲學（如形上學、知識論、邏輯學、倫理學等）、科學（如基礎學科、技術學科、應用學科等）
│   ├─ 規範系統：以互不侵犯為原則
│   ├─ 表現系統：以敘事／寫實為主，擴及新寫實、語言遊戲、網路超鏈結等。
│   └─ 行動系統：講究均權、制衡／役使萬物
├─ 氣化觀型文化
│   ├─ 終極信仰：道（自然氣化過程）
│   ├─ 觀念系統：道德形上學（重人倫／崇自然）
│   ├─ 規範系統：強調親疏遠近
│   ├─ 表現系統：以抒情／寫實為主
│   └─ 行動系統：勞心勞力分職／諧和自然
└─ 緣起觀型文化
     ├─ 終極信仰：佛／涅槃（絕對寂靜世界）
     ├─ 觀念系統：緣起／性空觀
     ├─ 規範系統：自求解脫／慈悲救渡
     ├─ 表現系統：不棄文學藝術（以解離／寫實為主），但僅為荃蹄功能
     └─ 行動系統：去治戒殺

圖 1-2-3　三大文化及其次系統圖（資料來源：周慶華，2005：226）

　　本研究第六章探討「越南童話的審美性」，試圖運用「美學方法」及其所統轄的敘事美學方法加以論述。「美學方法，是評估語文現象或以語文形式存在的事物所具有的美感成分（價值）的方法……一篇文學作品即使同時具有認知、規範和審美等作用，也很可能會以審美作用為最凸出或最可觀。」（周慶華，2004a：132-136）以此研究方法來界定越南童話的審美類型，內包含了到後現代為止

所被規模出來的「優美」、「崇高」,「悲壯」、「滑稽」、「怪誕」、「諧擬」、「拼貼」、「多向」和「互動」等九大美感類型作為美學的對象。（周慶華,2007：252）運用此方法正能顧及所編選題材為文學作品的特殊性。

　　第七章探討「越南童話的教育價值」,我選擇使用「社會學方法」。所謂「社會學方法」是指語文現象或以語文形式存在的事物所內蘊的社會背景的方法,它的有效性不是由「觀察」、「調查」、「實驗」等手段來保證,而是靠解析的功力及其取證的依據。這種相關語文現象或以語文形式存在的事物所內蘊的社會背景的解析,大體上有兩個層面:一個是解析語文現象或以語文形式存在的事物是如何的被社會現實所促成;一個是解析語文現象或以語文形式存在的事物又是如何的反映了社會現實。（周慶華,2004a：87-89）以此研究方法來探討越南目前社會教育現況,以社會現實環境作為跨文化交流、創作文學與教育推廣的參照。以上各種研究方法都有其特性與限制,僅能作為策略的運用,並沒有絕對性;而為了方便達到研究目的以成就該策略,所以運用各種研究方法互相搭配論述,以期研究能更看到成效。

第三節　研究範圍及其限制

　　在上節的研究目的與研究方法中,我已說明了本研究所涉及的概念及其論述方法,而由於我個人所運用的研究方法不同,即使是針對同一個命題及概念來探討時,也會有各自鎖定不同的研

究範圍。本研究採行的方法不是實驗性質的實證探究，而是理論建構，主要是收集相關資料，作文獻的整理、耙梳與再建構而不涉及到實際考察的問題。本研究所指的「童話」故事是以「越南童話」為主要研究對象，並參照了其他東、西方國家的童話故事作參考及比較來彰顯「越南童話」中的「文化審美性及其教育價值」特色。參照世界各國的童話故事，藉由不同文化系統下的童話文本的共相與殊相，來作為跨文化交流的參境。越南童話中的審美特色有別於世界各國的童話故事，家喻戶曉的〈Tấm Cám〉（第一節已介紹過），故事中主角 Tấm 被害死後，接二連三再度被陷害竟然還能復活並與國王重逢。死後變成了 chim vàng anh（黃鸝鳥）、cây xoan đào（橢圓樹）、khung cửi（紡織機）、cây thị（香果樹）等……這些後段情節跟西方國家的「灰姑娘」是完全不一樣的。又如〈Sự Tích Lạc Long Quân Và Âu Cơ〉這則童話故事，此則故事解釋為何越南人自稱自己是「龍子仙孫」的源由。故事內容大概為：Lạc Long Quân 就是龍種，水族之長，Âu Cơ 是仙種，地上之人。兩人相愛後生了一胞，過了一陣子此胞開了一百個卵，百卵生百子。由於都是仙人，無法在平地一塊生活，於是夫妻倆做出了決定：

> *Lạc Long Quân nói：Ta là loài rồng, nàng là giống tiên, khó ở với nhau lâu được. Nay ta đem năm mươi con về miền biển, còn nàng đem năm mươi con về miền núi, chia nhau trị các nơi, kẻ lên núi, người xuống biển, nếu gặp sự gì nguy hiểm thì báo cho nhau biết, cứu giúp lẫn nhau, đừng có quên. (Nguyễn Cừ，2008：290）*

Lạc Long Quân 說：我是龍種，你是仙種，難以久居。今相
分別，我將五十個孩子帶回龍宮，你將五十孩子帶回平地，
分國而治，有事相聞，互相照應，一定要切記……）

今越南民族自稱是「龍子仙孫」，他們對龍的尊崇與中國人相
比可以說有過之而無不及。越南人喜歡以「đồng bào」（同胞）來
代表「我們民族」，認為我們原始祖先是從一個胞胎的一百個卵生
出來的。如此優美及獨特的童話故事相信是越南童話獨有的特色。
以上大略介紹兩則越南童話存有的獨特性。

本研究主要探討的是「越南童話的文化審美性」及其「教育價
值」。關於「文化審美性」，首先以上述的兩則童話故事為代表，我
試圖以第四章到第六章來論證這一點。從越南童話的興起與傳奇、
童話與別國的差異、童話的象徵義涵來探討越南童話的特徵。第五
章為越南童話是泛氣化觀型文化作定位並探討越南童話中的終極
信仰、世界觀及道德規範，藉此論證來彰顯越南童話的文化性。給
越南童話作定位後，第六章要探討的是童話的審美性，童話也是文
學作品之一，據以上兩則童話故事內容，都帶有奇特的情節。Tấm
死後又再度被陷害，可是每次都逢凶化吉，最後還得到完美結局。
〈Sự Tích Lạc Long Quân Và Âu Cơ〉的故事中，神奇又叫人難以置
信的情節，百個卵生百個孩子來解釋「同胞」的由來，真是越南童
話的美。根據周慶華的說法：

審美的機趣對人來說應該是永遠不會斷絕需求的，它所要滿
足人的情緒的安撫、抒解、甚至激勵等等，已經沒有別的更
好的途徑可以藉來達成（這才顯得它特別重要）。（周慶華，
2004a：134-135）

又如:「……凡是表現得完全的作品,而有資格的欣賞者就能從那作品所描述的喜、怒、哀、樂的意象中體味出一種純粹的感情,這純粹的感情裡面雖然含有喜怒哀樂,但不就是現實的喜、怒、哀、樂……似現實而非現實的,我古人稱它為『化境』,而今人稱它為美的經驗或美的感情或價值感情。」(同上,135 引王夢鷗說)

所以探討童話中的美也等於深入了解越南文化的美。不只以上兩則,以外還有很多,例如:〈Sự tích bánh chưng cặp〉,〈Truyện cổ tích Sọ Dừa〉,〈Truyện ông Thánh Gióng〉,〈Sự tích Thành Cổ Loa〉,〈Sự Tích Người làm chúa muôn loài〉,〈Sự tích người trong cung trăng〉,〈Truyện Thạch Sanh〉,〈My Châu-Trọng Thủy〉,〈Sự Tích Táo Quân〉,〈Sơn Tinh-Thủy Tinh〉,〈Nàng ngón út〉,〈Sự tích Trầu Cau〉,〈Sự tích Mai An Tiêm〉……不勝枚舉。以上都是越南人耳熟能詳的童話故事,並且是陪伴著大家一起長大的童話故事。上述的童話故事,將會在第六章中加以處理,將越南童話中的崇高、優美及悲壯特徵發掘出來,以達研究目的。

童話故事獨特離奇的結構,清新的語言,吸引著人民,特別是兒童。在每個孩子的心中,童話的世界是如此的安詳和樂,如此的神秘美好。童話以象徵和隱喻的方式把人類生活中某些寶貴的價值以及可能出現的欺騙、侵犯行為告訴兒童,並教給兒童對付類似邪惡行為的辦法。兒童在聽、讀的時候會在無意識層面上獲得這些教義並且深深的埋在兒童的心靈深處。我試圖用第七章來探討越南童話的教育價值,在語文教育、在創新文化審美教育、在教育政策擬訂上的價值,希望可從這幾個項目證

明越南童話故事具有重大的教育意義。以上所述，是本研究的主要範圍。

越南童話故事現在在越南已有不少出版社搶著出版，其故事內容大同小異，內容大致上保留著原版的內容情節。經篩選後我決定選用 NXB Văn Hóa Đông Á（Văn Hóa Đông Á 出版社）出版的《Truyện Cổ Tích Việt Nam》（《越南童話故事集》）。它是 2008 年出版的，較為完整，也較能呈現原貌，所以取為我的文本研究範圍。

由於童話發展時間悠久，不斷演變，作品數量豐富，而越南現正是經濟發展時代，人們的需求也隨著提高，為了促進經濟，童話故書被翻譯成各國語文來促銷。但這事涉複雜，所以本研究不便加以處理。凡是有關童話故事的改編及翻譯問題，而後有機會再專文探討。另外，本研究也要把童話故事較不關本課題如寫作技巧一類排除在外。不加以論述，多少會影響觀照的全面性，但也無可奈何，只好留作本研究的限制。

關於故事，周慶華的《故事學》中指出：

> 故事是要經由「敘述」而成就的，當中凡是關於故事的考慮、故事技巧的選用和故事風格的形塑等等，都要在「敘述」名下得著定位；而有關故事的創作、接受轉化和傳播等「周邊」的課題，也得（直接和間接）一併向「敘述」求去門道。（周慶華，2002：99）

至於在敘述技巧部分，敘述技巧是要將事件或故事加以有效的組織而後透過象徵的藝術手法來呈現；包括敘述主題、敘述客體、敘述文體、敘述者、敘述話語、敘述接受者、敘述觀點、敘述方式、

敘述結構等組合的理論架構……（周慶華，2002：209）以下是故事敘述的架構：

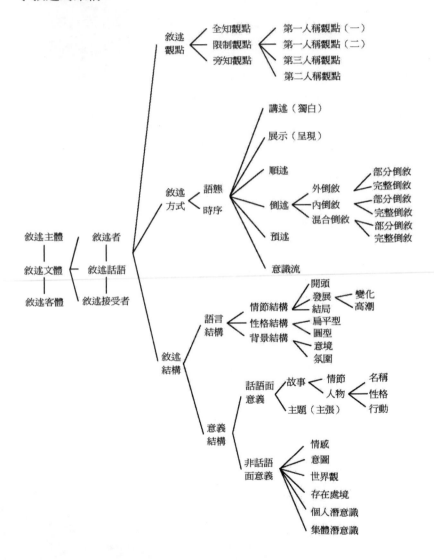

圖 1-3-1　故事敘述的架構（資料來源：周慶華，2002：210）

　　據以上結構圖來看，本研究所要涉及的主要是童話故事中「非話語面意義」裡的情感、意圖、世界觀、存在處境、個人潛意識、集體潛意識這部分。其他部分在本研究不加以論述，可以俟諸異日再別為補上。

　　本研究無法全面含括所有作品，只能在有限的時間及能力下收集相關文獻並達到最大研究效果。在選取童話的例子以及童話的詮釋時，選擇的標準難免帶有個人主觀的價值判斷，無法絕對的客觀。加上個人對西方的歷史、文化見識有限，在論述時可能有所漏缺，以致研究不免有所侷限及難題存在。

第二章

文獻探討

第一節　童話

一、童話的名稱與定義

> 童話，是一隻快樂鳥。
> 它，永遠在孩子們中間飛，飛到誰的身邊，誰就得到快樂。
> 童話，在每一個孩子的身邊。願每一個孩子都快樂。（洪汛濤，1989b：5）

　　童話是兒童文學的一種，除了可以使兒童獲得快樂外，還可以使兒童充實生活經驗、增進知識。透過豐富的想像、幻想和誇張來塑造形象，反映生活，對兒童進行思想教育。

　　張公甫表示：「每一個孩子的心裡，都有一個童話世界，這個童話世界是童話作家一生描述的對象。兒童讀童話，常會含著會心的微笑，發出驚奇讚美的歡息。因為童話的語言，原本就是孩子的心聲。心對心，自然容易感動孩子，甚至感化孩子了。純粹從教育的理想著眼，沒有一種兒童文學作品，能比童話更接近孩子的心，能帶領兒童離『真、善、美』更近。」（吳鼎等，1966：5）童話故

事迷人之處是因為它讓我們乘著想像飛越現實，尋找心中的渴望，將心中的嚮往寄託在童話故事中，尤其現實生活中存在許多不圓滿的事實，把渴望放在童話會得到紓解。

洪汛濤認為在英語裡，是沒有「童話」這個詞的。他們有個「Fairy tale」，我們把凡叫「Fairy tale」的故事，統統稱作「童話」，當作童話翻譯過來。這個「Fairy tale」，如果拆開直譯的話，「Fairy」是神仙，「tale」是故事，整個意義是神仙故事。Fairy，據說起源於拉丁語的 Fatun，意為以妖術迷惑使人神魂恍惚。Fairy 我國早期曾譯為菲麗。（洪汛濤，1989a：31）這種 Fairy Tale，多為早期作品。以後英語中又出現 Fantasy 這個詞，這個詞譯為幻想，這樣又有 Fantasy Tale，就是「幻想故事」這個名稱了。現在我們常常把這類幻想故事，譯為「童話」。在英語中還有個 Fable，就是日本的「物語」，現在我們均譯作「寓言」，但此詞也有譯作「童話」或「神話」的。（同上，31-32）

張劍鳴指出：「童話（Fairy Tale）是什麼？如果我們只從『童話』這兩個中文字上去找答案，很容易產生凡是兒童故事都是童話的印象；如果我們只從英文的 Fairy Tale 兩個字上去查考，又容易得到『仙子故事（Fairy story）』即是童話的解釋。」（吳鼎等，1966：26）德文的「marchen」，指的是民間傳說。「現代童話」，英語國家稱為「modern fantasy」，翻譯為富有想像趣味的現代兒童故事。對「童話」的稱名及定義卻有不少爭端，童話一名，就有的說是中國傳統就有的，有的說是清末從日本引進的（吳鼎等，1966；林守為，1970；洪汛濤，1989；陳正治，2000），彼此都可以「自我作古」或「引證歷歷」。（周慶華，2004b：133-134）

對「童話」名稱，周慶華認為：

在英語系統中原來都只是命名為 Fairy Tale（神話或傳說故事）或 Fantasy Tale（幻想故事）及 Fable（寓言）等，現在統統譯成童話，也就看不出它的外來過程中所存在的意涵差異性。換句話說，在中國或日本所稱的童話，僅是跟兒童有關的故事（不論是真是假或半真半假）；而在西方所被轉譯的童話，卻盡是幻想的故事（不一定跟兒童有關），彼此並不在同一個層次上。（周慶華，2004b：134）

關於童話的定義，應該符合一種「普遍」的說法，而不是「極端狹義」的說法。以下是維基百科網給「童話」下的定義，這是屬於普遍含括的說法：

A fairy tale is a fictional story that may feature folkloric characters such as fairies, goblins, elves, trolls, giants, gnomes, and talking animals, and usually enchantments, often involving a far-fetched sequence of events.（維基百科，2009a）

（童話是一種小說題材的文學作品，通常是寫給小孩子的，文字通俗，像兒童說話一樣。一般童話裡有很多超自然人物，像會說話的動物、精靈、仙子、巨人、巫婆等）

陳正治的《童話寫作研究》一書中蒐集了相當多台灣著名學者目前對童話定義的看法，雖然不完全相同，可是跟兒童的故事或兒童文學的總稱有很大的差別，定義中含括很多因素。以下舉幾家看法：

蘇尚耀先生說：「童話是講給兒童聽，或寫給兒童看，而為兒童所喜歡閱讀的憑空結構的故事。」（陳正治，1990：4 引）

朱傳譽先生說：「童話是專為兒童編寫，適合兒童閱讀，並受兒童歡迎的虛構故事。」（同上，4引）

林文寶先生說：「所謂童話，用現代觀點來看，即是指專為兒童設計的一種超越時空的想像性的故事。」（同上，4引）

蔣風先生說：「童話是在現實的基礎上，用符合兒童的想像力的奇特情節，編織成的一種富於幻想色彩的故事。」（同上，4引）

林良先生說：「童話是寫給兒童欣賞的，具有想像趣味的故事」（同上，4引）

林守為先生說：「童話是依據兒童的生活和心理，憑著作者的想像和技巧，通過多變的情節、美麗的描寫以及奇妙的造境來寫的富有興味與意義的遊戲故事。」（同上，4引）

嚴友梅女士說：「用一個以藝術雕琢的故事，通過詩的情感，表現精深的哲理，其中包含著趣味的情節，美麗的描寫及教育兒童的意義。」（同上，4引）

林鍾隆先生說：「適合兒童心理的，以幻想構成的，富有文學趣味，含有教育作用的優美故事。」（同上，4引）

洪汛濤先生則說：「一種以幻想、誇張、擬人為表現特徵的兒童文學樣式。」（同上，4引）

張美妮女士說：「童話是一種帶有濃厚幻想色彩的虛構故事。」（同上，4引）

　　綜合以上十家的童話定義來看，構成童話的主要因素：兒童、幻想、趣味及故事四大要素。在欣賞對象上是兒童，在文體上屬於故事，幻想及趣味則是屬於童話的特質；以幻想構成富有文學的趣味。陳正治認為「童話的主要形成條件是以上四大項」。（陳正治，1990：6-7）至於「意義」方面為何不列入？意義是構成優良童話的條件之一。有趣的童話，加上有意義的條件，這是理想的童話。「童話」是個普通詞，「優良童話」和「理想童話」是特稱詞。因此，在普通詞的「童話」裡，「意義」這個要素就可以不必列入了。這樣的界定，也許可以使「童話」的定義和範圍更為明確。

二、童話特質與意涵

　　童話名稱的中西轉譯與童話定義，眾說紛紜，爭議不少。而有關童話的起源，也是「揣測紛紛」。（周慶華，2004b：135）陳正治《童話寫作研究》對童話的起源有以下兩種說法：其中一種「是童話由神話、傳說演變而來的」。如查理士‧樸樂滋（Charles Ploix）說：「自然神話就是說明自然物質現象的神話。自然神話的含意逐漸模糊後，故事中的場所由天界轉到人間界。把這些人間界中的人們行為當作故事的題材，就是童話。」麥斯‧莫洛爾（Max Muller）認為：「古典神話中的眾神，在變成古典的半神和英雄的時候，神話就變成傳說；傳說中的半神和英雄，到了更後代，變成了平凡的一般人或者無名的勇者的時候，傳說就變成了童話。」（陳正治，1990：16-17引）

　　以上是西方學者的論述。至於東方學者也有同樣的判斷。有的研究者，從童話的發展歷史來判定童話是由神話、傳說演變而來。中國學者蔣風說：

提到童話的起源，不能不提到跟它淵源關係的神話。神話早
於童話的出現……神話、傳說與童話都是帶有幻想的故事，
在這一點上很有相似之處。流傳在民間口頭上的某些神魔童
話，有些本來就同神話有關……傳說與童話確實也有其密切
的關係，因為童話就是由神話、傳說慢慢演變、發展過來的。
（陳正治，1990：17 引）

另外一位中國學者祝士媛說：

童話最早是口頭創作，屬民間文學。它和神話、傳說有密不
可分的關係。它們的共同特點是有濃烈的幻想色彩。神話產
生最早，它講的是神的活動。主人公都是神、魔、仙、妖之
類……傳說是在神話傳演的基礎上產生的。內容多為一定歷
史人物、歷史事件、地方古蹟、自然風景、社會習俗有關的
故事……由此可以看出神話、傳說是童話的淵源。很多民間
童話是由神話、傳說演變而來的。（同上，17 引）

　　另外一種童話的起源則是「童話跟神話、傳說同時產生，甚至
比他們更早」。主張童話跟神話、傳說同時產生甚至比它們更早的
學者，提出的看法也如此肯定。（陳正治，1990：18）蘇尚耀提出
「研究童話的學者，探求童話的淵源所自。上古時代，文明未啟，
先民的知識有限，他們對於生活周遭所接觸的自然物如日月山川，
自然現象如四季循環、陰雨雷電，常常懷著敬畏和驚異；更常將變
化不測的自然現象，比擬作不可捉摸也難以接近的精靈。於是用了
自己種種的經驗去揣摩、去想像，創造種種幻想怪誕的故事，這就
成了自然童話。童話的生命，就是這樣漸漸的啟發培養起來。後來

由於人類生活的發展和社會的進化，又產生了一種英雄童話。這自然童話和英雄童話，可以說是依附於神話而存在的。最初人們講述故事，大都看作一種娛樂和知識的來源。老年人之所以對於兒童及少年講述故事，並不由於他們喜歡於此，也並非完全由於聽的人有趣味，乃是由於他們覺得部落中各分子應當知道這些故事而把它看作是教育的一部分。唯初民既無童話、神話、傳說等的分別，我們也無法嚴格區分究竟這些古老的故事，那些是自然童話，那些是神話；或那些是英雄童話，那些是傳說。」（吳鼎等，1966：121-122）

中國童話作家洪汛濤在《童話學》書中說：

> 迄今為止，在一些文學研究文字中，提到童話的起源，總是說童話是由神話，傳說演變而來的，先有神話，再演變成傳說，然後演變為童話……這是一樁很不公平的事。今天，我們絕不能再用這樣的不公平的態度來對待童話了，是和神話或傳說同時產生在世界上。」（洪汛濤，1989a：225-228）

洪汛濤的「包容說」比「演變說」要進一步。包容說，至少承認童話早期就有了……殊不知童話是太古時代很早就有了，是和神話或者和傳說同時產生於世界上。那時候，沒有神話、傳說、童話這些名稱，有不少作品（當然是口頭的），可以說是神話，或者可以說是傳說，或者可以說是童話。現在有了名稱，有了概念，有了範圍，有了界限，還有很多邊緣作品，更是難以分清的。所以如果包容說改成：神話其中有一部分作品是童話，傳說其中有一部分作品是童話；同時童話中有一部分作品是神話，童話中有一部分作品是傳說。（同上：228-229）如果說包容，是互相包容的話，這樣的包容說，是可以同意的。它們的關係，如下列圖示：

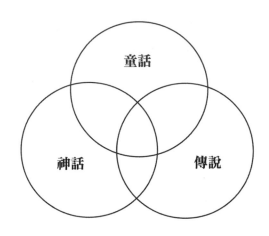

圖 2-1-1　童話、神話、傳說圖（整理自洪汛濤，1989a：228）

　　以上論證，有的學者認為童話根源於神話、傳說；有的說童話跟神話、傳說同時產生；有的說童話比神話、傳說還要久遠，幾乎已經到了「各有堅持」的地步。當中又以童話根源於神話、傳說一說較受肯定（畢竟還是跟神性有關的東西會被認為優先存在）。這樣一來，童話這種文體類型就得「重新估定」才能夠順利的論說下去。（周慶華，2004b：136）

　　神話故事主要敘述的是關於神的故事，傳說所敘述的是英雄的故事，童話是供給兒童欣賞的故事。童話、神話及傳說都帶有奇幻色彩特徵。「童話」這個詞標明了這種文體的獨特閱讀對象（其他文體都不專以兒童為對象），也標明了這種文體的內容特點，及必須適合兒童心理。童話愛好幻想，其中的人、事、物、境都具有幻想性；童話中萬物有靈，萬物都具有人的特點（能說話、有感情）；童話中好人總會取得勝利，美好的願望總會實現；童話中的愛憎都是單純的，純潔的；童話愛好誇張、變形、形變而神似等等。這都

符合小讀者的心理，而且童話喜歡以少男少女作為故事的主角，更使小讀者感到親切。（陳蒲清，2008：9）由此可見童話是多麼富有童話性，這種童話性與兒童有關，是兒童所能理解的，它必須符合兒童的心理需求。童話裡充滿幻想，它使故事情節朝著超越現實的方向發展，它不受現實邏輯的限制，往往能夠隨心所欲，無所禁忌，故事中的人物和情節異於現實中的人、事、物，使世界變得奇異而理想，充滿神奇、變幻的藝術想像。富有幻想色彩的童話對兒童身心的健康成長，有著積極的教育意義。另外，童話應該充滿趣味性，讓兒童讀得津津有味。童話作品中，諸多體材的奇特、新穎、親切；內容的幽默、滑稽；人物的誇張、變形、擬人；情節的神奇多變；敘述時，「物我混亂」、「時空觀念解體」以及重視懸疑、延宕、活潑；語言的淺顯、準確、意象、有味，都是為了使故事生動引人，符合兒童閱讀興趣的。（陳正治，1990：12）

　　童話中的奇幻色彩，透過擬人（手法）來表達，也是吸引兒童的重要關鍵。將童話限定為兒童文學領域所獨有且來自西方的一種文體類型。而這種文體類型就以擬人且帶有奇幻色彩的敘事特徵作為它可供辨認的標記；當中擬人（手法）一項是它唯一可以明確區別於其他文體的地方。（周慶華，2004b：136）至於這種文體類型究竟「源何而起」，那就可以別作思維。也就是說，從它的擬人且帶奇幻色彩的特徵來看，自然可能有它的原生民族浪漫性格在背後「支撐」。周慶華認為上述的浪漫性格是與德國文化發展史有關。（同上，137）

　　周慶華認為童話應該就是指兒童所能理解的擬人且帶奇幻色彩的故事……這種兒童所能理解的擬人且帶奇幻色彩的故事，在進一步的辨認中不論能否得著十足或有力的保證（也就是是否夠道地），它也都要保留一個可以差異創新的空間，才能顯示童話作為一種文類的

形塑力；而這種形塑力也就是童話從「一般性的」過渡到「創造性的」一大障礙。這樣的說法也有其道理，恰好能呼應童話深帶「童話性」的說法。周慶華與眾多童話研究學者認為童話起源於西方，所以只能從西方去追溯根源。這與創造觀型文化有關，在西方因為以神或上帝（造物主）為主宰，所以才有戀神情節和幽暗意識的存在（戀神而不得，必致怨神，所以有人神衝突；而人有負罪墮落，不聽神遣，所以會遭神懲罰播弄）；而在中國，沒有唯一主宰的觀念（在氣化觀底下，只有泛神信仰），所以才會有那些「人化」的神話被用來共補天地人間的「缺憾」。（周慶華，1997：124-125）至於童話，大家都能為它內涵的奇幻性或虛幻性所著迷，但在詮解上卻只能以「為符應兒童的知識未開或為滿足兒童好奇的本性」一類理由來塘塞（韋葦，1995；洪汛濤，1989；林文寶等，1988；陳正治，2000；洪文瓊主編，1989；周惠玲主編，2000；張嘉驊，1996；廖卓成，2002），而根本構不到這種奇幻或虛幻色彩的內在根源。（周慶華，2004b：138）

從另外一個角度看待西方童話，這與西方社會背景因素有關。由於要不斷創新來媲美造物主。西方式的童話是西方人「模仿」造物主創造的風采而出現的一種文體（以超現實的創作來展現人「操縱」語言構設事件的「不可一世」的能耐），彼此在表面上相對而實際上卻是相通的（也就是只要敬仰了造物主，難免就會接著想辦法「媲美」造物主；而神話和童話的創作正是能夠滿足這類的需求。反觀中國傳統的神話形態不一樣，也缺乏西方式的童話，就是根源於中國傳統並沒有西方人的宗教信仰；彼此原有不可共量的因素在，很難相互遷就。（周慶華，2002：297-300）藉由不斷要「創新」的意識，創新過程就能產生美感，從人的創新當中來玩味有美的感受，這樣一來創新中還能滿足人的心理需求。

三、童話的源流

陳正治認為：「如果把童話的發展區別為兩個階段，那麼根據原始童話資料整理、改寫出來的童話，我們叫它作『古代童話』。後人根據『古代童話』的特徵而創作的新童話，我們叫它作『現代童話』」。（陳正治，1990：20）

李惠絨（2007）碩士論文《「白雪公主」、「灰姑娘」、「人魚公主」之顛覆研究——以 90 年代台灣女童話作家改寫作品為例》中轉引了林文寶的說法：

> 現代兒童文學的「童話」，起源於德國格林兄弟為兒童而寫的生動有趣的民間故事。為孩子而寫的民間故事，是「童話」的原始含義。這個含義，為安徒生所突破，安徒生也為孩子寫丹麥的民間故事，但後來卻寫出了自己的「創作」……安徒生的「新故事」出現後，「童話」有了新的發展，為了方便，我們稱安徒生以前，為兒童寫的民間故事為「古典童話」亦即「fairy tales」；安徒生以後，為兒童寫的創作故事稱為「現代童話」，亦即「modern fantasy」。

朱傳譽提到：

> ……稍注意兒童文學發展的人，會發現，三十年前的所謂「童話」，今天被歸入了民間故事。現代的所謂幻想、空想故事，才被認為是真正的童話。因此，有人把童話分成古典童話、口頭童話和藝術童話三種；也有人把童話分成兩大類：一為

Traditional Fairy Tales，一為 Modern Fanciful Tales（前者可譯為古典童話，後者可譯為現代童話）。（吳鼎等，1979：27）

「古典童話」主要是根據流傳在民間口頭上的童話而蒐集、整理、改寫出來的。在西方國家，整理，改寫古典童話，有成就的人是由 17 世紀法國的貝洛爾（Charles Perrault，1628-1703 A.D.）首開其端，他將平日熟悉的民間故事改寫成適合兒童閱讀的故事，於西元 1697 年初版了《鵝媽媽的故事》（Les Contes de Ma Mere Poye）。因為這些故事都是專供兒童閱讀的，所以被稱為「童話」，貝洛爾也因此被後人尊奉為「世界童話之祖」。（蔡尚志，1989：194）其次是德國的格林兄弟，哥哥雅格·格林（Jacob Grimm，1785-1863 A.D.）和弟弟威廉·格林（William Grimm，1786-1859 A.D.），他們基於學術研究的誠心及保存祖國固有文化遺產的愛國心，秉承貝洛爾忠實的敘述的態度，編寫了一百一十篇童話於 1812 年出版了第一卷。不改變故事的內容，只是試著修改形式，進而讓故事能以生動、活潑的樣貌重現在讀者眼前。

林文寶指出：「現代兒童文學的童話，起源於德國格林兄弟為兒童所寫的生動有趣的民間故事。為兒童所寫的民間故事，是『童話』的原始含義。這個含義，為安徒生所突破，安徒生也為孩子寫丹麥的民間故事，但是後來卻寫出了自己的『創作』。」（林文寶等，1998：13）從古代童話演進到現代童話，其代表人物之一是丹麥的安徒生（Hans Christian Andersen，1805-1875）。安徒生突破了前人「述而不作」的心態，發揮豐富的想像力及卓越寫作技巧，他為童話的發展寫下了更光輝璀璨的新頁，是世界童話史上的盛事。他也是童話史上的偉人，是現代童話的代表作家。以上大略介紹大家對童話的見解，而關於世界上童話的起源及特色就留到第三章再作詳細說明。

　　東方童話歷來不受研究者重視，甚至一大部分人認為童話完全來自於西方，東方沒有自己的童話，這想法實在是有問題的。全世界人們的回憶中都被西方古典童話所籠罩了。崔蕾在〈童話的童方與東方的童話〉中以印度、阿拉伯、日本、中國的童話來說明東方悠久的文明史處處煥發出童話般神奇的光彩。東方童話的存在自然是一個業已的形成，無可辯駁的事實。（崔蕾，2005）以上眾多童話研究者所提出的研究多半傾向於西方，東方童話研究者多半感興趣於中國、印度……等國家，而往往忽略了越南童話。越南童話也是東方童話重要的一環，眾多童話研究學者撇開談論越南童話，有可能是對越南這方面缺乏認識。越南童話美如詩畫，猶如一幅美麗誘人的風景畫，讓人讀來充滿美的感受。越南童話屬於古代童話，而非創作童話，是民間口傳故事的一類，是人民大眾共同創作並廣為傳播的，具有虛幻的內容和散文形式的口頭文學作品。越南童話，被稱為「Truyện Cổ Tích」。只要提到 Truyện Cổ Tích Việt Nam（越南童話故事），不少越南人民，特別是小孩子都能琅琅上口幾則童話故事。如：〈Tấm Cám〉（越南灰姑娘）、〈Sự Tích Mai An Tiêm〉（西瓜的故事）、〈Sự Tích Bánh Chưng-Bánh Dày〉（粽子的來源）、〈Sơn Tinh và Thủy Tinh〉（山神與水神）、〈Thánh Gióng〉（扶董天王）、〈Lạc Long Quân và Âu Cơ〉（龍子仙孫的源由）、〈Sự Tích Trầu Cau〉（檳榔的故事）等，全都是充滿優美及感人的故事。Bách Khoa Toàn Thư Mở WIKIPEDIA 給越南童話下的定義是：

> *Truyện cổ tích Việt Nam là những truyện truyền miệng dân gian kể lại những câu chuyện tưởng tượng xoay quanh một số nhân vật quen thuộc như nhân vật tài giỏi, nhân vật dũng sĩ, người*

mồ côi, người em út, người con riêng, người nghèo khổ, người có hình dạng xấu xí, người thông minh, người ngốc nghếch và cả những câu chuyện kể về các con vật nói năng và hoạt động như con người.（維基百科，2009b）

（越南童話是口傳文學的一類，講述的是關於一些典型、與眾不同的人物。包括：英雄、孤兒、聰明人、愚蠢人、窮人、私生子女、家中常被忽略的老么、長相奇特的人……另外還有關於一些像人類會說話及活動的動物）

越南 Truyện Cổ Tích 也具有世界各國童話故事的特點：奇幻色彩、萬物有靈，萬物都具有人的特點、擬人（手法）、誇張、變幻、奇特等特徵。是越南人民長期以來經驗智慧的結晶，是越南民族的寶貴財富。綜合世界中西方的童話論，我試圖將以上論述來加以擴充、容納越南童話故事，來彰顯出越南童話的獨特之處，而過去被童話研究者忽略的議題。

第二節　越南童話

一、神話與童話

亞洲童話自然也分古代童話和現代童話、民間童話和作家童話。但世界上的童話學者們對亞洲童話的了解和研究得最多的還是亞洲民眾創造的童話。這些反映人民智慧和善良願望的童話，過去

和現在都讓世界兒童一開卷就沉迷於神奇、豐富、美麗、驚險的世界，一展讀就看到人類對於幸福、正義的勇敢追求，和人類最大限度地實現自己卓越才能的理想。（韋葦，1991：22）研究亞洲童話的學者多半都只談論到中國、印度、日本等國家，而越南童話卻少提及，顯然是一大缺失，這點上節已論述過。越南是多元種族的國家，已有四千年建國與護國的歷史。這四千年來已建立了獨有的文化特色，凡是越南人都感到自豪的是龐大有價值的民間文化作品，當中童話故事數量最多。（Nguyễn Cừ，2008：5）

　　越南童話也屬民間文學的一類，越南民間文學歷史悠久，內容豐富多彩、充實、健康，形式多種多樣。它是越南早期古代文學的基礎的主流，是越南文學寶庫中不可或缺的。（謝群芳，2004）越南童話充滿民族特性，它是由各個民族所處的自然環境不同造成的，越南總有五十四個民族，各個民族帶有自己族群的文化特色，這與自然環境相連繫是民族的性格、習俗，童話能反映出各民族的生活世界。由於現處台灣求學，對越南童話研究抱有興趣。可惜力不從心，蒐集關於越南童話研究資料有限，網路資料對越南童話研究講述分散，不成系統。資料有所不足，並期待往後蒐集作後補。我現在從所蒐集到的資料作分析並統整。

　　越南童話與越南傳說二者有共同特徵，難以區分。諸多出版社所出版的童話-神話故事都有重複。謝群芳給越南民間文學的界定是由：民間故事、民間歌謠、俗語以及最初的民間舞台形式嘲劇構成。（謝群芳，2004）民間故事主要是講述與越南歷史人物和歷史事件相關的事情，它有四種題材：神話傳說、古代故事、寓言和笑話。（同上）上述沒有提到童話，也有可能已把童話納入了神話傳說中或古代故事中。這也可以理解，因為三者都有共同的特點，都

是人民大眾創作並傳播的，是越南長期以來經驗智慧的結晶，是民族的寶貴財富。

越南神話的名稱是「Thần Thoại」，而 Vũ Ngọc Khánh 編輯的《Kho Tàng Thần Thoại Việt Nam》給神話下的定義是：

Thần thoại là hình thức sáng tác của con người thời đại xa xưa, nó thể hiện ý thức muốn tìm hiểu, lý giải và chinh phục vũ trụ của con người。Luôn tiếp xúc với thiên nhiên kỳ vĩ, bí ẩn, con người đã hình dung, lý giải thiên nhiên bằng trí tưởng tượng của mình, tạo ra cho các hiện tượng xung quanh mình những hình ảnh sáng tạo, những câu chuyện phong phú, hình dung ra các vị thần lớn lao, những lực lượng siêu nhiên, hữu linh. Bằng cách đó con người đã làm ra thần thoại.（Vũ Ngọc Khánh，2006：5）

（神話是古代人民的創作形式，體現了人民要探求、理解和征服宇宙的渴望。對大自然的自然風物、神秘世界，人民憑著自己的想像試圖要解釋宇宙萬物，給周遭事物創發出離奇、有趣的故事來解釋它。幻想出有靈的，具有超現實能力的神像。由此人民創造出神話）

Theo cách phân chia truyền thống có thể phân thần thoại Việt Nam thành các nhóm chính như sau:

1. Nhóm thần thoại kể về nguồn gốc vũ trụ và các hiện tượng tự nhiên.

2. Nhóm thần thoại kể về nguồn gốc các loài vật.

3. Nhóm thần thoại kể về nguồn gốc loài người.

4. *Nhóm thần thoại kể về các anh hùng văn hóa, chinh phục tự nhiên.*（Vũ Ngọc Khánh，2006：6）

（依據傳統的分法，可以把神話歸納成：

一、用來解釋宇宙根源和自然現象的神話。

二、用來說明及解釋動物的來歷的神話。

三、解釋人的來歷的神話。

四、解釋能征服自然的英雄人物）

　　神話根據一定的歷史事實反映生活是透過虛構、誇張、幻想等藝術手段來加工的。講述的都是一些歷史人物、歷史事件、地方古蹟、動物、自然風物，社會習俗有關的民間故事。它源於古代人原始素樸的思維和豐富的想像所得來的。至於童話「Truyện Cổ Tích」，越南童話也是用像神話的虛幻、誇張、幻想手法來講述關於人、動物、英雄⋯⋯這都是原始人用以直觀的方式而不是用理性科學的方式來認識和把握世界。也可以說原始思維中蘊含著豐富的藝術內質。隨著歷史的不斷推進發展，人類不斷地對生活與社會體驗、探討、演變，逐漸將這些內質轉變為基本藝術思維的特徵。童話也無意識中記錄了人類的命運與心理，重複了祖先的歷史中不斷經歷的悲歡喜樂；另一方面它又記載了個體的經驗和智慧。由於敘述時間、主體、方式、事物、特徵都一樣，所以對越南人民來說，他們都認為童話就是神話、神話中有童話的說法。童話與神話中的故事是一樣的，只是不同的民族，敘述方式有所不同。它們的共通點是，都屬民間文學的一種。越南人民耳熟能詳的民間故事包括：〈Tấm Cám〉（越南灰姑娘）、〈Sự Tích Mai An Tiêm〉（西瓜的故事）、〈Sự Tích Bánh Chưng-Bánh Dày〉（粽子的來源）、〈Sơn Tinh và

Thủy Tinh〉（山神與水神）、〈Phù Đổng Thiên Vương〉（扶董天王的故事）、〈Lạc Long Quân và Âu Cơ〉（龍子仙孫的源由）、〈Sự Tích Trầu Cau〉（檳榔的故事）、〈Hồ Hoàn Kiếm〉（還劍的故事）……這些經典故事在 Nguyễn Cừ 的《Truyện Cổ Tích Việt Nam》（《越南童話故事集》）與 Vũ Ngọc Khánh 的《Kho Tàng Thần Thoại Việt Nam》（《越南神話庫》）中都能找到。一本是蒐集神話故事的專書，一本是蒐集童話故事的專書，但是為什麼會出現同樣的故事？這幾名神話、童話的研究者並沒有刻意把它們細分開來，或者是因為共同點太多了不需要區分。根據前幾節的論述，我認為童話與神話最大的區別是：神話的對象是群眾人民，而童話的對象則是以兒童為主。童話是一種非常自覺的文體，承載著成人們對兒童的關懷和愛心，它在滿足兒童們愛好幻想的興趣，藉著兒童的好奇心與求知慾，來向他們傳授個人和種族的經驗與智慧，使他們能更快更好的面對自己的內心與外在的世界，慢慢融入社會。

二、越南童話

第一章第一節已提過：

> *Trong một cuộc hội thảo về sức sống văn hóa, khi giới thiệu nền văn học dân gian Việt Nam và chỉ riêng mảng truyện cổ tích, các học giả Châu Phi đã phải kinh ngạc vì truyện cổ tích việt nam có quá nhiều, dân tộc ít người nào cũng sưu tầm công bố được vài ba tập, tổng cộng lại tới hàng trăm tập dày mỏng khác nhau. Hơn nữa, truyện cổ tích của ta, truyện nào cũng hay,*

cũng mang nội dung xã hội, lịch sử sâu sắc và được truyền tụng lâu dài từ đời này sang đời khác.（Nguyễn Cừ，2008：5）

（在一場探討「文化活力」的研討會中，在介紹越南民間文學方面，非洲學者對越南童話大吃一驚，由於童話故事幾千年來留下的數量太驚人了，幾乎每個小數民族都有好幾則的代表作。再者，我們的童話故事，每則都帶有深刻的社會、歷史因素，而且流傳至今千百年了）

　　由上述可知，越南童話的數量可是驚人，所以將童話故事分類、排序、整理也是一件艱難的事。如果只根據童話故事的體裁來分類，那就容易多了。但是如果將故事的體裁再細分成小主題或依據故事歷史、正─副主題、故事所要反映的內容來分類，卻不是一件容易的事。越南童話的歸類有不少學者都提出不一樣的分類法：

Vào nửa thế kỉ XX, có 3 cách phân loại được coi là tiêu biểu. Đó là Nghiêm Toàn trong cuốn Việt Nam văn học sử yếu（nhà sách Vĩnh Bảo, Sài Gòn xuất bản năm 1949）phân loại Cổ Tích thành bốn：

1. Truyện mê tín hoang đường.

2. Truyện luân lý, ngụ ngôn.

3. Tuyện phúng thế hài đàm.

4. Truyện sự tích các thánh.（Nguyễn Cừ，2008：8）

（20 世紀中葉，有 3 種分法相當有代表性。一是 Nghiêm Toàn 在《Việt Nam Văn Học Sử Yếu》（1949）把童話故事分成四類：

一、荒唐、迷信的故事。

二、倫理、寓言的故事。

三、奉世、笑話的故事。

四、神的故事。）

Đốc học Nguyễn Văn Ngọc trong Truyện Cổ Nước Nam（Thăng
Long xuất bản năm 1952-NXB khoa học Xã hội tái bản năm
1990）có viết: có thể phác ra làm 5 mục như sau:

1. *Những truyện thuộc về lối cổ tích hoặc dã sử, cha mẹ hay*
   ông bà tối tối thường truyền tụng.

2. *Những truyện mà kết cục đã thành câu phương ngôn, lý ngữ,*
   hoặc trái lại, xuất xứ từ những câu lý ngữ phương ngôn ấy.

3. *Những truyện thuần về văn chương trong đó có những câu*
   ca, bài hát nôm na mà vui thú, giản dị tự nhiên, xưa kia đâu
   đó vẫn truyền tụng.

4. *Những truyện ngụ một ý sâu xa thuộc về triết lý, may ra so*
   bì được với Bách Tử bên Trung Quốc và sau này, có thể đem
   vào môn học cổ điển nước nhà.

5. *Những chuyện vui chơi cười đùa có lý thú để tiêu sầu nhưng*
   chưa quá thuộc về cái gọi là "tiếu lâm", mà các nhà nghiệt
   giọng vẫn quen chê là nhảm nhí.（Nguyễn Cừ，2008，9）

（Nguyễn Văn Ngọc 教授的《Truyện Cổ Nước Nam》1952 年
Thăng Long 出版社出版。1990 年初版第二刷，當中將越南
童話歸納成五類：

一、屬古代故事的一類，父母或爺爺奶奶夜晚會講的故事。

二、一些故事的結局會成為歷代傳誦的俚語、方言，或者是
　　從這些俚語、方言所延伸出來的故事。

三、專屬文學的一類,其中帶有豐富色彩、有趣、好笑、單純人民情感的歌謠、民歌,而民間一直傳誦著。

四、充滿哲理,意義深刻的故事。可以用來與中國 Bách Tử(白子)相比,可以引用至本國古典學科中。

五、屬於幽趣,好笑可以用來消遣時間的故事,但又不至於是「笑話」,而一般「批評讀者」常認為此類過於「無趣、荒唐」)

　　以上兩位學者都有同樣的認為,從故事特徵的角度對童話作了精細的歸類。從越南民間童話,剖析它們的結構型態,發現童話可以從人物、情節、屬性的不同來作區分。有的可以延伸為俚語、俗語,甚至可以從俚語、俗語的緣由來編輯一則故事,以便傳承。這也是越南童話特別的地方。

　　Bách Khoa Toàn Thư Mở WIKIPEDIA 根據故事人物及情節屬性童話故事分成 3 類(維基百科,2009 b):

1. *Truyện cổ tích về loài vật: chuyện ngụ ngôn những con vật nuôi trong nhà, khi miêu tả đặc điểm các con vật thường nói đến nguồn gốc các đặc điểm đó: Trâu và ngựa, Chó ba cẳng; nhóm hoang dã là hệ thống truyện về con vật thông minh, dùng mẹo lừa để thắng các con vật mạnh hơn nó: Cóc kiện Trời, truyện Công và Quạ. Truyện dân gian Nam Bộ về loài vật có: Tại sao có địa danh Bến Nghé, Sự tích rạch Mồ Thị Cư, Sự tích cù lao Ông Hổ; chuỗi Truyện Bác Ba Phi: Cọp xay lúa.*

(一、動物的故事:以關於家中所養的動物來敘述,敘述時會以動物的特徵為描述重點,以便解釋動物的緣由,如:

41

Trâu và ngựa（牛與狗）、Chó ba cẳng（三腳狗）。或是在
描述一些聰明的動物，用巧法來欺騙、打倒比它們強大
的動物，如：Cóc kiện Trời（蟾蜍向天申訴的故事），Truyện
Công và Quạ（孔雀與烏鴉）。或南部地區動物的故事，如：
Tại sao có địa danh Bến Nghé（Bến Nghé 地區的來歷）、Sự
tích rạch Mồ Thị Cư，Sự tích cù lao Ông Hổ...chuỗi Truyện
Bác Ba Phi：Cọp xay lúa。）

2. *Truyện cổ tích thần kỳ: chuyện thần thoại Cổ tích thần kỳ kể*
   lại những sự việc xảy ra trong đời sống gia đình và xã hội của
   con người. Đó có thể là những mâu thuẫn giữa các thành
   viên trong gia đình phụ quyền, vấn đề tình yêu hôn nhân,
   những quan hệ xã hội (Tấm Cám, Cây khế, Sự tích con khỉ...).
   Nhóm truyện về các nhân vật tài giỏi, dũng sĩ, nhân vật chính
   lập chiến công, diệt cái ác, bảo vệ cái thiện, mưu cầu hạnh
   phúc cho con người (Thạch Sanh, Người thợ săn và mụ chằn).
   Nhóm truyện về các nhân vật bất hạnh: Về mặt xã hội, họ bị
   ngược đãi, bị thiệt thòi về quyền lợi, về mặt tính cách, họ trọn
   vẹn về đạo đức nhưng thường chịu đựng trừ nhân vật xấu xí
   mà có tài (Sọ Dừa, Lấy vợ Cóc, Cây tre trăm đốt...)

（二、神奇的故事：神奇的神話故事敘述了日常生活所發生的
事。關於古時父權社會家中成員衝突的事情、婚姻與愛情、
社會問題，如：Tấm Cám（越南灰姑娘），Cây khế（楊桃樹），
Sự tích con khỉ（猴子故事）……或是一些傑出英雄、除惡
揚善、保護大自然的人，如：Thạch Sanh，Người thợ săn（獵

人）和 mụ chằn（女惡魔）……或是一些不幸的人物，被社會制度欺壓，毫無社會地位的人物，他們都是純樸、心地善良、有超能力但外表長得奇特的人，如：Sọ Dừa，Lấy vợ Cóc（青蛙新娘）、Cây tre trăm đốt（百節的竹子）……）

3. *Truyện cổ tích thế tục: Truyện tiếu lâm Truyện cũng kể lại những sự kiện khác thường ly kỳ, nhưng những sự kiện này rút ra từ thế giới trần tục. Yếu tố thần kỳ, nếu có, thì không có vai trò quan trọng đối với sự phát triển câu chuyện như trong cổ tích thần kỳ. Nhóm truyện có đề tài nói về nhân vật bất hạnh (Trương Chi, Sự tích chim hít cô, Sự tích chim quốc...); nhóm có nội dung phê phán những thói xấu: (Đứa con trời đánh, Gái ngoan dạy chồng...); nhóm truyện về người thông minh: (Quan án xử kiện hay Xử kiện tài tình, Em bé thông minh, Cái chết của bốn ông sư, Nói dối như Cuội...); nhóm truyện về người ngốc nghếch: (Chàng ngốc được kiện, Làm theo vợ dặn, Nàng bò tót...)*

（三、世俗的故事：從塵俗世界擷取出的一些有趣、意義深刻、充滿教育價值的故事，倘若含神奇因素的故事。關於一些不幸的人物，如：Trương Chi，Sự tích chim hít cô，Sự tích Chim Quốc...或是涵批判一些壞習慣的故事，如：Đứa con trời đánh（不孝子）、Gái ngoan dạy chồng（巧妻教訓丈夫）……或是一些聰明的人物，如：Quan án xử kiện hay Xử kiện tài tình（精明的判刑）、Em bé thông minh（聰明的小孩）、Cái chết của bốn ông sư（四位和尚的死）、Nói dối như Cuội（愛說謊的 Cuội）...

　　或是一些諷刺愚蠢的人的故事，如：Chàng ngốc được kiện，
Làm theo vợ dặn（聽妻子的話）、Nàng bò tót （鬥牛女）……)

　　維基百科編輯網是流傳較為廣泛的網頁，可是依據這樣的分類
可以說是相當模糊、混雜的。以上的分類把寓言、笑話、民歌歌謠、
俗語等都納入童話故事。寓言是帶有勸喻、諷刺的故事；笑話是一
種簡短的民間故事，敘述的是日常生活滑稽、可笑的故事；民歌歌謠
是人民社會生活中的思想感情和心靈感受，具有濃郁的民族色彩；俗
語是勞動人民創造的，反映人民生活經驗和願望，通俗並流行廣泛
的。一則俗語不管長或短都代表一個完整的意義，是一則道德哲理、
經驗、知識或一種批評。以上的越南民間文學內容豐富、形式多樣、
感情真摯、生動而濃烈，客觀反映了當時的越南社會生活狀況。

　　Thanh Lãng- với tư cách là nhà khảo cứu, trong cuốn Văn Học
Khởi Thảo-Văn Chương Bình Dân (phong trào văn hóa xuất
bản năm 1954) tiến sâu hơn một bước, chia truyện cổ tích theo
hướng đề tài thành 7 mục loại: Truyện ma quỷ-Truyện anh
hùng dân tộc-Truyện ái tình-Truyện luân lý-Truyện thần
tiên-Truyện phong tục-Truyện khôi hài. So với Nghiêm Toàn và
Nguyễn Văn Ngọc thì Thanh Lãng phần nào thoát được sự
chồng chéo giữa truyện cổ tích với các loại hình khác như
truyện ngụ ngôn, truyện thần thoại và truyện cười. Bởi lẽ đó,
sau này nhiều tác giả cũng dựa vào cách chia này mà sắp xếp
truyện cổ của mình. （Nguyễn Cừ，2008：9）

　　（越南考古學家 Thanh Lãng 在《Văn Học Khởi Thảo-Văn
Chương Bình Dân》依據童話的主題來分成七大類：魔鬼；

民族英雄;愛情;倫理;神仙;風俗;滑稽的故事。與 Nghiêm
Toàn và Nguyễn Văn Ngọc 相比,Thanh Lãng 在分類的時候
在某部分已把童話與其他文類區別開來,如寓言、神話和笑
話。這種分法得到諸多學者的認同,往後也根據 Thanh Lãng
的歸類來作參照)

Trong lịch sử văn học Việt Nam-phần văn học dân gian các dân
tộc ít người do nhà thơ Nông Quốc Chấn chủ biên đã chia
truyện cổ tích của các dân tộc việt nam như sau: "truyện cổ
tích các dân tộc ít người chia ra làm mấy loại: 1. truyện người
dũng sĩ tài ba. 2. truyện người hiền lành. 3. truyện người mồ
côi. 4. truyện cười". (Nguyễn Cừ,2008:9)

(《Trong Lịch Sử Văn Học Việt Nam - Phần Văn Học Dân
Gian Các Dân Tộc Ít Người》由詩人 Nông Quốc Chấn 主編,
他將各小數民族的童話故事分為:(一)勇士的故事;(二)
善良人的故事;(三)孤兒的故事;(四)笑話)

Vũ Ngọc Phan lại chia "...gồm 2 loại: một loại truyện về anh
hùng, về nhân vật kiệt xuất và những người có khí tiết. một loại
truyện nữa là truyện về sinh hoạt của nhân dân, trong đó có
những nhân vật khi thì toàn là người, khi thì vừa có người, vừa
có cả loài vật, khi toàn là loại vật hóa thành người, vừa có cả
loài vật, khi toàn là loài vật hóa thành người, hoặc biến ra loài
vật" (Hợp Tuyển Thơ Văn Việt Nam - tập 1- NXB Văn Học -
1961). (Nguyễn Cừ,2008:9)

(Vũ Ngọc Phan 在 1961 年出版的《Hợp Tuyển Thơ Văn Việt

Nam》把越南童話故事分為兩大類。一是關於英雄、傑出人物的故事；另外一類則是關於人民的日常生活所發生的事。當中的人物有的是人；有的有人也有動物；或是由動物變成人當中也有動物；或是由動物化身成人，又變回動物）

Gần đây hơn nữa, các soạn giả trong bộ Truyện Cổ Việt Nam (6 tập- NXB Khoa học xã hội)chia truyện cổ tích ra thành hai loại: 1. truyện cổ tích lịch sử. 2. truyện cổ tích thế sự. Hai nhà giáo Chu Xuân Diên và Lê Chí Quế trong Tuyển Tập Truyện Cổ Tích Việt Nam soạn tài liệu tham khảo cho nhà trường cũng có cách chia tương tự（NXB đại học và trung học chuyên nghiệp-1987）.（Nguyễn Cừ ，2008：10）

（最近，Truyện Cổ Việt Nam 的編輯者們又把童話歸成兩類：一是歷史性童話；二是世事的童話。Chu Xuân Diên 和 Lê Chí Quế 教授在編輯《Tuyển Tập Truyện Cổ Tích Việt Nam》〔《越南童話故事選集》，1987 年出版〕的時候也把童話歸成以上兩類）

越南童話的分類，眾說紛紜，各有各的分類依據及標準。還是 Nguyễn Đổng Chi 在《Kho Tàng Truyện Cổ Tích Việt Nam》（Khoa học xã hội 出版）受到相當的肯定。他將書中兩百則經族童話故事分成十類，分別是：

1. Nguồn góc sự vật（26 truyện）。（事物的來歷，26 則）
2. Sự tích đất nước Việt Nam（10 truyện）。（越南國土故事，10 則）
3. Sự tích các câu ví（25 truyện）。（寓言的故事，25 則）
4. Thông minh，tài trí và sức khỏe（42 truyện）。（聰明、才智與健康，42 則）

5. Sự tích anh hùng nông dân（12 truyện）。（農民英雄，12 則）

6. Truyện phán xử（10 truyện）。（審判故事，10 則）

7. Truyện thần tiên，ma quỷ và phù phép（24 truyện）。（神仙、魔鬼、魔法，24 則）

8. Truyện đền ơn trả oán（31 truyện）。（報恩與復仇的故事，31 則）

9. Truyện tình bạn，tình yêu và nghĩa vụ（18 truyện）。（友情、愛情與責任，18 則）

10. Truyện vui tươi，dí dỏm（12 truyện）。（滑稽、可笑的故事，12 則）（Nguyễn Cừ，2008：10-11）

智深的 Nguyễn Đổng Chi 以自己數十年的研究經驗，花了將近三十年來歸類、出版了《Kho Tàng Truyện Cổ Tích Việt Nam》，1958 年出版第一集，1982 年出版最後一集。他始終堅守自己的分法，將越南童話故事分成 3 大類：

1. Truyện cổ tích thần kì。（神奇的故事）

2. Truyện cổ tích lịch sử。（歷史性的故事）

3. Truyện cổ tích thế sự（xã hội）。（世事、社會的故事）

Nguyễn Đổng Chi 這樣的分法贏得到國內及國外（Pháp-法國 -Đức-德國……）學者的認同，具有代表性。（Nguyễn Cừ，2008：11）但是《Truyện Cổ Tích Việt Nam》2009 年出版的編輯者認為 Nguyễn Đổng Chi 的歸類只是依據經族的童話故事而分，還沒涉及到其他少數民族的童話故事。經族的故事比其他民族的故事數量多，但比起整個越南人民的童話故事來說就有不足之處。至少還沒涉及到少數民族的故事，那些都存有豐富奇特的主題，如：用來解釋宇宙萬物的故事，諸神的故事。（同上，11）

最後 Nguyễn Cừ 在自編的《Truyện Cổ Tích Việt Nam》中整合了各派學者的看法給越南童話的分類如下：

1. *Sự tích mang tính truyền thuyết gắn với lịch sử dựng nước và giữ nước của các dân tộc Việt Nam.*

2. *Sự tích về phong tục, tập quán, lối sống của dân tộc.*

3. *Sự tích về những chàng dũng sĩ, anh hùng có thật trong lịch sử hoặc do tưởng tượng nên.*

4. *Sự tích về người hiền lành, các chàng mồ côi thông minh được mọi người yêu mến.*

5. *Sự tích các loài động vật trên cạn và dưới nước.*

6. *Sự tích các loài thực vật là cây, là rừng hoặc là lá.*

7. *Sự tích các câu ngạn ngữ, tục ngữ, các câu ví, liên quan đến đời sống hàng ngày.*

8. *Sự tích về tình yêu, tình bạn, tình gia tộc mang tính tiêu biểu dùng để giáo dục răn dạy.*

9. *Sự tích về các giai thoại thông minh, hóm hỉnh mang tình trạng gần với truyện cười.*

10. *Sự tích về các quan hệ khác.*（Nguyễn Cừ，2008：11-12）

（一、有關越南民族有史以來建國與護國的大事件。

二、有關各民族的風俗、習慣、生活等問題。

三、有關歷史上英雄、勇士的故事。這些英雄、勇士是真實的，或是虛構的。

四、有關心地善良、棄兒但很聰明，贏得別人的喜愛。

五、有關動物的故事。

六、有關植物的故事，是樹木、葉子或森林。

七、有關一些諺語、俗語……的由來，與日常生活有密切關係。

八、有關愛情、友情、家族的故事，有濃郁的教育價值。

九、有關一些幽趣、好笑，與笑話非常相似的故事。

十、其他）

各派學者給童話歸類所提出的見解，相關的分類依據是相當清楚、完整的，也就是依據童話故事的特徵為分類準則。他們試圖把較荒唐、鬼神的故事歸類為神話、傳說、驚悚故事。越南民間童話在千百年的傳承中，形成了一套特殊敘述模式，童話中的奇幻美也體現在童話的深沉結構中。但是有關童話中的審美文化意涵尚未觸及的，本研究則將在下節加以處理。

第三節　越南童話的文化審美性

一、文化、越南文化

前一節已探討了越南童話，透過越南童話的定義、類別、特徵來彰顯越南童話的豐富性。本節將深入探究越南童話中的文化審美性。關於文化，從事文化研究的學者對文化的看法眾說紛紜，沒有較肯定的說法。對於文化的表現範圍，Trần Diễm Thúy 在《Cơ Sở Văn Hóa Việt Nam》有說：

Phạm vi "biểu hiện" của văn hóa là rất rộng lớn, do đó, đi tìm một cách hiểu đúng và đầy đủ về văn hóa, thật là không dễ dàng. Thực tế đã có đến hàng trăm định nghĩa về văn hóa trong các ngành khoa học và xã hội và nhân văn, hầu như không có một khái niệm nào phổ biến mà lại khó xác định như khái niệm văn hóa. Tùy theo cách xác định đối tượng và phương pháp tiếp cận mà người ta chấp nhận hay không chấp nhận một cách hiểu khái niệm văn hóa, hoặc chấp nhận định nghĩa về văn hóa.

（Trần Diễm Thúy，2009：10）

（文化表現的範圍非常大，所以要完整的理解文化，實在是一件不容易的事。實際上在科學及社會人文學科領域，已給文化下了數百個定義，似乎當中沒有一個較普遍及合理的定義，而文化本身也難以確認的。依據事物對象或接近方法而由人們來決定接納或否定文化的概念，或接納文化的定義）

Trần Diễm Thúy 又說：

Hiểu khái niệm văn hóa đã phức tạp, việc xác định các giới hạn của khái niệm này để triển khai khi viết giáo trình văn hóa ngày càng phức tạp. Tuy nhiên, không phải là không có những điểm thống nhất trong giới nghiên cứu. ví dụ, sách Cơ Sở Văn Hóa Việt Nam do GS Trần Quốc Vượng chủ biên đã đặt ra những vấn đề như: các khái niệm về văn hóa, về phạm trù chức năng, các thành tố văn hóa, tiến trình lịch sử văn hóa Việt Nam qua các thời đại, và vấn đề đặc trưng văn hóa vùng...một số tác giả khác xem xét văn hóa trong các mối quan hệ với môi trường tự nhiên, môi trường xã hội,...để trên cơ sở đó tìm ra tính dung hợp của chúng.（Trần Diễm Thúy，2009：10）

（理解文化這概念是相當複雜的事，而認清這些文化概念的範圍更加複雜。當然在研究界裡也不是完全沒有共通的地方，例如：在《Cơ Sở Văn Hóa Việt Nam》一書中，Trần Quốc Vượng博士給文化提出一些議題：「文化的概念，文化的功能，文化的因素，越南文化歷代的歷史及發展……一些學者從文化與自然環境、社會環境的關係來找出它們之間的融合點」）

　　文化涉及的面向相當廣，它代表一個國家的特色。越南歷史上分別受了中國、法國和美國的統治。越南文化總是處於不斷與外界交流的動態中，也因此呈現出明顯的多元化特徵。越南多元文化的形成是越南民族積極吸納世界上各民族優秀文化的結果，是越南民族在文化上交流性的體現。所以依據以上學者所說的，理所當然要釐清文化這概念是非常艱難的事。

　　United Nations Educational Scientific And Cultural Organization（聯合國教科文組織，簡稱 UNESCO）給文化下的定義得到了諸多國家的認同及引用，內容是：

Văn hóa là tổng thể sống động các hoạt động sáng tạo trong quá khứ và hiện tại...hình thành một hệ thống các giá trị truyền thống và các thị hiếu - văn hóa giúp xác định đặc tính riêng của từng dân tộc. (theo thông tin UNESCO số tháng 1 năm 1988).（Trần Diễm Thúy，2009：15）

（文化是指所有過去或現代的人民的創造活動……形成了一個有傳統價值的系統和需求──文化代表各民族的特色。依據 UNESCO 資訊，1998 年 1 月）

《辭海》給「文化」下的定義是：

Văn Hóa là tổng hợp những thành tích cố gắng của xã hội loài người từ dã man đến văn minh. Những thành tích ấy biểu hiện dưới hình thức khoa học, nghệ thuật, tôn giáo, đạo đức, pháp luật, phong tục, tập quán.

（文化是綜合人類社會從原始到文明的所有成就，所有成就表現在科學、藝術、宗教、道德、法律、風俗、習慣裡）

Trần Quốc Vượng 自編的《Cơ Sở Văn Hóa Việt Nam》中提出：「văn hóa là sản phẩm do con người sáng tạo, có từ thuở bình minh của xã hội loài người.」（Trần Quốc Vượng，1998：17）（文化是人類創造的產物，從人類原始生活開始）。前越南胡志明主席整合了文化的要素包括：

Vì lẽ sinh tồn cũng như mục đích của cuộc sống, loài người mới sáng tạo và phát minh ra ngôn ngữ, chữ viết, đạo đức, pháp luật, khoa học, tôn giáo, văn học, nghệ thuật, những công cụ cho sinh hoạt hằng ngày về mặc, ăn , ở và các phương thức sử dụng. Toàn bộ những sáng tạo và phát minh đó là văn hóa. Văn hóa là sự tổng hợp của mọi phương thức sinh hoạt cùng với biểu hiện của nó mà loài người đã sản sinh ra nhằm thích ứng những nhu cầu đời sống và đòi hỏi của sự sinh tồn.（Hồ Chí Minh toàn tập，1995：431）

（為了存在及最求生活目標，人類創造及發明了語言、文字、道德、法律、科學、宗教、文學、藝術……以及為了滿

足日常生活上吃穿住等問題。那些發明、創造就是文化。人
類為了存在便創造出「文化」來適應及達到生活上的需求。）

　　關於文化一詞，西方學者泰勒（E.B.Taylor）為文化下定義，說
文化是一種複雜叢結的全體；這種複雜叢結的全體，包括知識、信
仰、藝術、法律、道德、風俗以及任何其他人所獲得的才能和習慣。
（殷海光，1979：31）又另一個文化定義：「文化是一個歷史性的生
活團體（也就是它的成員在時間中共同成長發展的團體）表現它的
創造力的歷程和結果的整體，當中包含了終極信仰、觀念系統、規
範系統、表現系統及行動系統等」。（沈清松，1986：24）這個定義
包含幾個要素：（一）文化是由一個歷史性的生活團體所產生的；（二）
文化是一個歷史性的生活團體表現它的創造力的歷程的結果；（三）
一個歷史性的生活團體的創造力必須經由終極信仰、觀念系統、規
範系統、表現系統及行動系統等五個部分來表現並在這五個分部中
經歷所謂潛能和現實、傳承和創新的歷程。文化在這被看成一個大
系統，而底下再分五個次系統。這五個次系統的內涵分別如下：終
極信仰是指一個歷史性的生活團體的成員，由於對人生和世界的究
竟意義的終極關懷，而將自己生命所投向的最後根基；如西伯來民
族和基督教的終極信仰是投向一個有位格的造物主，而漢民族所認
定的天、天帝、天神、道、理等等也表現了漢民族的終極信仰。觀
念系統是指一個歷史性的生活團體的成員，認識自己和世界的方
式，並由此而產生一套認知體系和一套延續並發展它的認知體系的
方法，如神話、傳說以及各種程度的知識和各種哲學思想等都是屬
於觀念系統，而科學以作為一種精神、方法和研究成果來說也都是
屬於觀念系統的構成因素。規範系統是指一個歷史性的生活團體的

成員，依據它的終極信仰和自己對自身及對世界的了解（就是觀念系統）而制定的一套行為規範，並依據這些規範而產生一套行為模式，如倫理、道德（及宗教儀軌）等。表現系統是指用一種感性的方式來表現該團體的終極信仰、觀念系統、規範系統等而產生各種文學及藝術作品。最後行動系統是指一個歷史性的生活團體的成員，對於自然和人群所採取的開發或管理的全套辦法，如自然技術及管理技術。（同上，24-29）此五個系統經整編為如圖 1-2-1 的關係。

從西方到東方學者對文化下的定義及範圍，眾多學者對文化的看法都有共通處，他們都認為「文化是人類創造的產物」。為了生存，人類不斷發明、創造。換句話說，語言、文字、道德、法律、科學、宗教、文學、藝術……都是文化的產物。越南富有濃郁民族特色、輝煌燦爛的文化，為人類的文明發展作出了巨大的貢獻。以上論述也可以把越南童話當成「文化」成分來看待，能凸顯出越南文化的審美價值及代表性。因為童話是人民口傳的故事，反映早期人類社會最基本的價值觀，涉及到人類文化的根性，在神奇的故事底層是世俗化的情感表達，而相信越南童話具有這樣的特色。

二、越南童話的文化審美

越南童話是深具泛氣化觀型文化特性的文學作品，內容豐富多樣，富於哲學探討的意味。童話世界充滿了種種神奇的想像、幻象和奇遇，有一種自由積極的力量來實現人們對美好生活的嚮往，給心靈留下永久而溫馨的記憶，能給人以美的感受。千百年來民間童話都不停的在各個地區各個種族代代相傳。越南童話也不例外。提起童話，兒童及成人腦海裡至少烙印著幾則越南人民印象深刻的故

事，以下順便帶入幾則最為普遍的越南童話。我依據上節童話類型來選取較具代表性的童話。

（一）「Tấm Cám là một câu chuyện cổ tích Việt Nam thuộc thể loại truyện cổ tích thần kì, phản ánh những mâu thuẫn trong gia đình, cuộc đấu tranh giữa cái thiện và cái ác, cùng ước mơ cái thiện thắng cái ác của người Việt Nam.」（維基百科，2009 c）（Tấm Cám 屬神奇童話的一類，反映出家庭中的衝突，善與惡之間的矛盾，還有體現了越南人民賞善罰惡的目的）

〈Tấm Cám〉這故事長久以來都是越南人民每人必聽過的故事。其中體現了「真善美」這道理。善良、乖巧的 Tấm，被後母及同父異母的妹妹陷害死了。妹妹就代替姊姊嫁給國王，無法忍受國王每天朝思暮想著死去的 Tấm。身懷憤怒，Cám 跑回家與母親想方設法來對付 Tấm。可憐的 Tấm 死後又屢次受陷害，分別變成了 chim vàng anh（黃鸝鳥）、cây xoan đào（橢圓樹）、khung cửi（紡織機）、cây thị（香果樹）。故事不斷發展，一次外巡，國王突然的發現了 Tấm，並帶 Tấm 回皇宮，且懲罰了小妹 Cám。Tấm 跟妹妹說，用熱水洗澡皮膚會變白。一想到能變漂亮，Cám 毫不猶豫的用熱騰騰的水洗澡，結果被燙死了。Tấm 還使人將 Cám 的肉做成「mắm」（一種像魚醬的食物）送給後母。此時後母還不知道 Tấm 復活的事情，看到香噴噴的魚醬，認為是自己寶貝女兒送來孝敬自己的。邊吃邊誇獎魚醬的美味，一隻黑烏鴉飛來告知，原來自己吃的是女兒的肉，後母承受不了打擊最後也跟著死了。故事中惡毒母女倆到最終慘死了，總算得到應得的報應。這個結局似乎有點誇張，母親吃了自己親生女兒的肉還沒發現，最終也慘死。這樣的結局可以愉悅人心，警示世人「種什麼因得什麼果」的道理。這個結構類型的童話告訴了我們

在「因」層次中勞動人民的一種善惡觀，對勤勞、老實、善良、被人欺壓的弱小者，同樣也能獲得好報的「果」。童話中主人公一些優秀的品德，除了一開始的一兩句介紹以外，作品中還詳細的渲染著。故事中的 Tấm，人既善良又勤勞，被後母及小妹欺壓，吃了虧毫無怨言，後來又接二連三的被陷害。童話故事這樣的類型，好人往往得到幸福，只要善良的主人公具備這樣一種品德，就能通向美滿的結局。〈Tấm Cám〉（越南灰姑娘版）與其他國家灰姑娘故事不一樣的地方，是國王與 Tấm 結婚後後續延伸的情節，是值得探討的。死後再受陷害，變成了植物、動物、事物，不斷地輪迴、重生。本故事最後的主角 Tấm，經過種種磨難，再也不是以前善良受欺壓的 Tấm了。她會復仇，利用「以牙還牙」的方式復仇。母女倆最後慘死，完全是 Tấm 一手策畫的。Tấm 的形象應該從「善良」轉變成「惡毒」才對，一定給讀者們樹立了惡毒的形象。但是並非如此，Tấm 在讀者的心目中還是依然美，她只不過做了該做的事。母女倆最後得到什麼樣的結果才是故事的重點，他們的慘死可以愉悅人心。

（二）「Bánh Dày」與「Bánh Chưng」屬於解釋越南民俗風俗傳承的故事。Bánh Dày、Bánh Chưng 是唯一書籍中常提及、保留的傳統飲食文化之一。在越南人民意識中佔有重要的地位，其根源可以追溯到 Lang Liêu vào đời vua Hùng thứ 6（雄王第六代 Lang Liêu 王子）除夕之前越南民族還會做各種各樣的粽子來迎接新年，粽子是祭祀祖先時必不可少的供品。（鍾珂，2008）Theo quan niệm phổ biến hiện nay，cùng với Bánh Dày，Bánh Chưng tượng trưng cho quan niệm về vũ trụ của người Việt xưa.（越南古代人對宇宙的觀念為地是方形，天是圓形）（Bách khoa toàn thư mở Wikipedia -Bánh Chưng）所以為了慶賀新一年的到來，人民用粽子來祭祀，而粽子

bánh chưng 是方形代表地，Bánh Dày 是圓形代表天。（維基百科，2009d） 以下附帶「Bánh Dày」與「Bánh Chưng」的故事：

很久以前，越南在第 6 代雄王時代，統一了國家，之後有一天，雄王想在兒子之中找出一個可以承接王位的人。那個王子一定要對國家、祖先、人民有愛心，同時也要珍惜國家的資源。

春節時間，雄王將各位王子集合起來，並要求每位王子將對他來說，最珍貴的食物，送給祖先當過年的祭禮。每位王子都想，不管花多少錢，都要去找世界上最珍貴的物品送上去，希望可以得到雄王的愛心，來繼承雄王的位子。

雄王的第 18 王子名字叫 Lang Liêu，是一個很孝順又近民、愛民的一個王子，他常跟窮苦農民在一起，沒有享受過富貴的生活，所以沒有貴的東西可以送上去，因此他很擔心不知道應該送給雄王什麼東西。

有一天 Lang Liêu 王子做夢，在夢中遇見一個神仙，那位神仙告訴她：「在這個宇宙中，沒有東西比稻米還珍貴，稻米是人類的能源。你該用糯米當原料做成方形與圓形的食物，方形食物可以代表地，圓形食物可以代表天。然後用樹葉包起來，食物中間放材料，這樣可以代表父母的生育的形象。」

Lang Liêu 王子醒來之後，非常高興。他依照神仙的指示，篩選最好的糯米做成代表土地的方形食物，外面用樹葉包起來，食物中間放綠豆，豬肉等等材料，然後蒸（水煮）熟叫做「Bánh Chưng」，又用糯米煮過後，搗成糯米團，捏成代表天的圓形食物叫做 「Bánh Dày」。

時間到了，每個王子都帶來世界上最珍貴的食物給雄王篩選。Lang Liêu 王子只送上去「Bánh Dày」與「Bánh Chưng」兩種簡單的食物。雄王看到時覺得很好奇才詢問原因，Lang Liêu 王子將神仙報夢的故事告訴雄王，了解「Bánh Dày」與「Bánh Chưng」代表的意思，雄王非常感動，試吃後覺得很好吃。後來就將雄王位子轉給 Lang Liêu 王子承接。

從此，春節來時，越南人都會做「Bánh Dày」與「Bánh Chưng」當祭禮食物送上祖先。直到現在「Bánh Chưng」成為每個越南人家庭在春節過年時不可缺少的食物，也是越南的代表食物。（維基百科，2009d）

Trần Quốc Vượng 教授對「Bánh Chưng」又有不一樣的說法，他說：「Bánh Chưng nguyên thủy có hình tròn và dài, giống như Bánh Tét」（Trần Quốc Vượng 教授認為傳統「Bánh Chưng」的形狀不是圓型而是長方形，像 Bánh Tét 一樣）。他又說：「đồng thời Bánh Chưng và Bánh Dày tượng trưng cho dương vật và âm hộ trong tín ngưỡng phồn thực Việt Nam.」（Bách khoa toàn thư mở Wikipedia -Bánh chưng）「Bánh Dày」與「Bánh Chưng」還象徵著男女的生殖器官）。Trần Quốc Vượng 這樣的說法讓「Bánh Dày」與「Bánh Chưng」這則童話故事更帶民族性。當中解釋了傳統民俗文化，體現出子孫對祖先及天地的感言。春節到來，全家人在一起過與煮粽子已成為一種傳統習俗，是一種美的標誌。

（三）Sơn Tinh-Thủy Tinh（山神和水神）是越南著名的民間故事，有人把它納入神話，有人把它納入傳說，有人把它納入童話故事。這也能理解，故事中講述的人物是非一般平民人物，都具有

呼風喚雨的能力。這則故事除了講述「邪不能勝正」的道理外，還解釋了為何越南每年都遭受水災的原因：

Truyện lấy bối cảnh thời Hùng Vương thứ 18, kể lại cuộc kén rể đặc biệt của Vua Hùng cho người con gái tên Mỵ Nương của mình. Hai nhân vật trung tâm của truyện là Sơn Tinh và Thủy Tinh - hai người đến kén rể, đều mang trong mình sức mạnh phi thường. Và khi Sơn Tinh trở thành con rể vua Hùng, một cuộc chiến lớn đã xảy ra giữa hai người. Thủy tinh hô mưa, gọi gió, làm thành giông bão đùng đùng rung chuyển cả trời đất, dâng nước sông lên cuồn cuộn tìm đánh Sơn Tinh. nước ngập lúa, ngập đồng rồi ngập cả nhà cửa...Sơn Tinh không hề nao núng, dùng phép màu bóc từng quả đồi, di dời các dãy núi ngăn dòng nước lại. nước dâng lên cao bao nhiêu, Sơn Tinh lại làm đồi, núi mọc cao bấy nhiêu. Hai bên đánh nhau ròng rã mấy tháng trời liền, cuối cùng Thủy Tinh đuối sức, phải rút quân về. Lâu lâu nhớ đến, thủy tinh lại dâng nước đánh sơn tinh, nhưng lần nào cũng bị sơn tinh đánh bại, phải bỏ chạy.（整理自 Phong Châu，Nguyễn Cừ，2008：545-546）

（文郎國的雄王，想幫女兒——美娘公主，找個聰明又有才能的好丈夫。兩個實力相當的年輕人——山神和水神，一起接受雄王的測試。他們都是能力過人的年輕人，雄王很難作出決定。雄王要求的聘禮都是世上稀少珍貴的物品，看誰能討得公主的歡心。他們還要比誰最早來提親。受人民喜愛的山神，搶先一步娶了美娘公主。然而，心有不甘的水神憤怒，

紛紛颱風喚雨來對付山神，想從山神搶回美娘。他們倆的戰
爭無止無盡，每次想到水神都會發兵攻打山神。山神始終獲
勝。人們用山與水神的連綿戰爭來解釋水災的由來）

（四）Trầu Cau（檳榔的來歷），檳榔在越南社會現實生活中
佔有重要的地位。自古以來廣泛流傳著一句民諺：「Miếng trầu là
đầu câu chuyện」（吃一口檳榔是談話的開始）。越南人對檳榔有一
分特殊的情感，也體會到越南人十分注重人際關係。只要有客人
到訪，一定以經過加工的檳榔來接待。

檳榔是越南婚俗中重要不可或缺的聘禮，檳榔象徵著男女愛
情。檳榔所以成為婚嫁不可缺少的禮品，可以追溯到檳榔歷史上有
著一段感人的故事：

> 有一家兄弟倆長相一模一樣，哥名檳，弟名榔。兩兄弟感情
> 非常好。村裡劉家有一名女名叫璉，看到兩兄弟都是好人，
> 所以決定嫁給其中一個。可兩兄弟非常相似，難易辨識。姑
> 娘請了兩兄弟吃粥，可是桌上只放一碗粥，一雙筷。看到哥
> 哥讓給弟弟吃，此時姑娘才辨出弟兄。檳一直想把劉家姑娘
> 讓給自己唯一的弟弟，可是姑娘的心意已決，要嫁給哥哥為
> 妻，過著幸福的生活。時間雖然過去，妻子仍然分不出誰是
> 兄誰是弟。有一天兩兄弟從田裡幹活回來，弟弟先進門，盼
> 望了整天的妻子看到丈夫回來就非常開心，抱著小叔以為丈
> 夫，哥哥看到誤會妻子與弟弟有私情，隨後幾天兄弟倆也變
> 得很陌生。為了不要讓哥哥誤會，弟弟選擇離開。跑呀跑，
> 跑到河邊哭，直到晚上因天氣太冷就被凍死了，變成一塊大
> 石頭。哥哥沒看到弟弟的蹤影，非常著急，便跑去找，找了

很久都找不到，只看到河邊的一塊大石頭就認出那是自己親愛的弟弟。傷心得很，於是也撞到石頭裡自盡，化成一棵挺直的樹。妻子沒看到丈夫回來很著急去找丈夫，看到河邊一塊石頭、一棵樹就一目了然，跟著投身石頭而死，變成一棵枝葉茂盛的葛藤，緊緊的纏繞著岩石和結滿果實的樹上。人們就說，他們三人死了還依然相親相愛。有一天國王經過此地，當地農民便把三人的故事與國王分享。國王聽後非常感動，便命人把果實及藤葉搗在一起放在嘴裡嚼，剛嚼有點刺鼻，越嚼發現味道既香又甜，最後把渣吐在岩石上變成鮮潤的紅色，因此國王命令嚼食檳榔一定要加入石灰，味道極佳。（整理自 Vũ Ngọc Khánh，2006；Nguyễn Cừ，2008）

　　如此美妙的童話故事是越南童話的美，故事帶有優美、悲壯的意味。以上都是越南人民耳熟能詳且最為普遍的童話故事。

　　這些民間童話故事主要解釋了人民群眾關心的事情，如〈Tấm Cám〉（越南灰姑娘）解釋了「真善美」、「善惡報應」的道理；〈Sự Tích Bánh Chưng-Bánh Dày〉（粽子的來歷）詮釋了越南傳統飲食文化；〈Sơn Tinh-Thủy Tinh〉（山神和水神）反映了人民與洪澇鬥爭的精神；〈Sự Tích Trầu Cau〉（檳榔的故事）代表男女之間的愛情，渴望得到幸福的生活。童話中的形象、邏輯、敘述模式和風格共同構成了奇幻美。獨立的看，每一層面都具有自身的存在和審美價值。這幾則童話故事都帶有濃郁東方的泛氣化觀型文化特徵。氣化觀型文化的終極信仰為道（自然氣化過程），觀念系統為道德形上學（重人倫，崇自然），規範系統強調親疏、遠近，表現系統以抒情／寫實為主，行動系統講究勞心勞力分職／和諧自然。（周慶華，

2005：226）因此，依據這樣的文化模式支配，可發現論者尚未察覺到的，而我則將上述的童話故事帶入這個文化系統內，可更深入探討童話中的文化審美意識貫穿著故事的內容。由上論點有必要考察童話中的童話性、童話的源起、社會背景及童話心理需求等來凸出越南童話的文化審美，並留給下節加以處理。

第三章

童話的特徵

第一節　童話的童話性

一、童話的要素

　　童話是兒童文學中一個重要的文類，當中的結構及語言是兒童能理解並接受的。童話裡有著鮮明的想像、幻想、擬人、誇張和象徵意義，蘊含著豐富的教育內容，生動的折射著現實生活。童話借助幻象，把許許多多的人物、事物、景象、物象錯綜複雜的集合在一起，構成一幅異乎尋常的圖景，展開一個個奇妙的、超乎現實的美妙世界。林文寶等在《兒童文學》一書中提到：「『童話』的特質是趣味性、幻想性及象徵性。趣味性是為滿足孩子的遊戲，符合兒童閱讀的興趣。幻想性是超現實的，不依自然法則和科學規律的。象徵性是利用具體的事物，暗示抽象的觀念及情感。」（林文寶等，1993：306）另外：「根據蘇尚耀、朱傳譽、林文寶、蔣風、林良、林守為、嚴友梅、林鍾隆、洪汛濤、張美妮等十家對童話的定義來看，童話的構成要素，在欣賞對象上屬於『兒童』，在文體上屬於『故事』，在特質上屬於『想像或幻想』、『趣味』。」（同上，309）

陳蒲清在《中國經典童話》中也表示：「童話愛好幻想，其中的人、事、物、境都具有幻想性；童話中萬物有靈，萬物都具有人的特點（能說話、有感情）；童話中好人總會取得勝利，美好的願望總會實現；童話中的愛憎都是單純的，純潔的；童話愛好誇張，變形，形變而神似等等。這都符合小讀者的心理，而且童話喜歡以少男少女作為故事的主角，更使小讀者感到親切。」（陳蒲清，2008：9）另外陳正治認為：「童話富有幻想色彩，對兒童身心的健康成長，有著積極的教育意義。另外童話應該充滿趣味性，讓兒童讀得津津有味。童話作品中，諸多題材的奇特、新穎、親切；內容的幽默、滑稽；人物的誇張、變形、擬人；情節的神奇多變；敘述時，『物我混亂』、『時空觀念解體』以及重視懸疑、延宕、活潑；語言的淺顯、準確、意象、有味，都是為了使故事生動引人，符合兒童閱讀興趣的。」（陳正治，1990：12）以上所論，可以知道奇幻色彩、幻想、擬人、神化等是童話的核心，是童話的靈魂。童話的這種藝術特徵，剛好符合了兒童的思維方式和心理特點，滿足了兒童強烈的好奇心和旺盛的求知慾，於是這就使童話比其他藝術形式更容易滲透兒童的心靈，更能使兒童插上想像的翅膀。格林童話中的〈白雪公主〉與越南童話的〈Tấm Cám（越南灰姑娘）〉，描寫了狠毒的皇后與繼母，屢次陷害白雪與 Tấm。公主在七個小矮人幫助之下，Tấm 在泛靈神、動物的幫助之下，又一次次的渡過難關，最後在英俊王子與國王誠摯愛情的感召下，死而復生的故事。故事以皇后、繼母害人害己最後慘死的結局來結束，熱情歌頌了真、善、美，諷刺了假、惡、醜。這些愛憎情感、是非觀念就會默化在兒童心中。所以童話是最富有兒童特點、最受兒童歡迎的傳統文學形式。它在兒童文學中佔有著特殊的、重要的，其他文學所不能取代的地位。

　　陳正治在《童話寫作研究》中整合了十家學者的童話定義，構成童話的主要條件有下列幾項：

　　一、兒童：這個條件是屬於童話的欣賞對象。童話是給兒童欣賞的，因此，童話作品在取材、語言、主題、結構等等方面，都以兒童為主，很重視兒童的閱讀興趣、身心需要和理解能力。

　　二、趣味：這個條件屬於童話的特質。兒童看故事是為了得到樂趣，為了使兒童快樂，童話就非常重視趣味性。

　　三、幻想：這個要素也屬於童話的特質，前述各家，有的提到想像是童話的特質，有的提到虛構是童話的特質，有的直說幻想是童話的特質。各家的說法都有道理。從想像來說的，是從廣義方面談；想像的範圍包含幻想。虛構的，也就是不實的；不實的也就是幻想的。幻想是虛幻的想法。童話作品中，常可見到誇張、擬人、及與客觀事實不合的情節。因此，這種文體跟一般以寫實為主的兒童小說、兒童故事有很大的差別。

　　四、故事：這個要素屬於童話的文體範圍。童話需具故事性……故事中的人物遇到衝突問題，即形成了目標；為達成目標，乃採取行動；行動之後必帶來某種結果。這目標、行動和結果，就是故事的三個基本要素。童話具有故事的要素，也就是童話作品中應有作者面對的衝突問題或努力目標，接著是處理問題或目標的行動，最後是處理的結果。童話如果沒有具備故事的要素，那就會變成散文或其他文體了。（陳正治，1990：6-7）

　　林文寶在《兒童文學故事體寫作論》提出：「童話是一個以藝術雕琢的故事，以詩的情感，表達出故事中精彩的哲理，也包含著趣味的情結、美麗故事的描寫附有教育兒童的意義在其中。童話也是兒童文學的一種體裁，有趣味的情節，藉以啟發兒童想像力，增進兒童思考，對兒童的觀念、情感具有潛移默化的作用，因此具有很高的教育價值」。（林文寶，1994：225-228）　兒童與童話有著不解之緣，因為童話是語言的藝術，是形象的藝術。童話帶給兒童歡喜、教育意義。兒童在聽或說故事的時候，會在無意識中獲得教益，這些教益將會深深埋在兒童的心靈深處，將使兒童長大後也大為受益。

　　各家學者對童話的構成要素，談論最多的莫過於「幻想」。陳正治指出：「童話是以幻想的故事來反映現實的。」（洪文瓊，1992：35）蔡尚志認為：「童話不同於其他別種故事體兒童文學作品的重要素質，就是『幻想』。不論古典童話、作家童話或小說童話，『幻想』都是它們不可或缺、積其明顯的特質。」（蔡尚志，1996：27）「幻想」一詞洪文瓊以根據《藍燈英語大字典》等三種工具辭典，對幻想（fantasy）所作定義，分析所謂幻想世界就是「超自然」、「非自然」、「非真實」的事件或人物的虛構世界。（劉苓莉，1998引）林文寶等在《兒童文學》提到：「幻想是虛幻的想像。」（林文寶等，1993：315）　對於「想像」，愛因斯坦曾說：「想像力比知識更重要，因為知識是有限的，而想像力概括著世界的一切，推動著進步，並且是知識進化的源泉。」（江偉明，2000引）的確是這樣，幻想是任何一門學科的起點。李漢偉、洪汛濤有共同的看法，都認為：「童話的幻想，主要是來自生活，反過來還要表現生活。幻想，它是生活的投影。沒有生活就失去幻想的基礎，所產生的不是幻想，而是瞎想。幻想是童話的核心、基礎、靈魂，乃是根本要素。也因此，

在創作童話時，其語言運用，似乎就與幻想的因子有內在的密切關聯，洪汛濤就特別標舉出因應幻想的童話核心，經常運用了三種手法，分別是『借替』（擬人）、『假定』、『誇張』。」（洪文瓊，1992：27）所以童話的幻想必定要跟生活有密切的關係及合理的。兒童不像成人，他們的思想、能力、經驗、性格、心智、情都尚未發展成熟，所以兒童文學要顧及兒童教育的問題，更要注意到感化兒童，啟發、引導兒童的功能。而童話深刻意涵有著教化意義；富有幻想色彩的童話對兒童身心的健康成長，有著積極的教育意義。童話不但給孩子們美的享受，而且還能引起孩子們求知的慾望。童話離奇的情節總把孩子帶進一個美好的想像空間，喚醒孩子們對那個奧秘、神奇的自然界和人類社會的興趣和關心。

韋葦在《世界童話史》一書中提到：「似非而是」是童話創作必須遵循的規律，是好童話的標準。要達到這個標準，需具備以下因素：

一、童話核心必須由幻想因素構成。

二、童話情節必須圍繞幻想因素發展。

三、童話細節必須與幻想因素一致。

四、童話所採取的幻想因素，必須有很強的可信性。

五、童話角色對孩子必須既陌生又熟悉。（韋葦，1991：25）

幻想絕對是童話裡重要的元素，洪汛濤說：「童話，必須具有幻想力。我們常常把童話比喻為在天上飛行的鳥，把幻想比喻為鳥的翅膀。這比喻是很恰當的。童話是要飛行的，要飛行就得靠幻想的翅膀。童話如果沒有幻想的翅膀，它就飛不起來。沒有幻想就不成童話。幻想，對童話太重要了。」（洪汛濤，1989a：144）特別的是，幻想不受時間、空間、人物的限制，一切源於內容的發展。蔡尚志

也說：「童話、神話、神仙故事裡神奇多變的情節，最能滿足兒童喜歡想像的心性；兒童總是被這些故事裡的想像，帶到一個遙遠美麗的夢鄉，情緒也被提升到最優美、最平和、最輕鬆或最奇異、最刺激、最興奮的境界，他們的心靈也就那樣悠哉恍兮地徜徉在無限的快樂和美妙的世界中。」（蔡尚志，1989：21）蔡尚志的說法剛好呼應洪汛濤的意思，幻想就是帶領兒童飛越快樂、美妙的世界。

二、童話的手法

張清榮指出：「童話作品的內容多般是『超現實』的。因此特別強調夢幻、神化、擬人、擬物、變形、怪誕、誇張、象徵等手法。」（洪文瓊，1992：43引）

（一）夢幻

夢幻有別於現實，在夢幻中展開情節，不必受時空觀念的束縛，有絕大的創作自由，只要「夢幻」一出現，林良所謂的「童話建築物」立即構成，變形怪誕誇張神化……等人物、情節就可優游自如的活動、展開。（洪文瓊，1992：43）

（二）神化

使童話的人物、情節有超自然的力量，有超自然的推進。（洪文瓊，1992：43）原始人們憑著有限的直觀感受無法正真理解世界，世界對他們而言充滿了神秘。所以只能借助於自己的想像，產生了萬物有靈的觀念。認為宇宙上天地萬物都如同自己一樣有生命，有

靈性。如洪汛濤的「神筆馬良」,「神筆」就是「寶物」;所繪事物具有生命,就是「神話化」的「神化」手法。(同上,43)

(三) 擬人

　　洪汛濤認為「擬人化」就是過去所稱的「人格化」。這種手法,對宇宙間除了人以外的一切,都可借替。不管是動物、鳥獸蟲魚。不管是植物,樹木花草。不管是無生物,山川土石。不管是自然現象,風雨雷電。包括人們頭腦裡的某種思維意念等等,都可以借替,都可以把他們當成人。(洪汛濤,1989a:163)張清榮也有同樣的說法,認為:「運用人類以外的無生物、生物或是無形的、抽象的、思想意識等的一切事物人格化,使其具有人的各種能力及內在的思考能力,塑造成為人的形象,以替代真的人來扮演故事。」(洪文瓊,1992:43)周慶華認為:「童話中的奇幻色彩,透過擬人(手法)來表達,也是吸引兒童的重要關鍵。將童話限定為兒童文學領域所獨有且來自西方的一種文體類型。而這種文體類型就以擬人且帶有奇幻色彩的敘事特徵作為它可供辨認的標記;當中擬人(手法)一項是它唯一可以明確區別於其他文體的地方。」(周慶華,2004b:136)可以說「擬人」是童話故事中的核心,使得故事更加生動、活潑、有趣。

(四) 擬物

　　擬物將甲物比擬成乙物,或將抽象與具體、精神與物質、有型與無形的事物相互比擬,以塑造成童話中另一物的形象。例如《愛麗斯夢遊仙境》,小青蛙吐出的煙圈比擬成小魚,後吐出的煙圈比擬成鱷魚,鱷魚再吃掉小魚,就是擬物的技巧。(洪文瓊,1992:43)

（五）變形

變形是一個美術上的名詞，它是運用幻想把人物變成其他各種事物，或者使人體的某一部分變形，前者稱為全部變形，後者稱為部分變形。（洪文瓊，1992：43）而格林童話中的〈青蛙王子〉，王子被變成青蛙；愛麗斯吃了餅乾、香菇、喝了飲料而變形就是例子；〈白雪公主〉中的巫婆，把自己變成賣蘋果的老婦人；《木偶奇遊記》的皮諾喬因說謊而鼻子變長。以上都是「變形」的精采例子。

（六）誇張

誇張也是童話中一種常用的手法。張清榮指出：「誇張手法是針對人的體型、習性、言語、動作或是環境、情節，進行放大或顯微的描寫，用以強調某一個人、事、物的特徵。」（洪文瓊，1992：43）。而洪汛濤則說：「一般的文學作品，它的誇張，主要是集中、概括的意思，就是把生活中的某一部分放大開來。但童話的誇張，應該是誇張的誇張，是一種生活的超誇張，不僅是把生活中的某部分放大開來，而且是到了變形的地步。」（洪汛濤，1989a：199）正如越南童話中的〈Sự Tích Lạc Long Quân Và Âu Cơ〉故事，兩人相愛後生了一胞，過了一陣子此胞開了一百個卵，百卵生百子。這情節也許過於誇張，可是這也成為越南人民引以為榮的故事，號稱「同胞」的說法也是由此故事而延伸的。正如洪汛濤的說法：「誇張的手法，有用之於歌頌和讚揚的，也有用之於諷刺和嘲笑的，也有用之於揭露和抨擊的。如巧媳婦的故事，是歌頌和讚揚我們的半天邊婦女們；如呆女婿的故事，就是諷刺和嘲笑那種笨拙不堪的男

人的；如《皇帝的新衣》就是揭露和抨擊過去那種專橫又愚蠢的統治者。」（同上，204-205）誇張手法所以是童話故事中關鍵的因素，是因為誇張是孩子們所習慣的思維方式，孩子們對於面前的世界是新奇的，但是他們的知識是有限的，是逐漸逐漸在增加的。他們看到一點什麼，要他們正確的反映出來是做不到的。天下細雨，他往往認為是下大雨。妹妹摔跤手上擦破了皮，他往往認為是受重傷了。他撿到一分錢還給失主，他往往認為自己很了不起。所以可以說誇張是孩子的天性。（同上，206）這論點證明了童話所以受兒童歡喜，完全是因為它符合兒童心智發展，代替孩子們心中所想而未能表達的話。

（七）象徵

陳正治認為童話內容跟實際生活是有關係的，童話的內容常常有象徵特質。（陳正治，1990：14）正如越南童話中的〈Sự Tích Mai An Tiêm〉（西瓜的故事），故事講述著被國王趕到荒島的夫妻倆，此荒島完全沒有人。國王不直接處死而貶倆人到荒島去，讓他們自生自滅。但是他們夫妻倆靠著自己的努力，不但不死還研發出一種水果。這種水果清甜又能解渴，越種越多而生意越來越好。國王得知後感到慚愧，並且下令接他們回來。故事除了歌頌夫妻倆的努力，還象徵著勞動農民的勤苦耐勞的美德。

綜合以上論點，可以說童話是幻象的作品，充滿誇張、擬人、神奇、象徵等手法的文學作品，贏得兒童歡喜。童話不直接描繪現實生活，而是借助於幻想手段去塑造雖不存在於現實而又具有現實意義的藝術形象，從而達到間接反映現實的目的。幻想是童話區別於其他文體的一個重要特徵。

三、童話的特質

蔡尚志在《兒童故事原理》認為童話有五個特質：

（一）瑰麗新奇的想像：想像是童話的基石，沒有想像，就成不了童話。童話係出自想像力而成的故事。

（二）溫馨迷人的情境：兒童的生活環境太狹隘了，他們處處感到拘束不安，他們也覺得所接觸的人（尤其大人）都太嚴肅了，說話做事既呆板又無情。童話要幫助兒童超越這些困境，把這些困擾擺脫掉，使兒童感受到溫馨、愉快、純真、安全的情趣。

（三）和諧優美的氣氛：蔡尚志認同林守為的說法，童話的意境，要能蘊含和諧的氣氛；童話的文字和結構，要能呈現優美的韻致。

（四）豐富寬闊的題材：在童話世界裡，時間空間角色等等的選擇和運用，都不應太加以拘束或限制，以免妨礙題材的發揮。

（五）完美圓滿的結局：兒童視閱讀為遊戲活動，想從書中得到遊戲的樂趣和喜悅。為了滿足兒童的這種心理，童話的結局最好以完美圓滿收場，不要讓痛苦、悲哀、淒涼、失意的結局影響了天真愉快的童心，這是童話作者特別要注意的地方。完美圓滿的結局，帶給兒童愉快的情緒，充沛的信心和希望……兒童從完美圓滿的結局，感受到人生的光明和善良面，鼓舞他們高尚的情操和意志。（蔡尚志，1989：191-193）

林良在《童話的特質》一書中也提到童話的特質包括：

（一）物我關係混亂的特質：在兒童世界裡，物我關係是混亂的。如孩子可以跟樹葉說話，向路燈說再見。這種「物我關係的混

亂」，跟詩人的「明月幾時有，把酒問青天」是一個類型，是一種文學藝術上的美。

（二）一切的一切都是人：童話世界裡，貓罵老鼠，老太婆請棍子幫她趕豬過橋……這是把一切的一切都看成人。

（三）時空觀念的解體：童話世界裡，不管「哪年哪月」，不論「何地何方」外，還不受時空觀念限制。

（四）超自然主義：童話裡的許多安排，常常是常識上的「不可能」，是自然法則所不能接受的。

（五）誇張的「觀念人物」：人是複雜的，人的言行常受現實生活修正，所以在「現實世界」裡，並沒有「單一觀念」的人物：像好吃的人，不會一天到晚「狼吞虎嚥」；好撒謊的人，不會一天到晚「信口開河」。但是在童話裡，往往有「單一觀念」的人物。如安徒生童話中的〈皇帝的新衣〉中的皇帝，因為愛穿新衣，受騙到光著屁股在大街上遊行。這種觀念人物，只有個性，沒有理性；只有觀念，沒有思想。（陳正治，1990：9-10）

以上的五個特質說明了童話屬於「幻想」的。童話是屬於幻想的，因此它具有物我關係的混亂、擬人、時空解體、超自然、誇張等特質。（同上，11）也就是說，童話是幻想的產物，它的根本特徵是表現超自然的力量，超人間的存在，可以不受現實可能性的範圍。

林守為在《童話研究》中對童話特徵也提出了五個觀念：

（一）遊戲性：小孩的生活是遊戲的生活；他們視閱讀為一種遊戲。童話是為孩子寫的，作者設計有趣的情節，乃是為滿足兒童遊戲的樂趣。

（二）想像性：童話係出自想像力而成的故事。

　　（三）包容性：童話中，時間、空間、人物都不限定。童話的世界非常寬廣，包含了一切。

　　（四）單純性：童話有一種基本精神——博愛；基本德性——和善；基本旋律——優美；基本情調——天真；基本形式——完整；基本效果——喜悅。童話具有單純的特性，所以能受兒童歡迎。

　　（五）喜劇性：為使兒童得到歡笑與輕鬆，童話中充滿喜劇的意味。（陳正治，1990：11 引）林守為提出的特徵可以歸納入童話中的幻想與趣味性特徵。

　　另外林守為還提出了博愛、和善、優美、天真、完整、喜悅等特性，其說明了童話的特質帶純真的意味，它的發源地是人的純真的心境。童話世界是一片純真的世界。童話是「人生的另一面」，而且是相當重要的「另一面」。（林文寶，1998：29 引）童話對兒童成長來說扮演著重要的角色，從童話裡孩子的想像被滿足及激發，而且能增進兒童的知識。童話故事中帶有洋溢的真情、善良的人性、奇美的境界。這些故事給兒童帶來快樂外還能撫慰兒童，薰陶兒童性情。

　　綜合以上所述，童話的特質包含了幻想、誇張、擬人、啟發、教化等特質。童話在文學上，特別在兒童文學領域中，它具有永恆性、個別及普遍性。每一層面都具有自身的存在和審美價值。另一方面，以上各個層面相互依靠，彼此融合，共同構成文體的完整形式。每一特徵都有其重要性。童話本身也是一個完整和諧，生氣灌注的整體。就是童話文本中各層面的相互榫接和完美結合，有此童話的奇幻美才得以形成。

第二節　童話的源起及其社會背景

一、童話的源起

　　童話是人類所共同創造的，什麼地方有兒童，就有童話，可以說兒童是童話創作預設接受的對象。但對整個世界童話史而言，童話的起源也是「揣測紛紛」。（周慶華，2004b：135）韋葦在《世界童話史中》認為：「童話的泉水，是初民原始、天真的想像，是他們對生活的感受的噴涌」。（韋葦，1991：13）眾多研究童話學者認為童話源自古代人民對宇宙萬物的解釋，出自人類的思考感知、道德觀、對善必戰勝惡的信念。原始人把自己幻想中的神，與在勞動和鬥爭中出現的某些英雄形象，對大自然中的一切難以理解的現象，作出了樸素、大膽而天真的解釋，所以出現了童話有神話、傳說演變而來的說法。主張童話由神話、傳說等演變而來的，也就是所謂「神話殘渣說」的說法，該看法是：

　　查理士・樸樂滋（Charles Ploix）說：「自然神話就是說明自然物質現象的神話。自然神話的含意逐漸模糊後，故事中的場所由天界轉到人間界。把這些人間界中的人們行為當作故事的題材，就是童話。」（陳正治，1990：17）
　　麥斯・莫洛爾 （Max Muller）認為：「古典神話中的眾神，在變成古典的半神和英雄的時候，神話就變成傳說；傳說中的半神和英雄，到了更後代，變成了平凡的一般人或者無名的勇者的時候，傳說就變成了童話。」（同上）

也有學者認為，從童話的發展史來判定童話是由神話、傳說演變而來的。祝士媛說：

> 童話最早是口頭創作，屬民間文學。它和神話、傳說有密不可分的關係。它們的共同特點是有濃烈的幻想色彩。神話產生最早，它講的是神的活動。主人公都是神、魔、仙、妖之類⋯⋯傳說是在神話傳演的基礎上產生的。內容多為一定歷史人物、歷史事件、地方古蹟、自然風景、社會習俗有關的故事⋯⋯由此可以看出神話、傳說是童話的淵源。很多民間童話是由神話、傳說演變而來的。（祝士媛，1989：85）

中國學者蔣風認為：

> 提到童話的起源，不能不提到跟它淵源關係的神話。神話早於童話的出現⋯⋯神話、傳說與童話都是帶有幻想的故事，在這一點上很有相似之處。流傳在民間口頭上的某些神魔童話，有些本來就同神話有關⋯⋯傳說與童話確實也有其密切的關係，因為童話就是由神話、傳說慢慢演變、發展過來的。（同上，17）

韋葦說：

> 童話是由神話、傳說演變而來的說法」也不是完全沒有道理，古代童話多半是人民對宇宙萬物的幻想，為了滿足兒童的好奇及藉由童話來進行說教。童話在其本願意義上屬於民族、屬於人類的，最早是成人為了自己的需要而創造的。（韋葦，1991：13）

　　可以歸納此種童話屬於「民間童話」的一類。民間童話和神話故事處於同一領域，是古代民眾口頭創作者和傳述者的領域。從神話故事和民間童話的規律來看，它們在某部分是彼此交叉的。

　　另一種說法是「童話跟神話、傳說同時發生，甚至比它們更早」。提出這樣的看法是日本蘆谷重常在《世界童話史》中說：

> 童話究竟發生於何時的問題，那只能說是屬於不可想的太古而已。一般的想法以為「童話是神話的兒童化」，不過慎重的推想，童話卻比神話發生得更早。在神話發生時，必有與其相呼應的宗教信仰和相當的文學的技巧為其背景，但在文化程度還沒達到一相當階段──尚在未開化的草莽時代，語言就已存在。在神話裡含有無數的童話，但這些童話實存於神話之前。（陳正治，1990：18 引）

日本學者村松武雄在《童話教育新論》一書中認為：

> 一、認為童話是神話的殘渣，在民俗學上或民族心理學上，並無什麼根據。
> 二、在文化較低的階段中，童話也在各民族間產生，而不是在神話，傳說之後的產物。童話和神話、傳說是在不同動機之下產生，而相並存在的……（林守為，1977：3-4 引）

另外蘇尚耀也提出：

> 研究童話的學者，探求童話的淵源所自。上古時代，文明未啟，先民的知識有限，他們對於生活周遭所接觸的自然物如日月山川，自然現象如四季循環、陰雨雷電，常常懷

著敬畏和驚異；更常將變化不測的自然現象，比擬作不可捉摸也難以接近的精靈。於是用了自己種種的經驗去揣摩、去想像，創造種種幻想怪誕的故事，這就成了自然童話。童話的生命，就是這樣漸漸的啟發培養起來。後來由於人類生活的發展和社會的進化，又產生了一種英雄童話。這自然童話和英雄童話，可以說是依附於神話而存在的。最初人們講述故事，大都看作一種娛樂和知識的來源。老年人之所以對於兒童及少年講述故事，並不由於他們喜歡於此，也並非完全由於聽的人有趣味，乃是由於他們覺得部落中各分子應當知道這些故事而把它看作是教育的一部分。唯初民既無童話、神話、傳說等的分別，我們也無法嚴格區分究竟這些古老的故事，那些是自然童話，那些是神話；或那些是英雄童話，那些是傳說。（吳鼎等，1996：121-122）

林守為對童話起源的看法是：

童話發生在神話之前較為接近客觀的事實。因為原始人類雖未開化，但他們即有兒女，無論為娛樂兒童也好，為教養兒童也好，必在日常生活中對兒女有所述說。述說的內容，或關於以往的故事，或關於過去的人物，或關於眼前的某種現象，這種種述說，當時雖無童話或故事之名，但卻已具有童話或故事的實質。（林守為，1977：4）

林守為以上的說法可以將歷史以來爺爺、奶奶、父母夜晚給小孩子講述的故事都歸類為陪伴兒童成長的「童話故事」。這類童話

也可稱為「口述童話」或「古典童話」，作品純粹根源是直接聽到的口傳故事，忠實記載而成的。

　　童話作家洪汛濤則認為「說童話是由神話、傳說演變而來的，現有神話再演變成傳說，然後演變為童話……這是一樁很不公平的事」。（洪汛濤，1989a：225-228）洪汛濤的「包容說」比「演變說」要進一步。包容說，至少承認童話早期就有了。殊不知童話是太古時代就有了，是和神話或者和傳說同時產生於世界上。那時候，沒有神話、傳說、童話這些名稱，有不少作品　（當然是口傳的），可以說是神話，或者可以說是傳說，或者可以說是童話。現在有了名稱，有了概念，有了範圍，有了界限，還有很多邊緣作品更是難以分清的。所以如果包容說改成：神話其中有一部分作品是童話，傳說其中有一部分作品是童話；同時童話中有一部分作品是神話，童話中有一部分作品是傳說。（詳見第二章第一節）如果說包容，是互相包容的話，這樣的包容說，是可以同意的。洪汛濤對童話起源的看法與林守為的說法是一致的。都認為古時候口傳故事，長輩給子孫說的故事，都帶有神話、傳說性質。也就是說，童話、神話、傳說是同時發生的，甚至比它們更早，說給兒童聽的故事就是童話。這些童話在人們口耳相傳中不斷加工，不斷完美。在一個漫長的歷史時期裡，這些活在人們口頭上的民間童話，遍布著世界上的各個角落。凡有人類生活的地方，都有童話的流傳，它就是一代一代兒童的精神營養。

　　另外，葉君健在翻譯《安徒生故事全集》時也有同樣的看法：

　　　　童話，自人類在搖籃時候起就已經產生，通過奶奶、母親們
　　　　的編織，在人類開始認識這個世界的時候就已經成為他們精

神生活上一個組成部分。它植根於人民中間，最初以口頭傳
播形式出現。（安徒生著，葉君健譯，1999：5）

這個說法隱含著童話比神話、傳說是同時發生，甚至比它們更
早的講法。

其實從神話、傳說、童話的特性來看，童話是有自己獨特的地
方，比神話、傳說更有創造性。關於神話，它是原始人對於大自然
的經驗反映。也可以說，這是原始人想要戰勝大自然而對千奇百怪
的現象作出的一種幻想的解釋。所以幻想出超能力的神來征服宇
宙。無論是東方或西方，原始人類總是用幻想來把人的力量加以理
想化。而傳說，多指古代傳說，有關現實生活中的英雄人物的傳奇
故事。當然傳說現實中的人，也需要幻想與誇張，但其幻想與誇張
中也要附在真實人物身上，此外當中也帶有幻想及虛構的成分，但
往往具有歷史事實作依據。神話主要寫神，傳說主要寫英雄的故
事。童話別於其他文類是由於童話包含了幻想、誇張、擬人、啟發、
教化等特質。童話在文學上，特別在兒童文學領域中，它具有永恆
性、個別及普遍性（這一點上一節已作了詳細的說明）；別於其他
文類的童話，莫過於奇幻色彩及擬人手法。擬人（手法）一項是童
話唯一可以明確區別於其他文體的地方。（周慶華，2004b：136）
童話中的擬人手法可以把非人的動、植物變成能說話、有感情的
人，它是吸引兒童的重要關鍵。

綜合以上所述，童話是一種文學，它伴隨人類生活的時間最為
悠久。最早凝聚了人類的智慧及經驗，借口耳傳承方式流行在人類
活動的地方，人類用記憶和思想來保存及傳承童話。不論童話、神
話、傳說誰比誰早，誰制約誰都不重要，重要的是它們之間有著密

切關係、互相支配、互相共補的。都是人類千百年來共創的產物。古代童話從家庭、民族、國家流傳到另外一個家庭、民族、國家。這種流傳經過傳述者的加工，加進了個人的智慧和想像，帶有了民族色彩的渲染。

二、童話的社會背景

以便考察童話的社會背景，我將把童話分成兩大類，這與世界上童話學者所界定的分法是一致的。第一是「古代童話」，又稱「古典童話」；第二是「現代童話」，又稱「創作童話」（這點在前幾節已詳細說明過）。

（一）古典童話

在西方國家，整理、改寫古典童話，有成就的人是由 17 世紀法國的貝洛爾（Charles Perrault，1628-1703 A.D.）首開其端，他將平日熟悉的民間故事改寫成適合兒童閱讀的故事，於 1697 年初版了《鵝媽媽的故事》（Les Contes de Ma Mere Poye）。因為這些故事都是專供兒童閱讀的，所以被稱為「童話」，貝洛爾也因此被後人尊奉為「世界童話之祖」。（蔡尚志，1989：194）

第二世界著名的古典童話代表者是德國的格林兄弟，哥哥雅格‧格林（Jacob Grimm，1785-1863 A.D.）和弟弟威廉‧格林（William Grimm，1786-1859 A.D.）。他們基於學術研究的誠心及保存祖國固有文化遺產的愛國心，秉承貝洛爾忠實的敘述的態度，編寫了一百一十篇童話於 1812 年出版了第一卷。不改變故事的內容，只是試著修改形式，進而讓故事能以生動、活潑的樣貌重現在讀者眼

81

前。他們將平日熟悉的民間故事改寫成適合兒童閱讀的故事，也可稱為「民間童話」。譚達先表示：「童話意即原始社會的故事……兒童就是原（始）人的縮影，當然童話也就可以算作原始社會的故事。」（譚達先，1981：1）童話在原始社會已受到界定了。格林兄弟成功的將民間童話進行採錄、整理、加工和出版，對歐洲口頭童話作品的保存、流傳產生了積極影響，各國都有作家紛起仿效格林兄弟，搜集整理本國本民族民間童話故事，供兒童和成人閱讀，一時蔚然成風。（韋葦，1991：88）格林兄弟原本也非研究童話領域，在湊巧的情形中而有所改變的兩位格林兄弟，本來都是語言學教授，他們收集德國民間童話的目的，是為了追溯德語的語根，進行語言的研究，以保存及復興日耳曼民族的文化，根本沒有想到孩子們。可是後來他們卻對民間童話發生了非常濃厚的興趣。格林兄弟常返回他們的家鄉卡瑟爾，拜訪鄰近的百姓，向當地的農民採集一些鄉土風味濃厚的民間故事。（蔡尚志，1996：11）格林童話中的故事充滿著濃郁的鄉土風味的民間故事。換句話說，民間文學是童話的一個母親。童話園地中佔大量比例的民間童話，就是根據勞動人民世世代代口耳相傳記錄整理而成的。格林兄弟也無疑的保存了民間童話的思想、主題和基調。民間童話中那些善必將戰勝惡，獎賞刻苦耐勞、強者也少部分得需要弱者幫助和支持……的思想理念，都是從人民的活生生的思想信念中提煉出來的。格林兄弟復現了民間童話的神魔世界奇幻的特性。（韋葦，1991：90）格林兄弟的童話故事雖然出發於鄉土風味的民間故事，但是都是經過加工、整理而來的產物。格林兄弟並不是把採錄民間童話的紀錄稿稍加整理就拿去出版。他們把大多數童話由口頭語言作品改寫成文學語言作品。（同上，91）

綜合來說，格林童話所反映的都是人民的嚮往和意願，及讚美善良、勤奮和勇敢，所嘲笑的都是怯懦、虛偽和懶惰，都表現了日曼爾民族的樸素、幽默和機智。這些童話幻想豐富、虛構大膽，但曲折而不離奇，樸素而不單調。（同上，92）

格林兄弟曾說過這一段話：「這些給兒童的故事能以他們純潔和溫柔去喚起孩子對生活的嚮往，在人生之初就培養起一種美好的思想和感情。但因為這些童話的樸素詩情能夠教誨每個人以純真，有因為這些童話將留在家裡並作為遺產一代一代傳下去，所以又把它叫做『家庭的童話』。」（韋葦，1991：96）可見這些「家庭的童話」成為世界上家喻戶曉的童話故事，它不單滿足兒童的心靈，也能成為大人們教誨兒童們最好的材料，所以就此童話得到社會上的肯定。

（二）現代童話（創作童話）

千百年來民間童話都不停的在各地區、各個民族中代代相傳。人們按照自己的美學理想和願望、意志、需要，對民間童話加以修改、補充和改造。所以這些民間童話不僅以它的藝術魅力深深吸引著廣大的小讀者，而且也敲動了作家的心靈。於是一些傳記作家對此加以搜集、整理，或以民間童話的內容為素材，進行藝術的再改造。就這樣產生了作家對童話的創作，他們的作品也成為有別於民間童話的童話了。從古代童話演進到現代童話，安徒生可說是現代童話的開端性人物。丹麥的安徒生（Hans Christian Andersen，1805-1875），林文寶認為「現代兒童文學的童話，起源於德國格林兄弟為兒童所寫的生動有趣的民間故事。為兒童所寫的民間故事，是『童話』的原始含義。這個含義，為安徒生所突破，安徒生也為

孩子寫丹麥的民間故事，但是後來卻寫出了自己的『創作』。（林文寶等，1998，13）安徒生突破了前人「述而不作」的心態，發揮豐富的想像力及卓越寫作技巧，他為童話的發展寫下了更光輝璀璨的新頁，是世界童話史上的盛事。他也是童話史上的偉人，是現代童話的代表作家。

安徒生童話憑著自己的魅力，不脛而走，不翼而飛，迅速地越出了國界、洲界，普及所有的國家、所有的語種，地球上每個角落，千家萬戶的孩子都在讀它們，而又不僅僅是孩子。世界文學中沒有第二位作家的作品更比安徒生童話家戶喻曉。安徒生童話實屬於讓人讀一輩子的作品……（韋葦，1991：161-162）安徒生童話是世界兒童文學的塊寶，一百多年來，一直為一代又一代的兒童所傳誦。影響了一代又一代孩子的成長，它的名篇如：〈醜小鴨〉、〈皇帝的新衣〉、〈賣火柴的小女孩〉、〈拇指姑娘〉、〈海的女兒〉等。安徒生所創作的童話，明顯的可以分成三個時期：第一期（1835-1845）的十年中，他所寫的童話是專給兒童看的，所以把這一期的童話作品叫做「講給孩子聽的故事」。這一期的特色是：充滿了美麗的想像和浪漫的色彩，洋溢著開朗樂觀的情懷。（蔡尚志，1996：16）第二期（1845-1852）的作品，稱為「新童話」，在風格上有了很大的轉變，寫實性增強了，浪漫色彩逐漸褪去。這個轉變，可以從〈賣火柴的小女孩〉中明顯的看出，這是由於安徒生進入中年以後，心情產生了某些變化。他經歷的生活更多了，他對人生的體會也更深了。這期的作品特色是：浪漫主義與現實主義結合，感情更激越。（同上，16）第三期（1852-1873）作品，內容則幾乎全是描寫現實生活小說，浪漫色彩沒有了，而且氣氛變得更深沉，思想更悲觀蒼涼，安徒生統統把它們叫做「新的故事」。（同上，16）

　　隨著時間與社會的變遷，安徒生的童話也有所改變。從第二期以後安徒生的童話已經不適合給兒童看了，因為社會批評性及人生諷刺性太強烈，而且筆調沉鬱灰暗，兒童也不見得能夠體會。（蔡尚志，1996：17）

（三）童話的創作觀

　　周慶華與眾多童話研究學者認為童話起源於西方，所以只能從西方去追溯根源。西方歷來的宇宙觀，表面上顯得繁複多樣，實際上卻有相當的同質性，就是都肯定一個造物主，以及揣摩該造物主的旨意而預設世界（宇宙）所朝向的某一個目的。（周慶華，1997：92）西方文化屬於創造觀型文化，在西方因為以神或上帝（造物主）為主宰，所以才有戀神情結和幽暗意識的存在（戀神而不得，必致怨神，所以有人神衝突；而人有負罪墮落，不聽神遣，所以會遭神懲罰播弄）；而在中國，沒有唯一主宰的觀念（在氣化觀底下，只有泛神信仰），所以才會有那些「人化」的神話被用來共補天地人間的「缺憾」。（周慶華，1997：124-125）。這也是中西文化最大的差異處。西方的創造觀因為有不斷創新的需求來模擬造物主、媲美造物主，所以使童話中非人的角色統統變成人。也藉由不斷要「創新」的意識，整個過程就能產生美感，也就是從人的創新當中來玩味而有美的感受。這樣一來，創新就能滿足人民的心理需求。這些創新的緣由，出自於西方社會背景因素。由於要不斷創新來媲美造物主，所以西方式的童話是西方人「模仿」造物主創造的風采而出現的一種文體（以超現實的創作來展現人「操縱」語言構設事件的「不可一世」的能耐），彼此在表面上相對而實際上卻是相通的（也就是只要敬仰了造物主，難免就會接著想辦法「媲美」造物主；而

神話和童話的創作正是能夠滿足這類的需求。反觀中國傳統的神話形態不一樣，也缺乏西方式的童話，就是根源於中國傳統並沒有西方人的宗教信仰；彼此原有不可共量的因素在，很難相互遷就。（周慶華，2002：297-300）漢民族的宇宙觀較為簡單，它可以用一個「氣化宇宙觀來概括」。（周慶華，1997：95）在氣化觀型文化方面，它的相關知識的建構，根源於建構者相信宇宙萬物為氣化而成。印度佛教所開啟的緣起觀型文化，則是要逆緣起解脫。緣起觀型文化的相關知識的建構，根源於建構者相信宇宙萬物為因緣和合而成（洞悉因緣和合道理而不為所縛就是佛）。（周慶華，2007：185）東方氣化觀型文化與佛教的緣起觀型文化意識裡沒有「唯一主宰的造物主」，所以就沒有強烈「創新」的欲求。

　　由此可知，西方人只要敬仰了造物主，就會接著想辦法「媲美」造物主；而神話和童話的創作正是能夠滿足這類的需求。這樣的說法，可以透視到世界著名的格林童話、安徒生童話、貝洛爾童話等都有著「媲美」造物主的特性。童話故事中的內容多半是「倡導真、善、美；諷刺假、惡、醜」這些愛憎情感，這些童話深深意涵著教化意義，也就是富有幻想色彩的童話對兒童身心的健康成長，有著積極的教育意義。無論是古典童話、現代童話，都帶有這些基本的涵義。「每個重要的童話故事其實都在處理一項獨特的特性缺陷或不良特質。在『很久很久以前』之後，我們將會看到童話故事處理的正是虛榮、貪吃、嫉妒、色慾、欺騙、貪婪和懶惰這『童年的七大罪』。雖然某一個童話故事可能處理不只一項『罪』，但當中總有一項佔主要地位。」（雪登‧凱許登〔Sheldon Cashdan〕著，李淑珺譯 2001：35）西方童話故事中常出現的一個人物是「巫婆」，而這些巫婆總是把那些罪惡「攏總」的承擔起來，而最後巫婆也「一

定要死」才大快人心。可是為何這些承擔罪惡的角色一定是「女性」？其實這跟西方人負罪觀念有密切關係。在舊約《聖經‧創世紀》裡明白記載了夏娃被蛇引誘偷吃禁果開始，夏娃偷吃後又拿給亞當吃，亞當才跟著一起墮落。因此，「罪」是夏娃一人開啟的。也由於夏娃一人無法承擔全部的罪，就有可能轉移到其他女性身上。（周慶華，2004b：139）由此「女巫」就背上重大的罪名了。古典童話與現代童話中的故事，多半都有「女巫」角色，這些「女巫」也具備「罪」的特性：虛榮、貪吃、嫉妒、色慾、欺騙、貪婪和懶惰，最後都淪落慘死的下場。這是否代表了童話創作者們模擬造物主的觀念，塑造出醜惡的「巫婆」來媲美造物主當年精明的判決了偷吃禁果的夏娃？由於西方社會的需求，要不斷創新、媲美造物主，所以導致童話故事中的內容也有所不同，有著西方的特色。也就是說，社會文化背景會深深影響著童話的發展。

第三節　童話的心理需求

隨著文明的進步、科技的發展，世界的面貌變得越來越清晰，神話也自然的淡出了，而童話依然發展得蓬勃生動、面貌豐富。這是因為童話是面向兒童的，童年是人生之河的源流，充滿著生命初始階段的純真，所以童話是兒童心理成長的養料和搖籃。古今中外，幾乎沒有哪一個小孩子，不受到童話故事的影響。童話是成人為兒童所開發及創作的。它反映了兒童心理發展的特點，符合兒童的認知水準及認知特點。童話裡有著鮮明的想像、幻想、誇張、擬

人和象徵意義，蘊含著豐富的教育內容，生動的反映著現實生活，表達出兒童的內心世界，孕育著兒童的心理成長。童話普遍獲得男女老少的喜愛，古今中外皆然，它的魅力歷久不衰。童話所以得到大眾人民的喜愛，是因為它陪伴著人類生活的時間最為悠久，凝聚了人類的智慧及經驗。大人們藉由童話來解釋宇宙萬物、教誨兒童們、激發兒童的想像力、愉悅孩子們單純、天真的心靈。

施常花認為：

> 童話的魅力值得重視，它最大的魅力在於它所編織的綺麗幻想世界，提供兒童豐富的幻想，且富有趣味性，使兒童生活不覺得寂寞乏味，並具有現實的教育心理意義，而童話的價值及意識早在生命的初期就深植在兒童讀者的心中，成為一種文化潛意識，深深的影響著每位讀者。（林文寶編，1992：97）

陳蒲清說：

> 童話是一種適合兒童心理特點的幻想故事。幻想是一種指向未來的特殊想像，愛好幻想是兒童的天性，而在發展兒童幻想力以哺育兒童健康成長方面，童話具有其他文體所不可替代的獨特作用，如果幻想力萎縮，就不可能有健美的心靈和創造力，就會造成一大批平庸而庸俗的人，那將是一個人的悲哀，也是一個社會和民族的悲哀。（陳蒲清，2008：8）

洪汛濤也說：

> 我們應該緊緊抓住他們這一段寶貴的時期，讓他們多和童話接觸，談童話，寫童話。讓孩子們的幻想智力得到充分的發

　　展和發揮。希望他們永久保持這種旺盛的幻想智力，以利於
　　社會、國家、世界、人類的建設。（洪汛濤，1989b：89）

可見童話被視為培養兒童想像、創造力最佳的材料。

　　童話如此被肯定，是因為世界民眾都有著同樣的心理需求，童
話被賦予相當崇高的任務。洪汛濤提出：

　　童話任務，也可以叫它童話功能吧！我看主要是這五個方
　　面：啟導兒童思想，陶冶兒童性情，增長兒童知識，豐富兒
　　童生活……發展兒童幻想，是童話這一門藝術的獨有的功能
　　和任務。（同上，82）

　　由於童話存在歷史悠久，它已植根在我們日常生活周圍，例
如童話中多半都是神奇美妙的情節，而我們常常認為不可能的
事，也就是我們常常會形容某些事物而用「如童話般」這個形容
詞來表達，甚至有點貶意這樣的說法。但是暗地裡我們仍然會沉
醉在童話中。

　　童話故事為了傳達社會道德觀和價值觀，所以經常隱含著規
訓的訊息。也就是大人們為了要小孩聽話，巫婆和怪獸是最好的
恫嚇。當幼小的兒童面對著強大的成人世界，時時感受到自己的
無力與弱小，常常碰到管束的力量，為了從一個方面暫時擺脫社
會化力量對兒童的壓抑與束縛，暫時避開真實生活的壓力，兒童
們找到了童話，找到了童話中所構設給自己的自由幻想世界，在
此可以進行種種遐想的遊戲。現實生活無法得到滿足，可以寄託
在童話中，藉由童話來追求想像中的自我實現。童話契合兒童心
靈的幻想性而獲得了存在的價值與實現的方式。童話通常是從一

個難以處理的情況開始，然後描述問題可能解決的辦法，以及克服整個問題所必要的過程。如果一個童話敘述的是一個人類共同的難題，童話中的主人翁就是一個象徵，他或她代表的是一個人在這個困難情況下適當的態度或立場，童話人物所面臨且急於解決的難題也正是我們必須解決的難題。（維瑞娜・卡斯特〔Verena Kast〕著，林雅敏譯 2004：14）童話提供成人及兒童敏銳思考的途徑，童話具備投射測驗的功能，能夠投射出兒童自己無法表達的內心困惑，童話可以處理兒童的心理情結，幫助兒童釐清混亂的情緒並且促進兒童心理的成長。

童話故事常含著最強烈的社會化敘述手法內，有了解自我和待人處世之道的不朽規範。誠如學者所言，在童話故事的扉頁中，我們發現自己像王子、公主，父母像國王和皇后（或魔王與毒惡的後母），兄弟姊妹像討人厭的敵手，終於受到處罰，大快人心。故事中也有巨人（仿如兒童對成人的看法）和侏儒（與成人比起來，兒童會覺得自己像侏儒）。童話故事的目的——男孩渴望當國王，女孩渴望婚姻，至少一般人的看法是如此，並且用比較不尖銳的口吻敘說社會對男女的期許，這種口吻教人渴望再說一遍。故事的結局「從此過著快樂幸福的日子」，即使令人懷疑，也不致懷疑太久。在認識字以前，童話故事是我們第一次接觸到的語文；在長大成人離家以前，也靠童話第一次接觸社會的性雛型。童話教導我們閱讀、書寫和是非對錯。在杜撰的外觀底下，童話預備我們跨越真實世界的能力，並提供終身受用的功課。（凱薩琳・奧蘭絲姐〔Catherine Orenstein〕，2003：32-33）以上論述說明了兒童透過對童話的閱讀能夠潛移默化地吸收成人世界的經驗，由此促進了兒童的社會化。

韋葦提出：

> 童話是這樣一種文學：它的每一件精美之作都可能成為兒童構建智育和美育大廈的基石。它那介乎真實和非真實之間的意象化藝術，先是把孩子從真實世界誘入童話世界，繼而對孩子精神的成長起潛移默化的作用。孩提時代有沒有、多大程度上從口頭和書面童話中汲取過營養，難免會影響一個人一生的精神豐富性，影響到一個人的想像力。（韋葦，1991：2）

換句話說，幼兒的創造能力是與他情感體驗和審美能力直接相連的。童話是一種非寫實的，以幻想、創造精神作為主要的審美手段的文學品種。幻想是童話的靈魂，沒有幻想就沒有童話（這點上一節已討論過）。從心理學的角度來看待，中小學生正是最富於幻想、想像力最旺盛的時期，他們的思維常常帶有童話的特點。童話的作品中豐富的幻想與想像，正與他們的心理特點相吻合。

施常花指出：「實際上也有不合邏輯性、暴力、血腥、殘忍的童話故事，然而人性中本就有著這些精神特質，教師或父母使兒童了解其不當性而消除之是必要的。」（林文寶編，1992：98）童話是孩子健康成長的源泉之一，如何在閱讀中引導兒童健康成長是非常重要的問題，孩子是要學習童話主人翁克服困難的智慧。到此不得不提到一些「優良的童話故事」，優良的童話的確有相當大的心理教育價值。（同上，99）童話要啟導兒童思想，讓兒童們樹立那些好的思想，去掉那些不好的思想。這就是我們常說的思想教育和道德教育等等。（洪汛濤，1989a：48）優良的童話內容完善，具備真、善、美的元素，其主旨在於引導兒童的

觀念、思想、感情、意志，傾向於真、善、美的發展，揭露社會中黑暗的一面，使兒童知惡人惡勢惡物惡情必遭受困阻，惡有惡報，而行善者終必獲得勝利，結局圓滿，使兒童具樂觀、進取、克服困難、服務他人、建立道德意識、培養道德觀念、優美情操、勇敢精神、高尚志趣。（洪文瓊等，1992：98）以上的論述已涵蓋全部童話所要傳達的真理，優秀的傳統童話是一定歷史時期的藝術創作。

兒童在聽與讀童話時會在無意識層面上獲得這些教益，這些教益會深深的埋在兒童的心靈深處。施常花又表示：

> 童話的最大教育心理價值在於能激發兒童的興趣、想像力、啟發同情心，故設困難，予以解決，使兒童增強對人生的了解以及適應環境的能力，容許兒童暫時離開現實世界，處理根深蒂固的心理問題及邀起的焦慮事件，獲得獨立自主的能力，及對付自我困擾的方法，使讀者能勇往直前，調適所面對的壓力，懷抱對未來的希望，相信可以過更好的生活，充滿仁愛、自由、平等的正義。」（同上，98）

由於兒童心智發育尚未成熟，童話具備了以上的功能，加上童話大量使用擬人、誇張手法，奇幻色彩……符合泛靈論階段兒童的認知特點，從而易於得到兒童的承認及接受，得到大人們的青睞。兒童讀者曾反映透過「神仙故事」的思路，引發了他以慈悲為懷、仁愛為本的力量；「安徒生童話」安慰苦楚傷痛的靈魂，它永遠照亮這苦難的世界，使人奮鬥找自己和自己的道路；〈賣火柴的小女孩〉教化了兒童讀者具有憐憫同情的心；〈灰姑娘〉使一個生活處境不很好的兒童看了之後，在心中產生平撫安慰的作

用，不會覺得自己特別孤獨、可憐；〈小紅帽〉提供了女孩行為的典範、道德的意識……的確，童話的心理教育價值是必須受到相當的重視。（同上，98-99）

　　童話成功的濃縮了現實生活的各種問題和感情體驗，從而讓兒童可以在童話世界裡找到自己的情緒體驗，也同時兒童得到了情感宣洩與心理滿足。也藉由童話，兒童的心理問題得到了一個安全的出口。童話不直接說出兒童自身存在的問題，只是透過一則故事來問問題及提供解決問題的方式。童話幫助兒童宣洩感情，幫助他們習得智慧，也幫助他們看到希望。懷著希望、抱負的信念會帶給孩子美好的憧憬，給孩子力量來面對成長中的困難、挫折及煩惱。以上所舉，都是西方世界聞名的童話。越南童話也有類似充滿教化的典故，主要強調勇敢、勤奮、謙虛、忠實、耐勞、犧牲、寬容、服從、奉獻等美好品德。下章再詳細帶入越南童話的功能及其特徵。

　　童話贏得大眾喜愛，從口傳民間童話到創造童話都有著深深意涵。它豐富的題材及深刻教誨意義，是因為它符合成人及兒童的心理需求，換句話說，童話所以如此受歡迎，是因為童話價值很高。對此，吳鼎說：「兒童文學的精神是真、善、美，童話的精神更是真、善、美的具體表現……由於優美的童話都充滿著『真、善、美』的成分，所以童話往往比故事等價值為高；兒童喜歡童話，比故事等為多。」（吳鼎等，1979：3）林守為對此也表示：「童話的價值至大，不論為培育下一代健全的國民，或為收到宏大的教育效果著想，我們都應提倡童話，並大力提倡童話教育。」（林守為，1977：25）　童話價值很高，由上述所提及童話的種種對成人及兒童的影響及其需求，我將它歸納成以下幾點：

（一）給予兒童快樂

童話具有豐富的意義和情感色彩。由於兒童無法理解現實，所以童話中的幻想就是因要脫離現實而存在的。幻想世界裡的人物、環境、事件，大部分都是誇張而現實中根本不存在的。童話是兒童文學的主題，它又充滿生動、曲折的情節、活潑、奇特的人物，打破時空界限的背景；是現實與幻想融合在一起，符合兒童需要的故事，因此很受兒童喜愛。（陳正治，1990：27）兒童得到快樂因為童話故事符合兒童愛好幻想的心理，超現實的環境與事物，營造出新奇及有趣的幻想空間，這個幻想空間把兒童與現實世界的距離拉遠，兒童可以暫時擺脫社會化力量對兒童的壓抑與束縛，暫時避開真實生活的壓力。盡情想像，這樣更合乎兒童的興趣；它不單能滿足他們的好奇心，還能獲得他們的認同。

（二）啟發兒童的思考能力，開展兒童的經驗世界

兒童的思想幼稚，還未成熟。他們常常憑感覺去判斷。對他們來說，有時候實際上的不真實他們往往認為是真實，而真實的往往不相信，認定是不真實。因此，這種情形是由於兒童自身的心理、生理特徵所決定的。童話故事一方面提供了兒童大量的想像資料，滿足兒童喜歡想像的特性；一方面又企圖引導兒童如何想像，為兒童提出合理的想像方向，使其想像是合理的，並非空想或無意義的胡思亂想。就如洪汛濤所說：

> 童話的幻想，必須植根於生活，從生活中去產生幻想。譬如
> 我們寫動物，要了解生活中的動物。牛是勤勞的，豬是懶惰

的，猴是聰明的，熊是笨拙的，象是溫馴的，虎是兇殘的，狐狸是狡猾的，狼是陰險的……當然，這不是說要一成不變，一定得照這個定論去寫，這是說我們應該去細細觀察動物的習性……你寫一隻羊，你把它寫得很兇猛，想吃人，這就違反生活了。（洪汛濤，1989a：153）

童話是以幻想的故事來反映現實的。（洪文瓊等，1992：35）兒童同樣的認為天地萬物，不管是動物、植物都和自己一樣有生命有情感。就如青蛙可以變成王子；灰姑娘能與動物們溝通；太陽、月亮會一起去宴會……這一切的故事給兒童的生活帶來了莫大的樂趣。兒童的心靈如此的貼近大自然，兒童的眼光視世界為一體。從原始思維發生的童話，以泛靈性的特點契合著兒童的天真心靈。給兒童培養更多生活經驗，經驗能開拓視野，開發智慧，影響志趣，對兒童來說，更可能改變他們的一生。難怪安徒生會說他是用「一切的感情和思想來寫童話」，他是如此地重視對兒童的思想啟發。（蔡尚志，1989：45）

（三）陶冶兒童性情

原始人憑著有限的直覺感受無法真正理解世界，世界對他們而言充滿了神秘，他們只能借助於自己的主觀的情感和想像，他們認為宇宙萬物同人有一樣的特徵，產生了萬物有靈的觀念，認為世界上的天地萬物都如自己一樣有生命、有情感。原始人想要戰勝大自然而對千奇百怪的的現象作出的一種幻想的解釋，所以幻想出超能力的神來征服宇宙。再來童話故事不只是可以宣泄負面的情感，而且還可以讓兒童刻意習得人類智慧、社會習俗和種種美德。由於有

一份疼愛孩子的心意，童話作家都具有歌頌天真、善良、純真的審美觀，及揭露虛偽、邪惡、醜陋的正義感。因此，童話根本上就富有「陶冶心情，淬礪情操」的美質。（蔡尚志，1989：45）許多心理學家都曾分析過童話所具有的富含象徵意義的主題。他們指出，雖然兒童不能有意識的理解這些象徵的意義，但這些象徵對鑄造孩子對未來的信心和希望、鑄造他們克服困難的意志和決心具有重要的作用。陳正治指出：「童話作家多抱有濃厚的理想主義，追求真善美的人生境界，因此作品中常洋溢著真情、善良人性、美妙的境界。這些作品除了給兒童快樂外，也能撫慰兒童，陶冶兒童的性情。」（陳正治，1990：27-28）可以說童話傳述正確的道德理念及人生觀，可以陶鑄兒童的高貴品德。童話中，創作者及傳播者總會有意無意的將自己的人生經驗、社會意識、道德情感、理想願望都寄託在童話故事中，試圖傳給下一代人類歷史以來的智慧和經驗。從而盼望後代能從中學習，學習如何待人處世，傳頌民族的美德……兒童的單純心靈，最容易被感化。題材豐富，動人的情節就可以激揚兒童的志氣，引導他們每次看待人生世態都要持著善良、美好的一面，因而培養了他們高尚的情操。

第四章

越南童話的特徵

第一節　越南童話的興起與傳承

　　第二章第二節已詳細介紹越南童話。越南童話屬民間文學的一類，越南民間文學歷史悠久、豐富多彩、充實、健康、形象多種多樣。謝群芳說它是越南古代文學的主流，是越南文學寶庫中不可或缺的。（謝群芳，2004）此外，第二章也證明了越南童話是口傳文學的一類，具有世界各國童話故事的特點：奇幻色彩、萬物有靈，萬物都具有人的特點、擬人（手法）、誇張、變幻、奇特等特徵。是越南人民長期以來經驗智慧的結晶。關於童話的興起，不少越南學者提出來的意見都各有所徵。Vũ Ngọc Phan 在《Văn Học Dân Gian Việt Nam》已探討了越南古代民間故事的完整過程：

> *Cho đến nay, những nhà nghiên cứu văn học dân gian ở nước ta vẫn chia truyện cổ dân gian làm hai loại: một loại gọi là Thần Thoại xuất hiện vào thời xã hội chưa phân giai cấp, nội dung truyện là đấu tranh thiên nhiên, phản ánh sinh hoạt nguyên thủy, và một loại là Truyện Cổ Tích xuất hiện vào thời xã hội đã có giai cấp, nội dung truyện chủ yếu là đấu tranh giai cấp, nếu có*

đấu tranh thiên nhiên, đấu tranh sản xuất thì cũng thông qua đấu tranh giai cấp. Theo ý kiến tôi, việc phân chia thể loại theo nội dung truyện như trên đây chỉ theo một ước lệ, chứ bản thân những danh từ Thần Thoại, Tuyện Cổ Tích không đủ ý nghĩa để quy định ranh giới cho từng thể loại. (Vũ Tiến Quỳnh，1995：7)

（如今，國內研究民間文學的學者都把古代民間故事分成兩類：一類稱為 Thần Thoại〔神話〕，出現在社會還沒分階層的時代，故事內容多半是講述人類與自然間的戰鬥，反映人類的原始生活情況。另外一類是 Truyện Cổ Tích〔童話〕出現在社會已經分階層的社會，故事內容多半描述人民與社會階層的衝突，倘若有人民與自然、生產貨物鬥爭的故事，統統都會與社會階層的衝突有關。我的意見是，依據故事內容來作依據分類古代民間故事，只是一種代稱，因為本身這些所謂神話、童話的名詞未能給每一類做出明確的界定）

另外 Nguyễn Đồng Chi 在《Kho Tàng Truyện Cổ Tích Việt Nam》一書中表示：

Truyền thuyết cổ tích xuất hiện vào thời kì nào?
Như ai nấy đều biết, truyền thuyết cổ tích xuất hiện không cùng một thời với thần thoại. Nếu chủ đề của thần thoại thường thiên về giải thích tự nhiên, mô tả cuộc đấu tranh giữa con người với tự nhiên là chủ yếu, thì trái lại. Chủ đề của truyền thuyết cổ tích thường thiên về giải thích xã hội, mô tả chủ yếu cuộc đấu tranh giữa người với người. ấy là vì, thần thoại xuất hiện vào một thời kì mà mâu thuẫn sau đây nổi lên hàng đầu: con người sống lệ

thuộc vào tự nhiên mà lại có khát vọng chinh phục tự nhiên. Trái lại, cổ tích cũng như truyền thuyết xuất hiện vào lúc con người nói chung đã lợi dụng được ít nhiều năng lượng của tự nhiên, nhưng lại vấp phải mâu thuẫn giữa người với người trong sản xuất. Hình thái xã hội mà truyện cổ tích phản ánh, sức sản xuất đã tương đối cao, đời sống con người đỡ chật vật hơn trước, tri thức phát đạt, tình cảm phong phú, nhất là cuộc đấu tranh giai cấp đã gây go quyết liệt.（Nguyễn Đổng Chi，1976：35）

（童話究竟出現在哪一個時代？

眾所周知，越南童話與神話出現在不同的時代。神話的主題常常偏向解釋自然，主要描述人類與自然間的鬥爭。相反的，童話的主題傾向解釋社會，主要描述人與人之間的衝突。那是因為，神話出現在人類初開起衝突最多的時代：人類依靠自然來生活而又存有想征服自然的渴望。而童話與傳說出現的時候，已經懂得如何運用自然所提供的能量，但是又碰到人與人在生產的時候起的衝突。童話故事中所反映的社會形態，當時生產量已提升，人民的生活也有所改善、知識發達、情感豐富，社會階級的衝突越來越嚴重）

　　以上兩位學者的意見有共通之處，它們都認為神話出現在原始時代，只有人類與自然間的鬥爭。人類社會漸漸發展，為了生存，藉由自然所供給的能量，人類不斷要發明、生產。此時，人與人之間起了矛盾。大部分童話故事，廣大人民最熟悉的莫過於著意一些家庭生活的主題，反映和解釋矛盾、衝突。這些矛盾、衝突雖然不大，可卻是家家戶戶總會發生及要面對的話題，如兄弟間的衝突：

Cây Khế（楊桃樹）、後母虐待丈夫的子女；Tấm Cám（越南灰姑娘）、愛情的悲劇；Trầu Cau（檳榔的故事）；Đá Vọng Phu（望夫石）……Hoàng Tiến Tựu 在《Văn Học Dân Gian Việt Nam》中說：「không thể nào gỡ được những rắc rối ấy nếu không gắn truyện cổ tích với hoàn cảnh lịch sử sinh thành và chức năng cơ bản của nó」。（Vũ Tiến Quỳnh，1995：70）（無法解釋衝突，如果不把童話故事放進當時的社會背景、功能來看待）

依據兩位學者的看法，認為神話出現在前，童話出現在後。換句話說，從童話的發展史來判定童話是由神話、傳說演變而來的。這樣的看法與世界各國研究童話學者意見相似（詳見第三章第二節）。Nguyễn Đổng Chi 又強調：

> *Truyền thuyết cổ tích hiển nhiên phải xuất hiện sau Thần Thoại, tiếp liền với Thần Thoại. Truyền thuyết hoặc anh hùng ca ra đời vào giai đoạn cuối của thời nguyên thủy chuyển sang thời nô lệ, truyền thuyết kế thừa nhiệm vụ của thần thoại và phát triển theo hướng xây lắp thêm, làm phong phú và sắc nét dần lên những hình tượng vốn còn mộc mạc của thần thoại.*
> （Nguyễn Đổng Chi，1976：37）

（童話、傳說顯然是出現在神話後面，銜接著神話。傳說或英雄哥出現在原始社會轉進奴隸時代後期，傳說、童話繼承了神話的特質，再加增補，使原本樸素的神話變得更豐富、多彩）

Hoàng Tiến Tựu 對童話是由神話、傳說演變而來的看法又有另外一種解說。他指出：

Nhưng bắt nguồn từ Thần Thoại nhưng không có nghĩa là Truyện Cổ Tích hoàn toàn giống với Thần Thoại. Nếu thế thì nó là Thần Thoại đích thực chứ đâu còn là Truyện Cổ Tích nữa. Ngay từ lúc mới lọt lòng, Truyện Cổ Tích đã khác với Thần Thoại, vừa kế thừa, vừa phủ định và đổi mới Thần Thoại về nhiều phương diện (chức năng , đề tài, phương pháp sáng tác, thủ pháp nghệ thuật, cốt truyện, nhân vật...) (Vũ Tiến Quỳnh，1995：48)

（雖然根源於神話，但不能說二者是完全相似的。如果是一模一樣，那童話就是神話了。從剛誕生，童話與神話就有不一樣的地方了，童話邊繼承、邊否定邊改進了神話，包括功能、主題、創作方式、藝術手法、內容、人物等方面……）

依我來看，童話是古時代各民族還沒有文字記載，以口傳方式流傳的一種民間文學；當人類開始意識到自己的存在與生長，就必定想要了解過去，保存過去的記憶是一件必要的事。除了記載歷史事件及歷史人物之外，一些社會生活型態的特徵，童話故事也會保留著。Nguyễn Đổng Chi 對此又說：

Trong truyện Cổ Tích con người vẫn tiếp tục cắt nghĩa những hiện tượng thiên nhiên và xã hội, những hiện tượng lạ lùng bí ẩn mà hiểu biết về khoa học bấy giờ chưa thể cho phép giải thích rành mạch được. Nhưng khác với cách cắt nghĩa của Thần Thoại, lúc này người ta lý luận một cách hóm hỉnh hơn, gần với "tính người" hơn. Nghĩa là đằng sau lời cắt nghĩa hoang đường , ngẫu nhiên, vẫn có ngụ một ý nghĩa sâu sắc về cuộc sống, hoặc có ẩn một mục đích giáo dục. (Nguyễn Đổng Chi，1976：44)

（在童話故事中，人類關注依然是自然現象及社會的議題，關注一些難以解釋的稀奇、神秘的自然現象而當時未能藉由科學來解釋。另外，童話的敘述方式與神話也有所不同。人民詮釋得較幽趣，與「人性」更相近，意思是雖然夾帶荒唐、偶然、奇妙、神奇因素，但總隱含著深刻的人生哲理、涵帶著教育人的目的）

綜合以上論述，簡單的說，越南童話故事屬民間故事，出現於古代社會、原始社會衰退、社會開始出現父權制度、社會分階級的時代。它講述了人類社會的基本問題、普遍現象常發生在人民生活中，特別是家庭內、社會上人與人之間常發生的衝突、矛盾，用以口傳故事來傳承、記載。它運用了想像、虛構，也可以說是童話中的虛幻，再配上特殊的藝術手法來反映人民的願望及生活，為了達成人民對認知、審美、教育、娛樂的需求。Hoàng Tiến Tựu 在《Văn Học Dân Gian Việt Nam》對童話的興起及緣由表示：

> Khi xét nguyên nhân và nguồn góc trực tiếp, cụ thể của truyện cổ tích, các nhà nghiên cứu còn chú ý tới phong tục tín ngưỡng, nhất là những tục lệ cổ, những cảnh vật thiên nhiên (chim muông, cây cỏ, núi sông), những câu nói vần vè, ca dao, tục ngữ có liên quan, những người thực hiện trong lịch sử hoặc trong đời sống của nhân dân...quả thực có nhiều truyện cổ tích gắn chặt với việc giải thích nguồn gốc, ý nghĩa của tục lệ (ví dụ như truyện "Trầu Cau"; truyện "Bánh Chưng,Bánh Dày", "Sự Tích Cây Nêu Ngày Tết"...)... (Vũ Tiến Quỳnh，1995：52)

（實際考證童話故事的緣由及興起背後，眾多研究學者還注

意到一些關於人民生活的信仰、特別是古代的習俗及規律，自然風景〔鳥類、樹木、山水等〕。另外還有一些寓言的俗語、成語、歌謠、押韻等等……果然真的有一些解釋根源或古人習俗的故事，如〈Trầu Cau〉〔檳榔的故事〕；〈Bánh Chưng，Bánh Dày〉〔粽子的來歷〕；〈Sự Tích Cây Nêu Ngày Tết〉〔春節要擺置 Cây Nêu 的原因等故事〕……）

　　描述古代社會人民的生活，用以淺顯、易懂的話語來傳承給下一代。無形中成了小孩子成長的營養糧食。兒童的思想、能力、經驗、性格、情感、心智尚未成熟，在傳承的時後，童話故事要具有啟發、引導兒童的功能。童話深刻隱含著教化意義；富有幻想色彩的童話對兒童身心的健康成長，有著積極的教育意義。此外，透過一些講述傳統風俗、禮儀等的故事，有助於兒童更了解自己國家的傳統風俗。所以有必要讓兒童多接近，學習童話故事，上小學期間時是最合適的時期。另外，要補充的是，童話故事並非同一時代、同一個人、同一地方所創作的；而是經過不同的人、不同時間於不同空間所創作的。這是經過很長的時間不斷地修正、創新，後者銜接前者的工作。有時候，後者依據前者的故事內容而依自己的想法重新編寫一則新故事。顯然一則故事較吸引人且有趣，就會得到民眾接受且傳承至今。因此，可以理解為何很多童話故事的情節都有相似之處。

　　關於童話的傳承，Nguyễn Đổng Chi 在《Kho Tàng Truyện Cổ Tích Việt Nam》中指出：

Đời Lê tiếp theo đời Lý, Trần có thể tạm coi là thời kì toàn thịnh của Truyện Cổ Tích. Hồi ấy, Tuồng Chèo đã xuất hiện nhưng chưa phải là món giải trí phổ biến của mọi địa phương. Những tiểu thuyết dài ngắn của Trung Quốc các đời Tống, Nguyễn, Minh tuy đã tràn sang Việt Nam, nhưng hẳn cũng chưa gây cho văn học bác học của giai cấp phong kiến một trào lưu sáng tác và thưởng thức văn chương tiểu thuyết. Chỉ có truyện truyền miệng sáng tác theo truyền thống nghệ thuật dân tộc là được nhân dân ưa thích. Nhu cầu giải trí, nhu cầu đấu tranh và giáo dục của dân chúng ngày một lên mạnh, đòi hỏi phải có nhiều sáng tác về loại này. Sinh hoạt của nhân dân là nguồn đề tài rất phong phú của cổ tích. Cho nên, trong kho tàng truyện cổ tích chúng ta, ngoài loại cổ tích hoang đường còn có rất nhiều cổ tích thế sự phản ánh sâu sắc đời sống hiện tại.

（Nguyễn Đổng Chi，1976：64）

（越南古代王朝，李朝接著陳朝，可以說是童話故事最旺盛的時代。當時，Tuồng Chèo〔舞台歌劇的一類〕雖然已經出現了，但還沒受到各各地區人的青睞。而中國當時也傳進越南不少文學鉅作，但也未能影響越南封建時代一股創作及欣賞小說、文學類的需求。唯有民族傳統藝術所創造的口傳故事才是民眾的喜愛。民眾的各種娛樂、戰鬥及教育的需求越來越受到重視，需要有更多這樣的創作。而民眾的生活卻是童話故事最豐富的題材。因此，在越南童話故事的寶庫中，除了一些帶荒唐的故事，還有很多反映人民當時現實生活的情況）

　　以上論證可看出童話故事在早期處於人民無可取代的地位。在人民的心裡，口傳童話故事永遠位於第一。童話反映人民當時現實

生活情況，有助於小讀者了解本國古代人民生活；藉由童話故事來深入認識本國的傳統習俗文化，能擴充兒童的認知。第三章第一節談童話的童話性時已指出，童話對兒童成長來說扮演著重要的角色，從童話裡孩子的想像被滿足及激發，而且能增進兒童的知識。童話故事中帶有洋溢的真情、善良的人性、奇美的境界。這些故事給兒童帶來快樂外，還能撫慰兒童，薰陶兒童性情。在本節中發掘了越南童話除了以上功能外，還能藉由童話來了解自己傳統文化風俗，古代人民生活的狀況，這是越南童話獨特的地方。

　　越南童話的傳承方式還算證據缺乏且不明顯。經學者考證 Nguyễn Đồng Chi 表示：

> *Đến đời Lý-Trần, nhà văn phong kiến bắt đầu sưu tầm Thần Thoại, thần tích và Truyện Cổ Tích của dân tộc. Cần để ý là tất cả những loại truyện cổ nói chung, dù truyền miệng hay đã ghi chép, của dân gian hay của thống trị, đều không được đa số tầng lớp phong kiến nho học liệt vào hàng văn chương. Tuy không coi nó là nhảm nhí, nhưng họ cũng chẳng lấy gì làm tôn trọng. Trong giáo dục và trong khoa cử người ta chỉ nói đến thơ phú mà không thèm giảng dạy đến "truyện" dù là tiểu thuyết hay cổ tích. Nhà văn bác học sở dĩ sưu tầm truyện cổ tích, thần thoại nước nhà là vì mục đích tìm tài liệu bổ sung cho quốc sử nhiều hơn là bảo tồn văn học dân gian.* （Nguyễn Đồng Chi，1976：65）

　　（李、陳朝代，封建社會的文人開始蒐集民間的神話、神蹟、童話故事。要注意的是統稱的所有童話故事，經文字記載或

口傳的、屬民間的或屬統治階層的統統沒得到封建知識分子
列入文章行列，未能得到他們的重視。在當代的教育及科
舉，人人所重視的是詩、賦，而完全忽略了「故事」類。博
學文人也在蒐集國內童話、神話、傳說……但蒐集目的無非
是為了為國史蒐集資料，而不是為了保存民間文學）

　　從上述，我們知道由於沒有刻意的保留、記載民間故事，只靠
口傳一代傳一代。不同的地方、民族，詮釋方式又不一樣，各有各
的特色。因此，越南童話的數量是驚人的，這點第二章第二節已提
過。經學者考察，有兩本專書記載著此類文學：一本是 Lý Tế Xương
《Việt Điện U Linh Tập》和 Trần Thế Pháp 的《Lĩnh Nam Chích
Quái》，前者是專門記載關於古代君主、菲賓、天神、人神而被神
化了，各地方都有祭拜的人神。第二本是記載了一些神怪、家庭、
社會衝突的故事。Nguyễn Đổng Chi 對此表示：

> *Thật là may mắn cho hậu thế- nó lại sưu tầm được một số Truyện*
> *Cổ Tích và Thần Thoại có giá trị, như 〈Chử Đồng Tử〉, 〈Dưa*
> *Hấu〉, 〈Sơn Tinh Thuỷ Tinh〉, 〈Lạc Long Quân〉...nói chung tất*
> *cả các truyện đều được chép sơ lược. Tuy nhiên, ngày nay, đó là*
> *những tài liệu văn học rất quý báu đối với chúng ta. Qua hai*
> *quyển sách đó, ta có thể thấy được khái quát tình hình truyện*
> *truyền miệng trong thời kì này.* (Nguyễn Đổng Chi，1976：66)
> （真算幸運，這兩本書是無價的書。它蒐集了很多有價值的
> 故事，如〈Chử Đồng Tử〉〔人名〕，〈Dưa Hấu〉〔西瓜的
> 來歷〕，〈Sơn Tinh Thuỷ Tinh〉〔山神和水神〕，〈Lạc Long

Quân〉〔龍子仙孫的源由〕……至今，它是無價的民間財
產。這兩本書告訴我們當時社會的口傳情況）

　　整體來看，越南的童話故事有旺盛和衰弱的演變。特別是封
建社會時期，宗教信仰還沒得到自由，各種禁錮橫行在民間；以
及小說還未到盛行的階段。這統統是童話故事旺盛時期的情況。
當時的童話故事扮演著像現今小說對人民的影響一樣的重要
性。到了近代，童話故事又慢慢往前小邁步伐；雖然口傳還可以
不斷地開創，但是書寫卻沒有多大進展，所以這可算是童話故事
衰弱的時期。

第二節　越南童話與別國童話的差異

一、越南童話中的主要內容

　　第二章第二節已做了詳細的越南童話的分類。在越南古代民間
文學中，雖然已區分神話與童話，可是顯然的童話故事仍然帶有神
話的特性，可稱為「奇幻」。無論是特指越南文學或文學界整體上，
都存有「繼承」的現象。人類社會發達，生產量不斷需要改進，社
會不斷地改變及發展，人民群眾的感情不能說一朝一日就隨著改變
的。因此，即使經過人民群眾不斷修正的古代故事，但仍然保留著
一些「原始」初開的特點，導致故事內容帶有些「不合邏輯」的情

節。如：〈Trầu Cau〉（檳榔的故事）：故事強調夫妻、兄弟間的感
情，此外還有人化成樹、石頭的情節，這就是原始古代人所謂「萬
物有靈」的觀念。

Nguyễn đồng chi 在《Kho Tàng Truyện Cổ Tích Việt Nam》提
出越南童話、傳說繼承了古代人民在原始社會的宇宙觀、世界觀。
其中第一是：Quan niệm luân hồi（輪迴觀念）；第二是：Quan niệm
không sinh không diệt（無生無滅的觀念）；第三是：Quan niệm vạn
vật tương quan（萬物相關的觀念）。（Nguyễn Đồng Chi，1976：40）
另外他又指出：

> Chắc chắn ngoài ba yếu tố trên đây, truyền thuyết cổ tích còn
> mang nhiều quan niệm phức tạp khác. Tất cả hoà hợp với nhau
> tạo thành một hệ thống quan niệm thống nhất về thế giới mà ta
> có thể tóm tắt như sau:
>
> 1. Linh hồn bất diệt theo luân hồi.
>
> 2. Xác thịt con người cũng như cỏ cây động vật là chỗ trú ngụ
>   của linh hồn.
>
> 3. Ngoài cõi trần, chủ yếu là có ba cõi nữa là cõi trời, cõi
>   nước và cõi âm. Mỗi cõi đều có vua quan, có dân chúng, có
>   kẻ giàu sang, có người nghèo hèn.
>
> 4. Cõi người không phải là chỗ riêng của người và vật mà còn
>   là nơi trú ngụ hoặc là chỗ đi và về của thần tiên, ma quỷ.
>
> 5. Thần tiên, ma quỷ...cũng có phân biệt thiện và ác: có hạng
>   đáng thương, có hạng đáng ghét, có hạng đáng tôn thờ, có
>   hạng đáng sợ mà không đáng thân. Họ phần nhiều cũng

chung cảnh vinh nhục sướng khổ như người.（Nguyễn Đổng Chi，1976：41）

（除了以上三類外，童話、傳說還存有很多複雜的觀念。統統連結起來成為統一的觀念，如下：

一、不斷的輪迴。

二、人的軀殼、動植物統統是靈魂借住的地方。

三、除了塵世，還有天、地、陰界。每界都有君主、官僚、窮富人民居住。

四、塵世非人類居住的地方，它還是神仙、魔鬼的居所。

五、神仙、魔鬼也分善的、惡的，有的還得到人民的崇拜，甚至祭拜，也有的被人民厭惡、憎恨。祂們像人一樣有著共榮共辱的宿命。）

　　據上所述，可說是越南人民初開時代以來的宇宙觀、世界觀。Nguyễn Đổng Chi 強調：「tất cả mọi tác giả và thính giả của những truyện cổ tích xưa nay đều dựa vào đấy làm nền tảng cho tư duy，để đặt nên truyện và để hiểu truyện.」（Nguyễn Đổng Chi，1976：80）（自古以來的童話傳述者及聆聽者都以它為思維的基礎，來不斷傳承及理解故事）所以輪迴、萬物皆靈、人神共處、善惡報應等等是越南童話中的義理主流。由於位於不同國界，各國民族文化也有所不同。（詳見第二章第三節）。對此 Phùng Quý Nhâm 博士在《Cơ Sở Văn Hoá Việt Nam》一書中指出：

Văn hoá Phương Tây thường đi tìm cái dị biệt của các hiện tượng, các sự vật trong tự nhiên, trong xã hội và tư duy. Điều này do ảnh hưởng, chi phối của chủ nghĩa duy lý. Triết học duy lý nhìn sự vật, hiện tượng trong sự phân cách, phân giải. Văn hoá phương tây coi trọng lý tính, coi trọng và đạt đến văn minh vật chất. tư duy của người phương tây là tư duy tuyến. Văn hoá phương đông đi tìm cái hoà đồng, cái dung hợp. Văn hoá phương đông lý giải các hiện tượng, các sự vật trong tính lưỡng phân, lưỡng hợp: âm-dương, nhật-nguyệt, trời đất...văn hoá phương đông chú ý các chiều kích của lý tính. Văn hoá phương đông vươn tới các giá trị tinh thần, tư duy của người phương đông là tư duy trường. （Phùng Quý Nhâm，2002：13）

（西方文化常常要找出自然、社會、思維中的現象、事物間的異別，這是受到「西方唯理主義」的影響。唯理哲學視事物、現象是分解狀態。西方文化重理性、著重達到物質上的需求，他們的思維是「線性」思維。至於東方，東方文化著重萬物和諧、融合一起，視宇宙萬物：陰陽、日月、天地。東方文化著重達到一些精神上的價值）

東方人自古以來的生活方式常常與過去、傳統相連結，比如家族、親戚、祭祀祖先的倫理，被視為一種常規，這給人類帶來很大的力量。東方人不會去解釋「死亡」，但他們相信死去的幽靈依然存在活人的心智中。宣傳人是「靈魂」和「靈魂不滅」的，西方社會只有唯一的主宰──上帝，人死去等於回到上帝身邊；也無「輪迴」的觀念。因此，可以說童話中的「輪迴」觀念是越南童話獨特的地方。為了見證這說法，下一小節我以聞名世界的灰姑娘型的童話故事而越南卻是〈Tấm Cám〉來說明。

二、越南童話與別國童話的差異──以〈Tấm Cám〉為例

　　越南民間童話是勞動人民一代傳一代在漫長社會生活集體創造出來的口傳文學。它是勞動人民哲學、倫理、美學、心理、宗教、社會歷史等各種思維情感因素的複合體。面對這個多面結構的系統，如果只用傳統因果思維方法來處理是不夠的，這需要把它放到社會、文化這個大系統來進行多面向的考察。

　　選擇〈Tấm Cám〉這故事的原因，在於「灰姑娘型」童話故事是世界著名的流傳最為廣泛的一個民間童話故事類型；是最受人們歡迎的童話故事，它超越了時空的限制。「灰姑娘型」故事主要描述了大眾所熟悉的題材：一是後母虐待非親生子女；二是生活狀況不好的女子與生活狀況好的男子結婚改變自己的命運。這類型的故事有幾個關鍵情節：「被後母虐待、神物相助、集聚會良緣、以鞋為婚物。」對身分地位的嚮往、對改變生活現況的渴望以及女性對獨立的恐懼是德國格林兄弟、世界各國的「灰姑娘型」童話文本。而雪登‧凱許登（Sheldon Cashdan）在《巫婆一定得死：童話如何型塑我們的性格》中表示：「目前為止被記錄下來灰姑娘的版本超過七百個，而新的版本還在不斷地誕生。」（雪登‧凱許登，2001：123）再來，Nguyễn Đổng Chi 也有同樣的認同，他說：

> truyện Tấm Cám không những quen thuộc với nhân dân Việt Nam, mà còn là một cổ tích chung của đồng bào Cham-pa, đồng bào Tây Nguyên, Khơ Me, ấn Độ, Ai-Cập, Pháp, Trung Hoa...và vô số dân tộc khác nữa. nếu đem so sánh tất cả những

truyện đó thì sẽ thấy, tuy có khác nhau về chi tiết, nhưng trên đại thể chúng đều giống nhau, chủ yếu là ở đề tài và chủ đề. Điều đó chúng ta phỏng đoán rằng ban đầu chúng chung một cái cốt duy nhất rồi về sau mỗi dân tộc phát triển , hoàn chỉnh câu chuyện theo cách riêng của mình, bằng sự cải tạo và thêm thắt hình ảnh, một số chi tiết phù hợp với đặc điểm dân tộc.
（Nguyễn Đổng Chi，1976：45）

（〈Tấm Cám〉不僅是越南人民耳熟能詳的故事，也是其他國族的產物，當中是越南少數 Cham-pa，Khơ Me 族、高原地區民族、印度、法國、中國等國家。如果將全部各國的「灰姑娘型」故事來作比較，就會發現它們之間有很多共相，主要是主題及題材方面。由此可推測，它們都是由一個主題、內容所延伸的。依不同的國家、不同文化而添加來完成帶有自己國家的特色）

世界各地以不同的方式詮釋「灰姑娘」，也反應不同的社會文化，即使故事情節稍有差異，也可將歸類成「灰姑娘原型」的故事。故事包含了可憐被欺壓的姑娘、狠毒的後母以及她狠惡的女兒；故事發展高潮世都會有一場盛大的舞會，其中女主角遺失一隻鞋子，男主人翁著急尋找鞋的主人，從此兩人過著快樂幸福的生活。

「Tấm Cám là một câu chuyện cổ tích Việt Nam thuộc thể loại truyện cổ tích thần kì, phản ánh những mâu thuẫn trong gia đình, cuộc đấu tranh giữa cái thiện và cái ác, cùng ước mơ cái thiện thắng cái ác của người Việt Nam.（Wikipedia，Bách khoa toàn thư mở，2009）（Tấm Cám 屬神奇童話的一類，反映出家庭中的衝突，善與惡之間的矛盾，還有體現了越南人民賞善罰惡的目的）」這當中體現了「真善

美」這道理。此外，〈Tấm Cám〉（越南灰姑娘）與其他國家灰姑娘故事不一樣的地方，是國王與 Tấm 結婚後延伸的情節，是值得探討的。死後再受陷害，變成了植物、動物、事物，不斷的輪迴、重生。（詳見第二章第三節）來至不同國度的灰姑娘故事，可發現在大同小異的脈絡裡，都具有當地文化的特色。不論是衣著服飾、神物相助、以鞋驗婚、王子拯救……都表現出多樣化與趣味性。以下我試著以人物、神物相助、情節三方面進行分析比較，以越南〈Tấm Cám〉、中國〈葉限〉、德國格林童話〈Cinderrella〉中的「灰姑娘型」來彰顯出越南童話與別國童話的差異。當中我以越南〈Tấm Cám〉（灰姑娘）中所具有的人物、神物、情節為考察主軸：

（一）人物

表 4-2-1　越南、中國、格林童話──「灰姑娘型」童話中的人物比較表

國家＼人物	越南	中國	格林童話
父親	早過世，再娶繼母	早過世，再娶繼母	早過世，再娶繼母
繼母	心性狠毒，自私，小心眼，壓迫者……	心性狠毒，自私，小心眼，壓迫者……	心性狠毒，自私，小心眼，壓迫者……
繼姐	無	無	繼母的女兒（兩個）
繼妹	同父異母的妹妹	有	無
王子	無	無	主動者，但朦朧，盲目的尋找灰姑娘，差點娶錯人
國王	善良，一心一意喜愛 Tấm	陀汗國國王，貪心，利用神魚為所欲為	無
老婆婆	收留 Tấm 的好心老人	無	無

　　心性善良、美麗、虔誠的故事主角灰姑娘，母親過世之後遭受到繼母及繼姐妹的虐待、欺騙，使生活陷入苦境，像傭人般的過著每一天。母親過世後，父親本來是灰姑娘唯一可依靠的親人，都捨她而去。越南〈Tấm Cám〉屢次遭受同父異母的妹妹陷害、設計。她以狡猾、卑鄙的行為欺騙 Tấm，實在不像話。比起格林童話的「灰姑娘」，越南〈Tấm Cám〉中的 Tấm 遭受的委屈可不少，更何況是被妹妹欺負、使喚。這說明了社會上弱者的不幸命運。

　　至於繼母，是人類社會進入單一婚姻制度的文化產物。農業社會迫使男人在前妻死後迅速再娶，以便有人照顧前妻的小孩，打理家務。可是在現實生活中，往往以為心地善良、善持家庭的繼母能替自己分擔、教養孩子，可是卻完全相反。大量的童話故事中，繼母都屬邪惡的代表，為了替自己親生子女搶奪權力，轉而對前妻的孩子進行虐待。繼母的形象常會與殘忍、嫉妒、自私相連結。灰姑娘在面對繼母、繼姐妹們無情的對待時，她總是展現著逆來順受的宿命，這形成了迫害者及受害者間的衝突，也反映了當時社會的現況。Hoàng Tiến Tựu 在《Văn Học Dân Gian Việt Nam》一書中表示：

> *Những hình tượng nhân vật trung tâm trong truyện cổ tích nói riêng cũng như các hình tượng trong truyện cổ tích nói chung , dù gắn với đề tài và xung đột trong gia đình thì nội dung và ý nghĩa xã hội của chúng vẫn rất phong phú và đặc sắc. Sự đối lập giữa những nhân vật "đàn anh" và "đàn em", "bè dưới" và "bè trên" trong những cổ tích về đề tài gia đình về cơ bản cũng đồng dạng và thống nhất với sự đối lập giữa các nhân vật "thiện" và "ác", chính diện và phản diện trong những truyện*

cổ tích về đề tài xã hội. và triết lý "ở hiền gặp lành, ở ác gặp ác" cũng là triết lí chung của toàn bộ truyện cổ tích-nhất là truyện cổ tích thần kì đã phản ánh-thực chất là xung đột có tính chất giai cấp trong thời kì đầu của xã hội đang hình thành giai cấp. （Vũ Tiến Quỳnh，1995：73）

（童話故事中的主角與配角，雖然只是講述家族內的衝突，但其含帶很豐富及深刻的社會意義。故事中「上者」與「下者」，「前輩」與「後輩」的對立就是社會上「善」與「惡」的化身。「善有善報，惡有惡報」的哲理也就是童話故事的哲理，特別是神奇童話所反映的就是社會開始形成分化階層的議題）

　　可以說，繼母母女倆屬於社會壓迫、剝削勞動人民的剝削者，Tấm 屬於被剝削者。受壓迫者面對無數的苦難，但堅持、勇敢面對且不斷紛爭，最後會得到好結果。相反的，蠻橫的剝削者最後會得到應有的下場，這是古代社會人民的願望及規律。具上所述，可以說童話中對上層、繼母、上者的控訴就是人民對不公平、無理的父權社會中的種種欺壓的控訴，特別是反對長子、次子、親生子女、丈夫子女間的特別對待，而人民藉由童話故事這管道來起訴，也就是說它是人民當時的心聲。

（二）神、神物相助

　　各國〈灰姑娘〉中的神、神物相助都大同小異。逆來順受的灰姑娘得到了超自然界神、物的幫助，最後過著快樂、幸福的生活。經考證三國代表的灰姑娘型故事中的神物，發現越南及中國的灰姑娘中都有「神魚」出現。中國版的是「鯉魚」，越南版的是「cá bống」。它們

都遭受不幸的下場，都被繼母吃掉。我個人認為此「神魚」是越南及中國灰姑娘中的關鍵，如果沒有「魚」，整個故事將失去一個有力的支撐。兩國灰姑娘中的「魚」都是灰姑娘的「恩物」，想要什麼只管求它，就能滿足。格林童話中沒有「神魚」相助，每當遇到困難都有神仙教母現身相助，而非「神魚」所變幻的。東方人民的思想視宇宙萬物皆靈，灰姑娘有恩於「神魚」，即使魚死後，魚骨頭也會變成各樣物體來滿足及報答灰姑娘的恩。最終幫助灰姑娘成為皇后。這體現了勞動人民讚美勤勞、善良，憎恨邪惡，同情弱勢者等樸素倫理思想。Nguyễn Đổng Chi 在《Kho Tàng Truyện Cổ Tích Việt Nam》中講述：

...nên nhớ tiên thoại（contes des fe'es）của Tây Phương so với tiên thoại của ta có phần khác. Tiên của họ cũng có nhiều phép thuật rất huyền diệu: cưỡi lên chổi để bay, cầm đũa hay xoay chiếc nhẫn chỉ ra vàng bạc, nhà cửa, lâu đài và mọi vật...họ có tiên tốt phù hộ người trong cơn nguy ngập, lại có tiên ác hãm hại người lương thiện. Nhưng nói chung thế giới thần tiên của họ không được xây dựng một cách có hệ thống, cũng không liên quan nhiều đến tín ngưỡng như tiên hay tiên thoại hay cổ tích của chúng ta.（Nguyễn Đổng Chi，1976：42）

（……西方的故事有別於我們的故事，故事中的神仙也有著千變萬化的魔法；如：騎著掃把在天空飛行、神仙棒比到哪裡，就會變成無數的金寶、房子、城堡等等。有善心的神仙保佑人民度過難關，也有懷心惡魔陷害善良人。總而言之，西方故事中的神仙行塑得不比我們的完整，我們的故事帶有濃郁的宗教信仰觀念）

顯然的宗教與民間文學的關係十分複雜。人民信仰、相信萬物有靈，善惡報應的道理。由於處於不同國度，在不同的文化沃土中生長發育，它們帶有不同的文化特徵，而上述 Nguyễn Đổng Chi 以童話中的「神仙魔法」指出了差異。這也許關係到二者處於不同的世界觀而有所不同。這點留到下一章再做說明。

（三）情節

表 4-2-2　越南、中國、格林童話——「灰姑娘型」童話中的情節比較表

情節＼國家	越南	中國	格林童話
傭人般的苦功	有	有	有
抓蝦、魚（回家當菜）	Tám 辛苦抓了一整天，結果被繼妹騙了，還帶回家領功	在溪邊取水，無意中撈到一條魚並帶回家養	無
繼母賞衣服	誰撈的蝦魚多就會賞一件「肚兜」	有企圖的送了一件新衣給葉限	無
神魚相助	魚骨頭能實現 Tám 的願望	魚骨頭能實現葉限的需求	無
揀米、米糠（繼母的惡作劇）	繼母把米跟米糠混在一起，要 Tám 把它分開來	無	要把堆積如山的好豆跟壞豆挑出來
掉鞋子	掉的是一隻繡花的鞋子	掉的是一隻輕如毛的鞋子	銀製的舞鞋，號稱「玻璃鞋」
試鞋子	國王召開試鞋議事，Tám 順利的試鞋	有	繼姊削足試鞋，讓王子誤以為新娘，樹上的小白鴿發出誓言，王子第三次才娶到真正的新娘

國家 情節	越南	中國	格林童話
灰姑娘 被陷害死	被繼母、繼妹害死。繼妹代替姊姊嫁給國王	無	無。與王子結婚後從此過著幸福、快樂的生活
輪迴	死後再受陷害，變成了 chim vàng anh（黃鸝鳥）、cây xoan đào（橢圓樹）、khung cửi（紡織機）、cây thị（香果樹）。不斷地輪迴、重生	無	無
復活，回到國王身邊	經過種種磨難，最後回到國王身邊，從此過著幸福的生活	無	無
繼母，繼姐妹慘死	Tấm 復仇，最後策劃一切讓母女兩慘死	國王帶業限及魚骨頭回國，繼母及女兒被飛石打死	無。婚禮中兩位虛偽的姐姐最後被鴿子啄瞎了眼睛

　　灰姑娘型具有鮮明的故事架構，從開端、發展、高潮、結局一一循線發展。越南的〈Tấm Cám〉帶有濃郁傳統童話善有善報、惡有惡報的結局。Tấm 善良的性格最終與國王過著快樂、幸福的生活；繼母、繼妹的惡劣行為最後得到了應有的報應，二者體現出強烈的善、惡對比，宣揚了其主題意識。以便顯出越南〈Tấm Cám〉與別國灰姑娘型的差異，我將把故事分成兩段：第一，是從開端到灰姑娘試鞋後成為皇后，從此過著快樂幸福的生活，這也就是中國葉限及格林童話中灰姑娘的完整故事；第二，是越南〈Tấm Cám〉，Tấm 成為皇后後續演化的情節。死後再受陷害，是越南〈Tấm Cám〉別於其他國家的灰姑娘最明顯的地方。Tấm 的遭遇，是在泛靈神、動物的幫助之下，一次又次的度過難關，最後在國王誠摯愛情的感召下，死而復生的故事。

　　故事延續為 Tấm 成為皇后後，仍然不忘記親父的祭日。在國王的允許之下，回家祭拜。又親自爬上檳榔樹，心想摘下新鮮的檳榔放在靈前供奉。誰知當 Tấm 高高在樹上的時候，繼母以樹下有很多螞蟻為藉口，假裝好心把牠們趕走，私底下卻用菜刀砍樹，結果 Tấm 掉下來死了，而繼妹代替姐姐嫁給國王。即使 Tấm 死去了，靈魂仍然陪伴著國王。她變成了一隻 Chim Vàng Anh（黃鸝鳥），每天陪在國王身邊。國王也漸漸忽視了 Cám（繼妹）。無法忍受國王朝思暮想著死去的姐姐，她也知道黃鸝鳥是姐姐的化身，便回家與母親商量，計謀陷害 Tấm。母女兩把黃鸝鳥吃掉，再把骨頭埋在地下。但地下又長出一棵 cây xoan đào（橢圓樹）。繼妹在樹上晾衣服，樹也發出哀怨的聲音。她們又把樹砍掉，用木頭製成 khung cửi（紡織機）。繼妹織布的時候會發出警示的聲音，母女倆又把紡織機燒掉，把木灰拿到皇宮外遠遠的地方放。木灰又長成了 cây thị（香果樹），結果實的季節到了，樹上吊著一粒特圓、特大的香果樹。一位老婆婆路過想要把它帶回家，刻意的哼起：「Thị ơi Thị, Thị rơi bị bà, bà để bà ngửi, chứ bà không ăn.」（香果呀香果，請掉到我口袋裡，我把你帶回家，不會吃只用聞的）哼完香果就立刻掉到婆婆的口袋裡。這也形成越南人民吃香果時的傳統習慣，會先聞然後再吃。也有人喜歡買香果回家放著而不吃，讓香果的香味飄逸在家裡。婆婆把香果帶回家後，每天出外幹活回來都發現家裡變的乾乾淨淨，晚飯總是準備好，老婆婆對此很納悶。一天，老婆婆假裝出門，躲在門外看看哪家的好心人來幫忙她整理家務。跟每天一樣，Tấm 從香果裡現身出來，老婆婆看到一個漂亮、善良的姑娘就馬上跑進家裡把 Tấm 留著，並認她為乾女兒。Tấm 現在也只想陪在婆婆

身邊，好好照顧婆婆，毫無奢求皇宮生活了。有一天，國王出巡路過老婆婆家想要借歇一下，看到桌上所擺的 Trầu Cánh Phương（檳榔鳳凰款）[1]就馬上認定是 Tấm 做的，一定要看看做檳榔的人是誰。老婆婆帶 Tấm 出來介紹是自己的乾女兒。此時，國王認出是自己已過世的妻子，兩人哭泣抱著對方。Tấm 便把從死後至今的事告訴國王，國王憤怒的想把母女倆處死，Tấm 說由她來懲罰她們。經過種種磨難，Tấm 回到皇宮後，仍然與以往的態度對待妹妹。妹妹看到姊姊一天比一天漂亮，並追問姊姊保養良方。Tấm 告訴妹妹用熱水洗澡，就會變得像她一樣。繼妹毫不懷疑而用熱騰騰的水洗澡，結果就被燙死了。Tấm 還使人將 Cám 的肉做成「mắm」（一種像魚醬的食物）送給後母。此時後母還不知道 Tấm 復活的事情，看到香噴噴的魚醬，認為是自己寶貝女兒送來孝敬自己的。邊吃邊誇獎魚醬的美味，一隻黑烏鴉飛來告知，原來自己吃的是女兒的肉，後母承受不了打擊最後也跟著死了。故事中惡毒母女倆到最終慘死了，總算得到應得的報應。這個結局似乎有點誇張，母親吃了自己親生女兒的肉還沒發現，最終也慘死。這樣的結局可以愉悅人心，警示世人「種什麼因得什麼果」的大道理。這個結構類型的童話告訴我們在「因」層次中勞動人民的一種善惡觀，對勤勞、老實、善良、被人欺壓的弱小者，同樣也能獲得好報的「因」。童話中主人公這些優秀品德，除了一開始的一兩句介紹以外，作品中還是詳細的渲染著。故事中的 Tấm，人既善良又勤勞，被後母及小妹欺壓，吃

---

[1] 越南傳統接待客人、婚嫁中的聖物。以 Trầu Cánh phượng（鳳凰款）為高貴象徵。

了虧毫無怨言，後來又接二連三的被陷害。童話故事這樣的類型，好人往往得到幸福，只要善良的主人公具備這樣一種品德，就能通向美滿的結局。母女倆最後慘死，完全是 Tấm 一手策劃的，Tấm 的形象應該從「善良」轉變成「惡毒」才對，一定給讀者們樹立了惡毒的形象。但是並非如此，Tấm 在讀者的心目中還是依然美，她只不過做了該做的事。母女倆最後得到什麼樣的結果才是故事的重點，她們的慘死可以愉悅人心。故事中還強調「有恩必報」的美德，Tấm 被害死後，靈魂不斷變成黃鸝鳥、橢圓樹、紡織機等在皇宮陪伴著國王，因為國王不只是她愛的人，還是把她救出火坑的人。另外，為了報答老婆婆把她帶回家還認為乾女兒的恩情，Tấm 願意照顧老婆婆，幫忙她持家、燒飯等。從這看出越南人民「以德報恩」的美好品德。

以上是越南〈Tấm Cám〉別於其他國家「灰姑娘型」的情節，當中也體現出越南人民自古以來對自然、社會的觀念。在原始社會裡，人們的知識貧乏，思維能力有限，人們能夠產生和曾經產生過的觀念，只是關於周圍自然界各種事物和現象的原始觀念。這種原始觀念在人民意識裡一代傳一代的形成和發展起來，在某種程度上是具有自覺的意識，這種意識能造成善與惡。可以說人的全部生活都處在這樣的支配之下，這也是所謂原始宗教意識。這種古老的意識便是童話中善惡報應的思想主流。宗教意識在童話中出現是客觀的必然，童話作為勞動人民集體創作和反映民族集體意識的故事，所反映的不僅僅是人民的生活及生活中的種種矛盾，更主要的是表達了勞動人民的是非觀念和愛憎情感及對待生活的態度。因為它是人們最常碰到的實際問題；而這一點在民間童話中是絕對居於優勢地位的。

第三節　越南童話的象徵意涵

　　民間文學是勞動人民集體傳承的口頭文化,每一個欣賞者同時也是這一文化的傳播者、創造者。很顯然,每當一則童話故事又一次被傳播時,講述者就會明顯的受到接受者心理經過再創造、添加一些情節、人物來符合當時社會所反映的人、事、物。陳正治在《童話寫作研究》中表示:「童話內容跟實際生活事物有關係的,童話的內容常常有象徵特質。」(陳正治,1990:14)正如上一節已提出童話作為勞動人民集體創作和反映民族集體意識的故事,所反映的不僅僅是人民的生活及生活中的種種矛盾,更主要的是表達了勞動人民的是非觀念和愛憎情感及對待生活的態度,因為是人們最常碰到的實際問題。如〈Tấm Cám〉(越南灰姑娘)解釋了「真善美」、「善惡報應」的道理;〈Sự Tích Bánh Chưng Bánh Dày〉(粽子的來歷)詮釋了越南傳統飲食文化;〈Sơn Tinh-Thủy Tinh〉(山神和水神)反映了人民與洪潦鬥爭的精神;〈Sự Tích Trầu Cau〉(檳榔的故事)代表男女之間的愛情,渴望得到幸福的生活。童話中的形象、童話邏輯、童話敘述模式和風格共同構成了奇幻美。獨立的看,每一層面都具有自身的存在和審美價值。〈Sự Tích Mai An Tiêm〉(西瓜的故事),講述著被國王趕到荒島的夫妻倆,歌頌夫妻倆的努力,還象徵著勞動農民的勤苦耐勞的美德。〈Thạch Sanh〉講述一名英雄,屢次被好友 Lý Thông 陷害並奪走他全部功勞;最後靠著自己紛爭,並得到神仙相助,Thạch Sanh 成了救國英雄。每則故事都象徵著越南民族從初開社會慢慢演化到如今現代社會的漫長旅程。其中都帶有越南

人民傳統倫理道德、民族精神、文化審美方面；對自然、社會他
們有接受的、傳承的、反抗的態度。

　　如本章第一節已提出童話故事屬民間故事，出現於古代社
會、原始社會衰退、社會開始出現父權制度、社會分階級的時代。
它講述了人類社會的基本問題，普遍現象常發生在人民生活中，
特別是家庭內、社會上人與人之間常發生的衝突、矛盾，以口傳
故事來傳承、記載。Hoàng Tiến Tựu 在《Văn Học Dân Gian Việt
Nam》中認為：

> *Trong những truyện cổ tích tiêu biểu, hành động của các nhân*
> *vật chính đều xuất phát từ xung đột trong quan hệ gia đình.*
> *Hành động ấy có thể phát triển ra ngoài phạm vi gia đình,*
> *thậm chí có thể đi rất xa, vào tận cung vua hoặc sang các thế*
> *giới kì ảo（như trên trời, xuống thuỷ phủ, âm phủ...）nhưng tất*
> *cả đều bắt nguồn từ xung đột gia đình và do quan hệ này chi*
> *phối và thúc đẩy. Cuối cùng, khi xung đột gia đình được giải*
> *quyết xong thì hành động ấy mới chấm dứt và tác phẩm mới*
> *thực sự kết thúc.*（Vũ Tiến Quỳnh，1995：71）

> （古代童話故事中的主角，主人翁們的行為往往不出於家庭
> 中的衝突。此行為有時候會出於家庭範圍內，進入到皇宮或
> 進入到奇幻世界，如上天堂、下水宮、地獄等。但是它往往
> 起源於家庭衝突，並受此所支配和促進。當家庭衝突得到瓦
> 解，故事衝突就此結束。最後也成了一則完整的故事）

　　我將下以幾則越南民間童話來作證以上的說法。關於「象
徵」，黃慶萱在《修辭學》中提出的定義是「任何一種抽象的觀

念、情感、與看不見的事物，不直接予以指明，而由於理性的關聯、社會的約定，從而透過某種具體形象作媒介，間接加以陳述的表達方式」。（黃慶萱，2002：477）

〈Sự Tích Trầu Cau〉（檳榔的故事）象徵男女之間的愛情，渴望得到幸福的生活。綠色檳榔文化滲透了人們的愛情生活，人們藉檳榔表達心靈美好願望，藉檳榔讚美純潔忠貞的愛情。自古以來越南廣泛流傳著一句民諺：「Miếng trầu là đầu câu chuyện」（意思是吃一口檳榔是談話的開始）。〈Sự Tích Trầu Cau〉是越南古代民間童話故事，講述的關於社會世事的事，特別跟家庭倫理方面有關。故事傳達的主要是要解釋越南人民接待客人、婚嫁喜事的一道傳統美食、聖物──檳榔。

〈Sự Tích Trầu Cau〉（檳榔的故事）中帶有諸多原始社會的痕跡，故事一方面歌頌了男女、兄弟姊妹間的愛情、親情，致死也要在一起，永不分開。另一方面經過長時間的修正及添加，已完全帶有了封建社會制度的意味。故事原開始講述兩兄弟相依為命，非常疼愛對方，尤其是哥哥。但自從哥哥娶妻子之後，對弟弟的關心也變得薄弱。

一天因妻子的糊塗，抱著弟弟以為是自己丈夫[2]，哥哥懷疑弟弟與妻子間有私情。故事高潮完全由哥哥的懷疑而延伸的，甚至是害死弟弟的主因。有學者認為：根據此情節，可以推說故事出現在原始社會時代，而當時存在「一妻多夫」的時代。也就是說，故事內的哥哥是第一個丈夫，弟弟是第二個丈夫。而本故事正處在社會要轉向「一夫一妻」制度的時代，也是人類歷史上的一大改革。（Vũ

2　參閱第二章第三節，〈Sự Tích Trầu Cau〉（檳榔的故事）的故事內容。

Tiến Quỳnh，1995：73）此說法是有問題的。因為故事結局是以故事中三人一起死來畫下句點，而非三人繼續生活在一起為故事結局。「Người vợ ôm chằm lấy em chồng ngỡ rằng là chồng」（妻子擁抱弟弟以為是丈夫）這情節不代表說是因早期「一妻多夫」制度的影響。這只是妻子「誤認」而起的衝突。這在東方家庭倫理是常發生的，東方社會傳統以來的家庭倫常強調親疏遠近。

　　檳榔故事由傳統文化重視家庭倫理所支配，以家族組成社會為前題，所以故事中哥哥要照顧家中的兄弟姊妹，照顧家庭。故事裡哥哥即使非常喜歡那姑娘，多次讓給弟弟。最後看到弟弟投身自盡也毫不猶豫選擇一起「死」。強調親疏遠近的文化觀，即使是哥哥已成家但是仍然和弟弟住在一起。東方倫常同家族的必須一起生活，兄弟長大後也仍然要生活在一起，這是氣化觀型文化體系下所形成的。在西方強調個人主義，每個人都是獨立的個體，長大後就離家獨自過著自己的生活。已滿十八歲就算成年了，有權利選擇自己的人生，很難看到相似東方這種情形。（麥美雲，2009）

　　倫理道德是氣化觀——觀念系統強調的一點，東方的傳統家族裡的小孩以輩分為主，長子都被視為家中的「一家之主」來承擔家族中的責任。因此，故事中的哥哥必須顧慮弟弟的生活甚至幸福。很明顯的可看出故事中的姑娘選擇了哥哥的原因，即使兩兄弟的長相一模一樣，且都是好人，最後哥哥還是第一優先。東方以氣化觀為主的觀念系統是著重感情，故事從頭至尾一直強調人與人之間的感情。故事最後將三人死了變成石灰、檳榔樹及蔞葉混在一起食用，代表相親相愛、永不分開，這用來解釋為何食用檳榔一定要把三者混在一起嚼。傳統文化所規範的男主外、女主內，也符合規範系統裡的重人倫及符合行動系統的勞心勞力分職／諧和自然。男人

在田裡耕種、在山上打獵，婦女在家打理家事。故事中兄弟倆在外幹活，姑娘在家中做飯、舂米、釀酒及縫補衣裳，傍晚盼望丈夫回來，各有各的責任，自然諧和了人與人之間的關係。如此家庭和睦，家族才能持久下去。淒美的檳榔故事受到濃厚的氣化過程的道所影響。由故事中的情節，可以說越南也受東方傳統氣化觀型文化的影響。因此，依據這樣的文化模式支配，我將上述的檳榔故事帶入這個文化系統內，可更深入探討故事中創造者的文化意識貫穿整個故事的內容：

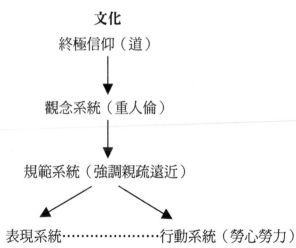

文化

終極信仰（道）

觀念系統（重人倫）

規範系統（強調親疏遠近）

表現系統⋯⋯⋯⋯⋯⋯⋯⋯行動系統（勞心勞力）

圖 4-3-1　氣化觀型文化的五個次系統關係圖
（文化五個次系統圖，詳見第一章第二節）

　　由故事的結局三人一起死去，分別變成了石灰、檳榔樹及蔞葉。這情節有點帶誇張，也凸出了越南泛靈神的觀念，也是宇宙萬物有靈的證據。人死去了靈魂會轉移至動、植物體上。這樣傷感的悲劇，將三人死了變成石灰、檳榔樹及蔞葉混在一起食用代表相親

相愛、永不分開，可以解釋為何食用檳榔一定要把三者混在一起嚼。這稱得上是一個優美的結局，同時也帶有點悲壯的意味。

有人考察一部人類的戲劇史，發現有幾個階段的演變：

> 一切戲劇的題材都是描寫人類意志的一種鬥爭。從希臘時代起直到現代為止，一共創造了四種形式。這幾種形式，就它們跟人物意志對抗的勢力之性質而生出區別。戲劇發展的第一型，描寫個人和命運抗爭，希臘戲劇可為代表（如蘇福克拉斯《伊底帕斯》）……戲劇發展的第二型，顯示出個人被預定失敗，卻並不為了自己命運之難於抗衡的勢力，而只為了他自子的性格襲有某種遺傳的缺陷，莎士比亞的戲劇可為代表（如《哈姆雷特》）……戲劇發展的第三型，顯示個人和環境抗爭，描寫個人的性格和社會情形之間的劇戰，近代的社會劇可為代表（如易卜生《娜拉》）……戲劇發展的第四型，描寫集團和集團的鬥爭，這是現代戲劇創作的主要傾向（如高爾基《夜店》）……（趙如琳，1991：1-20）

周慶華認為這是特指西方的情況。（周慶華，2002：331-332）

反觀中國的悲劇，非西方希臘式的悲劇（劉燕萍，1996），不論是精衛填海式的：跟邪惡勢力抗衡到底，如關漢卿《竇娥冤》，還是孔雀東南飛式的：以寧為玉碎而不為瓦全的精神跟現實抗爭，如小說《嬌紅記》和電影《梁山伯與祝英台》，或是愚公移山式的：一代接著一代跟現實搏鬥，如紀君樣《趙氏孤兒》，都以追求「團圓之趣」為歸宿。（熊元義，1998：221-223）東方式的悲劇雖然帶悲壯意味，但最後都以「圓滿結局為收場」。（周慶華，2002：334）

　　依故事的性質來看，我們知道悲劇和喜劇是兩種很常見的類型，但相對的說，悲劇比較有可看性（或說比較能給人深刻的啟發）；而悲劇所受的評價也高於喜劇，且耐人尋味。（周慶華，2002；333-334）這當不僅是像亞里斯多德（Aristotle）所說的悲劇可以使人哀憐和恐懼的情緒得到淨化或洗滌那樣消極而已（亞里斯多德，1986），它應該還有像尼采（Friedrich W. Nietzsche）所說的能讓人從新肯定生命的悲劇精神而積極的對人生世界充滿樂觀和希望。（尼采，2000）

　　對西方以上的悲劇，周慶華說：

> 這都是針對西方的悲劇而說的；西方人所信守的創造觀，已經命定他們要被「拋擲」到塵世來承受各種苦難。以至正視人生的這種悲劇性並設法從中「解脫」，也就成了西方人所能追求的理想。因此，悲劇的存在，無異「道」出了西方人的痛，同時也「激」起了他們的希望和夢想，才會受到他們的重視。（周慶華，2002：334）

　　東西方的悲劇有所差別，就以越南童話〈Sự Tích Trầu Cau〉（檳榔的故事）為代表：故事結局以三人一起死為故事悲劇，而後三人又變化成植物緊緊纏繞在一起，代表永不分開，來安撫讀者的心，由「悲」轉「喜」，留給讀者甜蜜的讀後感，正符合東方傳統氣化觀萬物由精氣化成的論說。周慶華認為：

> 這是在氣化觀的前提下，作者自居高明或道德使命感的促使而為人間不平「補憾」的結果（不論是生前得到補償還是在死後得到補償，人間有的不平都無從逸出去像西方人那樣改

向造物主控訴的尋求補救，這是任何一個傳統的中國人「共
有的認知」；而作者特能編綴「曲折離奇」的情節以享讀者、
觀眾罷了），實際的苦難還是得勞當事人自我「寬慰化解」
而無法別為寄望。不過，這種大團圓結局，還是可以聊為喚
起人對「天理」的一點信心，而不致妄自絕望。（周慶華，
2001a：199-200）

　　故事裡頭帶有優美而崇高的愛情、兄弟情；使得一直以來還流
傳著，從沒衰退過。人民把檳榔的氣質和精神同人們的美好愛情相
聯繫，藉以對檳榔極度的頌揚，從而表現他們對美好愛情、婚姻和
幸福生活的追求。兄弟之間的禮讓、謙虛，不但是道德上的美，它
還可以美化人生，造福人群，提升道德作用。家庭和諧使得社會祥
和。下面將為東方氣化觀型文化作更深入的解說。

　　如越南家喻戶曉的〈Tấm Cám〉（越南灰姑娘），上節已作了詳
細的分析。西方的灰姑娘最終以優美、崇高的審美類型來結束故
事。灰姑娘嫁給了王子，從此過著快樂、幸福的生活。狠毒的繼母，
姊姊們也得到悲慘的懲罰。承受不少壓迫的灰姑娘，不記仇恨，以
崇高、善良的角色得到昇華。這與西方創造觀型文化有關，在西方
因為以神或上帝（造物主）為主宰，所以才有戀神情節和幽暗意識
的存在（戀神而不得，必致怨神，所以有人神衝突；而人有負罪墮
落，不聽神遣，所以會遭神懲罰播弄）；由於要不斷創新來媲美造
物主，所以西方式的童話是西方人「模仿」造物主創造的風采而出
現的一種文體（以超現實的創作來展現人「操縱」語言構設事件的
「不可一世」的能耐），彼此在表面上相對而實際上卻是相通的（也
就是只要敬仰了造物主，難免就會接著想辦法「媲美」造物主；而

神話和童話的創作正是能夠滿足這類的需求。（周慶華，2004b：
140-141）西方灰姑娘所以具有「天使」般的性格，可以說完全是
西方人對造物主的「媲美」下的產物。用灰姑娘來榮耀上帝，跟造
物主相比，對害她的人不計較、不記恨。他們的獸性行為，完全由
神來懲罰。從故事可看出，西方故事中主人翁的個別人道德崇高跟
造物主一樣寬大、包容，可以鼓舞人心。

　　反觀越南的〈Tấm Cám〉（越南灰姑娘），依它的結局還算是悲
劇故事。死後再度受陷害，經過種種悲慘遭遇，Tấm 已經不是以往
逆來順受的善良姑娘了，她會記仇、報復。換句話說，Tấm 的仇恨
並沒轉移，被害已促使 Tấm 喪失了善良的道德。回到皇宮一手策
劃懲罰母女倆。這是二重悲壯的故事：母女兩慘死是悲壯一；Tấm
本身是悲壯二。這與西方灰姑娘不一樣，西方灰姑娘本身可是崇高
的，把仇恨轉化是一種美德。可見越南 Tấm 也深受東方氣化觀的
影響。它根源於建構者相信宇宙萬物為自然氣化而成。氣化觀型文
化的終極信仰為道（自然氣化過程），觀念系統為道德形上學（重
人倫，崇自然），規範系統強調親疏、遠近，表現系統以抒情／寫
實為主，行動系統講究勞心勞力分職／諧和自然。（周慶華，2005：
226）東方氣化觀以家族組成社會為前提，強調親疏、遠近，家族
中的人必須生活在一起。氣化觀型文化沒有唯一主宰，所以就沒有
所謂「戀神」、「模仿」、「媲美」造物主一類的行為。每個人未修養
成聖仁、聖者，受到壓迫的時候，自然就會反彈，以反壓迫來確保
自己的存活，這是如氣化過程的道的自然現象。此外，〈Tấm Cám〉
（越南灰姑娘）也帶有緣起觀型文化中的「輪迴」觀念，這從 Tấm
「隔代報仇」的情節就能看出：每次被陷害淪落變成不同的動、植
物，Tấm 都會發出不同的警示來警告繼妹。這情節相信只能在東方

灰姑娘才能找到。西方人認為人死後只有兩個地方可去，上天堂或
下地獄，沒有「輪迴」觀念，更不會有「隔代報仇」的情節。這是
越南灰姑娘與西方灰姑娘最大的差異，而這背後是不同的世界觀在
影響著。

第五章
越南童話的文化性

第一節　越南童話泛氣化觀型文化定位

一、文化

　　關於文化，眾多學者的看法都有共通處，他們都認為「文化是人類創造的產物」。為了生存，人類不斷發明、創造。換句話說，語言、文字、道德、法律、科學、宗教、文學、藝術……都是文化的產物。而越南也是富有濃郁民族特色、輝煌燦爛的文化，為人類的文明發展作出了巨大的貢獻。以上論述也可以把越南童話當成「文化」成分來看待，而能凸顯出它在越南文化中的審美價值及代表性。（詳見第二章第三節）

　　西方學者泰勒（E.B.Taylor）為文化下定義，說文化是一種複雜叢結的全體；這種複雜叢結的全體，包括知識、信仰、藝術、法律、道德、風俗以及任何其他人所獲得的才能和習慣。（殷海光，1979：31 引）又另一個文化定義：「文化是一個歷史性的生活團體（也就是它的成員在時間中共同成長發展的團體）表現它的創造力的歷程和結果的整體，當中包含了終極信仰、觀念系統、規範系統、

表現系統及行動系統等」。（沈清松，1986：24 引）這個定義包含
幾個要素：（一）文化是由一個歷史性的生活團體所產生的；（二）
文化是一個歷史性的生活團體表現它的創造力的歷程的結果；（三）
一個歷史性的生活團體的創造力必須經由終極信仰、觀念系統、規
範系統、表現系統及行動系統等五個部分來表現並在這五個分部中
經歷所謂潛能和現實、傳承和創新的歷程。文化在這裡被看成一個
大系統，而底下再分五個次系統。這五個次系統的內涵分別如下：
終極信仰是指一個歷史性的生活團體的成員，由於對人生和世界的
究竟意義的終極關懷，而將自己生命所投向的最後根基；如西伯來
民族和基督教的終極信仰是投向一個有位格的造物主，而漢民族所
認定的天、天帝、天神、道、理等等也表現了漢民族的終極信仰。
觀念系統是指一個歷史性的生活團體的成員，認識自己和世界的方
式，並由此而產生一套認知體系和一套延續並發展它的認知體系的
方法，如神話、傳說以及各種程度的知識和各種哲學思想等都是屬
於觀念系統，而科學以作為一種精神、方法和研究成果來說也都是
屬於觀念系統的構成因素。規範系統是指一個歷史性的生活團體的
成員，依據它的終極信仰和自己對自身及對世界的了解（就是觀念
系統）而制定的一套行為規範，並依據這些規範而產生一套行為模
式，如倫理、道德（及宗教儀軌）等。表現系統是指一個歷史性的
生活團體的成員用一種感性的方式來表現該團體的終極信仰、觀念
系統、規範系統等而產生各種文學及藝術作品。行動系統是指一個
歷史性的生活團體的成員，對於自然和人群所採取的開發或管理的
全套辦法，如自然技術（開發自然、控制自然和利用自然等的技術）
及管理技術 （就是社會科技或社會工程，當中包含政治、經濟和
社會等三部分：政治涉及權力的構成和分配；經濟涉及生產財和消

費財的製造和分配；社會涉及群體的整合、發展和變遷以及社會福利等問題）。（同上，24-29）如圖 2-3-1。文化的五個次系統當中，終極信仰是最優先的，它塑造出了觀念系統，而觀念系統再衍化出了規範系統；至於表現系統和行動系統，則分別上承規範系統／觀念系統／終極信仰等。（周慶華，2007：185）

　　關於三大系統的差異問題，周慶華提出：

> 在創造觀型文化方面，它的相關知識的建構，根源於建構者相信宇宙萬物受造於某一主宰（神／上帝）；如一神教教義的構設和古希臘時代的形上學的推演以及近代西方擅長和科學研究等等，都是同一範疇。在氣化觀型文化方面，它的相關知識的建構，根源於建構者相信宇宙萬物為自然氣化而成；如中國傳統儒道義理的構設和衍化（儒家／儒教注重在集體秩序的經營；道家／道教注重在個體生命的安頓，彼此略有「進路」上的差別），正是如此。在緣起觀型文化方面，它的相關知識的建構，根源於建構者相信宇宙萬物為因緣和合而成（洞悉因緣和合道理而不為所縛就是佛）；如古印度佛教教義的構設和增飾（如今已傳布至世界五大洲），就是這樣。（周慶華，2001：22）

　　這三大文化系統長久以來各自形成專屬的傳統，一方面可以延續過去的事物；另一方面又可以世代相傳，構成了各自的社會創造和再創造的文化密碼，也為生存在當中的人帶來秩序及意義的功能。（周慶華，1996：213-214）　這種在長時間發展中的集體無意識，會以巨大無形的量力進入人們的心中，影響或制約人們的思維。

二、中西文化的特色

西方國家所屬的創造觀型文化，相信宇宙間有一個至高無上的主宰（神／上帝），此處以一神信仰的基督教為主要代表。從基督教的「原罪觀」，人受造於神而具有神性，卻因對神叛離而遭隱沒，才墮落到塵世，所以墮落的態勢和潛能是人類與生俱來的。因為每個人都是神的子民，擁有不可侵犯的尊嚴，所以他們強調人生而平等，嚴分人己界線，重視自由意志，凡是只要對神負責就好，所以形成了個人本位的「縱向」結構社會。（周慶華，2005：241）西方國家，長久以來混合著古希臘哲學傳統和基督教信仰，這二者都預設（相信）著宇宙萬物受造於一個至高無上的主宰，彼此激盪後難免會讓人（特指西方人）聯想到在塵世創造器物和發明學說以媲美造物主的風采，科學就這樣在該構想被「勉為實踐」的情況下誕生了（同為古希伯來宗教後裔的猶太教和伊斯蘭教，在他們所存在的中東地區因為缺乏古希臘哲學傳統的「相輔相成」，就不及西方那樣成就耀眼）。由於萬能的造物主不會有失誤，倘若有失誤必是人類誤謬的觀念所致，所以西方人有探求精深、細微的求知本能，特別窮究本體真理和理論真理的辯證，藉由客觀觀察和理性推演來榮耀上帝。（周慶華，2007：238）對此，上節以推演說西方灰姑娘，主人翁的善良、不記仇恨，把恨寄託給神來懲罰繼母、繼姐姐們，將道德昇華像神一樣崇高，最終莫非以此角色來榮耀上帝。至於民主政治，那又是根源於基督徒深信「人類的始祖」因為背叛上帝的旨意而被貶謫到塵世，以至後世子孫代代背負著罪惡而來；而為了防止該罪惡的孳生蔓延，他們設計了一個「相互牽制」或「相互監

督」的人為環境，也就是民主政治（一樣的，信奉猶太教和伊斯蘭教的國家並沒有強烈的「原罪」觀念或根本沒有「原罪」的觀念，所以就不時興起基督徒所崇尚的那種制度，而終於沒有開展出民主政治來）。（同上，187）無論是論述形而上或形而下的萬事萬物時，他們最終都會以理性、邏輯和客觀為依歸，成就探求真理的哲學和科學研究。他們以在塵世創立學說定律和創造器物科技的方式，也追求多變的商業活動累積傲人的財富並勇於冒險犯難尋找新中國，以現世擁有的財富和各種學科躍進等來榮耀上帝：它一方面是榮耀上帝以便被優先接納而得到救贖，一方面則是發展自己擁有媲美造物主的風采。（同上，187）以上述的五個次系統分別填入內涵而標出三大文化系統的特色。（詳見第一章第二節：圖 1-2-3）

西方創造觀型文化五個次系統

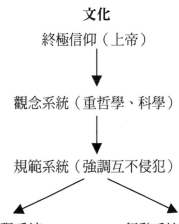

文化

終極信仰（上帝）

↓

觀念系統（重哲學、科學）

↓

規範系統（強調互不侵犯）

（敘事／寫實）表現系統⋯⋯⋯⋯⋯行動系統（制衡、役使萬物）

圖 5-1-1　創造觀型文化的五個次系統關係圖

　　至於東方的情況，則有兩種較為可觀的世界觀：一種是流行於中國傳統的「自然氣化宇宙萬物觀」；一種是由古印度佛教所開啟而多重轉折的發展的「因緣和合宇宙萬物觀」。前者認為宇宙萬物為陰陽精氣所化生（自然氣化的過程及其理則，稱為道或理），所謂「道生一，一生二，二生三，三生萬物。萬物負陰而抱陽，沖氣以為和」（王弼，1978：26-27）、「夫混然未判，則天地一氣，萬物一形。分而為天地，散而為萬物。此蓋離合之殊異，形氣之虛實」（張湛，1978：9）、「無極而太極。太極動而生陽；動極而靜，靜而生陰。靜極復動。一動一靜，互為其根。分陰分陽，兩儀立焉。陽變陰合而生水火木金土，五氣順布，四時行焉。五行一陰陽也，陰陽一太極也，太極本無極也。五行之生也，各一其性。無極之真，二五之精，妙合而凝。乾道成男，坤道成女。二氣交感，化生萬物，而變化無窮焉」（周敦頤，1978：4-14）等，就是在說這個道理。中國傳統所見這種世界觀既然以宇宙萬物為陰陽精氣所化生，那麼宇宙萬物的起源演變就在「自然」中進行；這不無暗示了人也應該體會這一「自然」價值，不必作出違反自然之理的事。道家向來就是這樣主張的，而儒家所強調的道德形上學〔所謂「夫君子所過者化，所存者神，上下與天地同流」（孫奭，1982：231）、「盡其心者，知其性也；知其性，則知天矣」（同上，228）、「天命之謂性，率性之謂道，修道之謂教」（孔穎達等，1982：897）等可為代表〕也無不合轍。漢民族所屬的氣化觀型文化，相信宇宙萬物為自然氣化而成（自然氣化就是一個天道流衍的過程）。（周慶華，2007：185）所謂的神或上帝是天地精氣的別名，人則是天地精氣的化身，為萬物之靈，生於自然，必也隱含自然之道，所以特別強調「天人合一」的精神，著重人與自然的配應，鮮談天國的不朽生命，而是以實際

人生的種種為核心價值，是重人論的、社會的、感性的、心性的文化。（陳俊華，2005：127）他們沒有唯一的主宰神，只有泛神信仰，並且相信人經過精氣修煉也可以成仙成道，就是仙佛與人在心性本體上原無差別，人經過自修證道後便與仙佛平等。（唐君毅，1993：41-42）他們所謂中庸、無為、人道的理想，都不是理性分析所得的邏輯知識，都是以直覺式、經驗性的感性情懷所得，他們在大自然的感悟中，發現天命有常，四時流轉，萬物盛衰榮枯，只是自然的法則，非有至高無上的神所掌控，由於人無須依賴神，而社會又是氣化為人後的相互糾結，所以特別關注人際關係的家庭倫理和政治倫理的秩序化生活，形成了群體依賴的「橫向」結構社會。（周慶華，2005：241）此外，他們的社會是以氏族為骨幹的生活團體，重視家庭倫理，強調血緣的親疏尊卑（夫尊子卑、兄尊弟卑、嫡長子為尊，庶出子為卑），長幼有序的倫常規範全由精氣化聚的先後而定，天命不得違逆，使得以父權為核心的倫理體系應運出宗法制度，成為穩定社會秩序的媒介。漢民族以人為陰陽二氣中的精氣偶然聚合而成；因為是「偶然聚合」，不定變數，所以承認人有「智愚」、「賢不肖」、「貧富」、「貴賤」、「窮達」、「壽夭」和「勞心勞力」等等不平等現象。（周慶華，2007：219）而為了規避齊頭式的平等，就會以勞心／勞力或賢能／凡庸來分別治理或安排殊職（同上，187），所以才能受命於天而為治理萬民的政治領袖，甚至賦予他必要的權威，建立君敬臣忠的政治倫理。漢人的社會屬於農業經濟型文化，農業社會的特質是保守，安穩的生活、重視傳統與經濟的累積，強調以團體合作力量來保障農業生產的利益，不像商業文化般以個人利益為考量；他們遵承傳統，安土重遷。傳統中國人信守這樣的世界觀，所表現出來的多半是為使自然和人性、個人和社會以及人和

人自間達成和諧融通、相互依存境界的行為方式和道德工夫。（周慶華，2007：165-167）東方人深受氣化觀型文化的影響，具有縮結人際關係的潛能。氣化觀型文化的終極信仰為道（自然氣化過程），觀念系統為道德形上學（重人倫，崇自然），規範系統強調親疏、遠近，表現系統以抒情／寫實為主，行動系統講究勞心勞力分職／和諧自然。（周慶華，2005：226）我將此五個次系統分別填入內涵而標出三大文化系統的特色（以東方漢民族——中國為代表）：

東方氣化觀型文化五個次系統

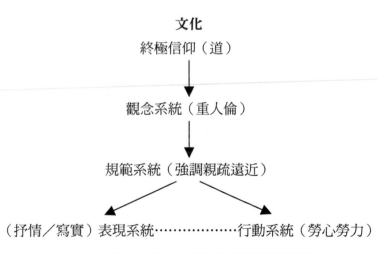

文化

終極信仰（道）

↓

觀念系統（重人倫）

↓

規範系統（強調親疏遠近）

（抒情／寫實）表現系統⋯⋯⋯⋯⋯⋯行動系統（勞心勞力）

圖 5-1-2　氣化觀型文化的五個次系統關係圖

緣起觀型文化傳統在信仰涅槃境界的佛教徒身上所顯現的，他們所關懷的是人的「痛苦」。這是佛教開創者釋迦牟尼從人類實存日日體驗到的無窮盡的身心逼惱（不快不悅的感受）而誓化眾生讓他們永遠脫離生死苦海的悲願所帶出的。而它不論是小乘佛教所偏

重的「個人苦」還是大乘佛教所偏重的「社會苦」，都展現了一致
的關懷旨趣。還有佛教所說的「痛苦」，具有相當的「實在性」（跟
它相對的「快樂」就不具有「實在性」；因為快樂只是痛苦的暫時
停止或遺忘而已）（勞思光，1984：181-182），且遍及人身心的所
有經驗（佛教對苦的分類甚繁，最常見的有生老病死苦、愛別離苦、
怨憎會苦、求不得苦、五陰盛苦等）。而造成這一痛苦的終極真實，
主要是「二惑」（見惑和思惑，由無名業力引起）和「十二因緣」（生
死輪迴）。最後必定逆緣起以滅一切痛苦和出離輪迴生死海而達到絕
對寂靜境界為終極目標。而身為佛教徒所要有的終極承諾，就是由
八正道（正見、正思維、正語、正業、正命、正精進、正念、正定）
進入涅槃而得解脫。（周慶華，1997：81）緣起觀型文化的世界觀以
為宇宙萬物的出現和消失，都是因緣和合所致的。換句話說，有造
成宇宙萬物存在的原因或條件，就能夠促使宇宙萬物的實際存在；
反過來說，沒有造成宇宙萬物存在的原因或條件，也就不能夠促使
宇宙萬物的實際存在（或者當造成宇宙萬物存在的原因或條件消失
了，宇宙萬物也要跟著消失）。而由此衍生出人生是一大苦集，最後
要以去執滅苦而進入絕對寂靜或不生不滅的涅槃（佛）境界為終極
目標。（周慶華，1997；1999）所謂「若法因緣生，法亦因緣滅。是
生滅因緣，佛大沙門說」（施護譯，1974：768 中）、「此有故彼有，
此起故彼起……此無故彼無，此滅故彼滅」（求那跋陀羅譯，1974：
92 下）、「所謂此有故彼有，此起故彼起。謂緣無明行，乃至純大苦
聚集；無明滅則行滅，乃至純大苦聚滅」（同上，18 上）、「是故經
中說：若見因緣法，則為能見佛，見苦集滅道」（鳩羅摩什譯，1974：
34 下）等，就是在說明這些道理。佛教這種世界觀的具體顯現普遍
流露在講究修鍊冥想、瑜伽術以及其他的心身冶煉等行為而將能量

的消耗降到最低限度。（周慶華，2001：78-79）我將以上論述分別填入內涵而標出三大文化系統的特色：

古印度緣起觀型文化五個次系統

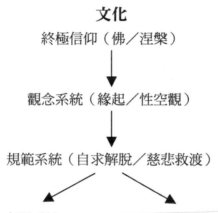

文化

終極信仰（佛／涅槃）

↓

觀念系統（緣起／性空觀）

↓

規範系統（自求解脫／慈悲救渡）

（解離／寫實）表現系統⋯⋯⋯⋯⋯⋯⋯行動系統（去治戒殺）

圖 5-1-3　緣起觀型文化的五個次系統關係圖

三、越南童話屬泛氣化觀文化型

　　文化涉及的面向相當廣，它代表一個國家的特色。越南歷史上分別受了中國、法國和美國的統治。越南文化總是處於不斷與外界交流的動態中，也因此呈現出明顯的多元化特徵。越南多元文化的形成是越南民族積極吸納世界上各民族優秀文化的結果，是越南民族在文化上交流性的體現。（詳見第二章第三節）　越南可說是受中國文化影響最深，由於歷史、地理等多方面的原因決定了中、越兩

國文化的特殊關係。翻開越南文化發展史，僅從公元 10 世紀越南建立封建自主國家之後的一千多年來無不深受中國文化的影響。鍾珂在〈中國傳統風俗在越南的遺存和嬗變〉中提出：「越南與中國山水相連，中國古代史書稱越南為 Giao Chi（交趾）、Giao Châu（交州）。從公元前 214 年至公元 968 年的千餘年時間，越南作為中國的郡縣存在，置於中國封建王朝的直接管理之下。即使在公元 968 年建立了獨立的封建國家，但乃與中國封建王朝保留『宗藩』關係，直到 1858 年法國殖民者入侵越南，這樣的密切關係才被迫中斷。兩千多年來，中越兩國在政治經濟文化上往來十分頻繁，越南文化在各個方面都深深烙下了中國文化的痕跡，特別是民族風俗的傳承下，越南沿用了大量中國古代的民風民俗，但是由於種種原因，這些風俗已經發生了變化。」（鍾珂，2008） 越南深受中國傳統文化的侵染，更直接的原因在於越南同中國一樣使用陰曆作為本國年曆，一年分為二十四節氣，也使用天干地支紀年。因此，中越兩國有很多節日風俗不僅名稱一樣，而且來歷緣由、舉行儀式過程都是相同的，尤其以春節、清明節、端午節、中秋節最為明顯。（同上）

　　越南的春節，一般從十二月中旬就開始置辦年貨，以臘月二十三日祭灶君爺。在這一天，家家戶戶要買糖果、鯉魚、甘蔗等祭品，晚上舉行祭灶儀式以求來年一家平安。初一凌晨，家家戶戶擺好祭品開始祈求新一年萬事順利、合家平安。人人開始逛廟會，在廟裡持一束剛剛從樹上採摘下來的綠樹枝高高興興的帶回家，此稱為「採祿」；因「綠」和「祿」諧音，寓意家庭福祿如意，與中國春節一樣豐富多彩並熱鬧非凡。越南人民喜愛用鮮花來點綴節日的氣氛，無論貧富，都會買一些鮮花擺放家中。北方人喜歡桃花，南方

人許喜歡梅花；桃花象徵健康長壽、梅花象徵幸運。除之以外，除夕之前，越南人民還做了各式各樣的粽子來迎接新年，粽子是祭祀祖先必不可缺的供品。越南北方做的餅與中國南方廣西少數民族所做的粽子相似。而越南南方的粽子是圓方型，外型呈圓柱體的糯米粽，帶「天圓地方」之意。對此在越南著名童話中的〈Bánh Chưng và Bánh Dày〉（粽子的故事）能印證此習俗。（詳見第二章第三節）

　　清明節同中國一樣，越南清明節也有掃墓踏青的習俗。人們帶著蠟燭、鮮花、水果、香、紙錢等，修理祖先的墳墓，點香燒紙紀念先人。

　　越南人稱「端午節」或「五月初五」，這是中國重要的傳統節日之一。在越南，上年紀的知識分子大都懂得端午節是紀念中國古代的愛國詩人屈原的日子。此外，越南人慶賀端午節另一個內容是「殺蟲」，也稱「除蟲節」。

　　農曆八月十五為中秋節，在這一天，人們把月圓作為團圓的象徵。一家人在月光下吃著月餅賞月。中國有吳剛伐桂的故事，越南也有〈Chú Cuội Cung Trăng〉（阿桂與榕樹）的故事。另外，越南的中秋節也是兒童節，這一天機關團體或學校將為兒童組織聯歡會，孩子們提燈玩耍，非常開心。越南又如中國也有十二生肖，僅有一點不同的是中國卯年屬兔，而越南卯年屬貓，越南人習慣和善於用天干地支來計算年份，也就是說可以根據某人的屬相，可迅速而準確的計算出此人的年齡或出生年份。從歷史，民間風俗來看，越南深受中國文化的影響，也透過自己的文化眼光和文化框架，根據自己的具體國情對外來文化進行了吸收及改造。中越文化接觸與互融，透過對外來文化的融合同化，越南人民創造出了內涵豐富，博大精深具有濃郁民族特色的文化。

關於「龍」的文化，「龍」在中國上下五千年的文化歷史中為神聖和力量的象徵。越南人也認為自己是炎帝神農氏君的後代——「龍子仙孫」以〈Sự Tích Lạc Long Quân Và Âu Cơ〉這童話故事，此則故事解釋為何越南人自稱自己是「龍子仙孫」的源由。越南人對龍的尊崇與中國人相比可以說是有過之而無不及的。在越南人們隨處都能感受到龍的文化。封建時期的古都（現是河內）取名為Thăng Long（升龍）。在越南北方有一個非常美麗的海濱旅遊勝地叫「Vịnh Hạ Long」（下龍灣），已被聯合國列入世界文化遺產。關於「Vịnh Hạ Long」（下龍灣）的美麗名字，相傳古時候有一條金色的巨龍從天上飛下來在海裡洗澡，巨龍在海裡盡情玩耍，非常痛快，不願重返天宮，於是將它巨大的身軀彎彎曲曲地平臥在海面上，日久後變成了一塊塊形狀各異的巨石，形成一道奇妙無比的天然景觀，供世人欣賞。因此，龍文化在越南有其悠久的歷史深淵和廣泛的社會基礎。

越南學者 Phan Ngọc（潘玉）認為：「越南受中國全方位的影響，不僅包括語言、文學、藝術宗教等方面，就連越南的政治、經濟和技術等方面也都有中國的印跡，這種印跡就是當今也是顯而易見的。」（潘玉，2005）Phùng Quý Nhâm 在《Cơ Sở Văn Hoá Việt Nam》中提出：「thời kì Bắc Thuộc là thời kì Nho Giáo, Đạo Giáo và Phật Giáo bắt đầu truyền bá vào đất Việt. Người Việt tiếp xúc với những tư tưởng của các giáo phái trên.」（Phùng Quý Nhâm，2002）北屬時期[3]是儒、道、佛教開始傳進越南。越南人也開始接受這些

---

[3]　北屬時期：約公元前 214 年至公元 968 年，越南受到中國的統治，稱北屬時期。

宗教的思想。在北屬時期越南的政治、經濟、文化等方面有長足進步，尤其是給越南文化帶有了質的飛躍。這一期間，越南大部分被納入中國版圖，屬中國的一部分，中國歷代統治者把中國文化直接進行實施。（沈崢，2008）當中包括了漢字和漢語的傳入；推行文教、科舉制度；宗教的傳播……越南在北屬時期，中國歷代統治者在越南所實施的政策，廣泛傳播了中國文化，為後來獨立的越南與中國的文化交流打下了基礎。也就是說，中國傳統文化的主要成分儒、道、佛教等在越南傳統文化中佔據著重要的地位，成為越南傳統文化中的主體機制。

秦漢朝對越南（當時稱交趾、交州、安南等）的統治中，儒教是隨著公元前後漢字、漢文化傳入交趾而開始逐漸南行的。15 世紀開始，儒教取得獨尊地位；20 世紀初期，漢字和科舉才退出越南的歷史舞台。縱橫越南的歷史，儒教對越南的國家體制、文化教育、意識形態、理論道德等發展所做出的貢獻是不可忽視的。

佛教從中國、印度等地傳入了越南，滲入到了越南本土文化中並跟它融合，形成了帶有越南特色的佛教。在公元 7 世紀，河內已是重要的佛教學術中心。（薩德賽〔D. R. Sardesai〕 著，蔡百銓譯，2001：58）公元 10 至 14 世紀，越南佛教極為興盛。《Đại Việt Sử Kí Toàn Thư》（大越史記全書）中記載：「Lý Thái Tổ（李太祖）即地位甫及二年，宗廟為建，社稷未立，先於天德府創立八寺。又重修諸路寺觀，而度京師千餘人為僧，則土木財力之費不可勝言也……百姓大半為僧，國內到處皆寺。」（吳士蓮，1988：110）佛教成為古代越南廣泛的宗教信仰，滲入到越南社會的各個方面。

道教在東漢末期正式創立不久後就傳入越南。道教沒有像儒教、佛教那樣勝極一時，成為國教。但道教始終成為越南「三教」

的一教存在於越南文化中，對民眾的生活和知識分子的人生觀和世界觀產生了不可忽視的影響。越南民族對外來文化的融合體現在儒、道、佛教三教在越南的相互滲透、相互融合而並行不悖。「三教」的融合是在越南民眾情感與行為中自然形成的。（Trần Ngọc Thêm，1999：301）在越南的寺廟裡同時供奉著釋迦牟尼佛、孔子和老子，甚至加上民族英雄或大儒。佛門嚴行五戒，又有道教的修煉養氣，還學習儒教經典。具此論述，可以看出越南具有泛靈神的宗教信仰。越南民族以寬廣的胸懷、包容的心理吸納著世界上諸多國家的優秀文化，尤其是中國文化。在消化吸收後，將它融合入本民族的文化中，形成一種全新的、富有濃郁民族特色、輝煌燦爛的文化。尤其是民間傳統、泛靈神、視宇宙萬物有靈的特點。對此可藉由越南童話故事來證成（下節將詳細探討並帶入童話故事來佐證）。

　　倘若依周慶華（2005）所提的「世界三大文化系統」來為這些越南童話文本作定位，受基督教文化影響的西方童話文本應列屬於創造觀型文化系統。受儒道思想薰陶的中國、日本童話屬於氣化觀型文化。受古印度佛教影響的童話屬於緣起觀型文化。據上述所提，因越南深受中國文化的影響，相關的禮儀、倫常觀念、生活方式、宗教信仰等都可看出越南與中國文化這種極為特殊的關係和悠久的歷史傳承，直到今天仍可以從越南社會各個層面中深刻地感受到中國文化對越南影響及留下的印跡。由此推論，越南也屬於泛氣化觀型文化的範圍，此外緣起觀型文化在越南社會也深著影響。越南人民相信鬼神的存在，並以佛教「善惡報應」所引發的觀念在民間內化為宗教功能，借以體現勞動人民揚善罰惡的倫理道德規範。這種觀念也在越南童話中生存及蔓延，正如著名〈Tấm Cám〉（越

南灰姑娘）。按佛教所說人的「靈魂」是不滅的，人死後，「靈魂」要投胎轉世，多次輪迴。至於來世將轉生什麼，就得看現世的表現。以這樣的觀念來警示世人。越南童話中帶泛靈神及佛教善惡報應、輪迴觀念的特點，主要帶有中國傳統氣化觀型文化兼及印度佛教緣起觀型文化的特徵。因此，在偏重上可暫稱越南存有「泛氣化觀型觀文化」的特色。

第二節　越南童話中的終極信仰

一、西方國家的終極信仰

　　文化中的終極信仰，上節已提出：「指一個歷史性的生活團體的成員，由於對人生和世界的究竟意義的終極關懷，而將自己生命所投向的最後根基」。但對於信仰的本身實際狀況，得進一步探討。信仰具有存在性的開始，它無法以邏輯學、心理學或道德因果律來解釋，「信仰的萌芽本身有如被難以窺破的煙霧所包圍，而在其背後還隱藏著更深的奧秘」，同時「信仰也需不斷生成，而且有好幾個發展階段：它有起落、危機和平靜的成長期，信仰的生成在本性上是多方面的。信仰的歷史涵蓋一個人的全部，包括他的個性、他的力量、他的弱點、他的性情、他的經驗及他的環境」（郭蒂尼〔Romano Guardini〕著、林啟藩譯，1984：19-21）溫公頤在《哲學概論》中提出信仰約略有兩類可說：一類是根源於知識，而且跟

知識有邏輯上的關聯，如每一科學的假定，在它尚未確立時，就屬於這類信仰；一類是宗教的信仰，這類信仰跟知識不相統屬，乃以不可侵犯的信條或聖經為根據。（溫公頤，1983：116-117）此外還有狹義的信仰，它可以是一種行為，也可以是一種習性。如果是一種習性，它就是神賦予的超自然德行的一種，稱為「信德」，是使人「因著上帝的權威，完全相信上帝所啟示的道理。」（曾仰如，1993：280）另外，狹義的信仰可以具體指對神的信仰，也就是指任何一種宗教信念（即使並不以神的啟示為基礎）。這一意義的信仰，仍然是整個人自由的、道德上的重要決定。但現在的不可知論，卻把理性視為基礎的信仰。晚近，從「信仰上帝」、「信仰神」的宗教內容中發展出一種完全屬於世俗意義的信仰。根據這一點，信仰意指一種由情感強烈激盪發生的堅定的信念和信任，而完全抗拒任何懷疑的困擾。某些人藉著這種信仰會幾近宗教狂熱的依附自己所相信的人或事。（同上，120）然而，不論信仰是否針對上帝或神而來，它應該都是理性（理智）的行為（差別只在理性的程度）。理由正如聖奧古斯丁（Saint Augustine）和聖多瑪斯（Saint Thomas）所說的「沒有先行的知識，便沒有信仰，如果一個人什麼都不了解，他也不可能相信上帝」、「一個人倘若是根本不了解某個命題的話，他也不可能相信或表示贊同」（皮柏〔Josef Pieper〕，1985：7引）。何況在生命中重要的場合，沒有一人絕對只靠自己的客觀、可以證明的知識而活。「因為普遍來說，人的生命基礎還是在可靠的信仰上。倘若是沒有相互的信賴，人群共同生活是不可能的。但是嚴格的說，沒有一個人能向別人證明自己的可以信賴。這樣看來，信仰便不是不足的知識，而是人的原始創行。」（孫志文主編，1984：71）信仰基督教上帝的人，他所關懷的是人的「原罪」。這是承自

古希伯萊的宗教思想（基督教、猶太教、回教這些盛行於世的宗教，
都跟古希伯萊的宗教有淵源關係，彼此都是一神教，差別只在教義
教規和教儀上）（呂大吉，1993：602-621、658-707）；根據古希伯
萊宗教的文獻（主要是舊約）所述，上帝以祂的形象造人，於是人
的天性中都有基本的一點靈明；但這點靈明卻因人對上帝的叛離而
隱沒，從此黑暗勢力在人間伸展，造成人性和人世的墮落（這由亞
當、夏娃偷吃禁果首開其端）。（張灝，1989：5-6；周慶華，1997：
80）所謂「原罪」，聖經中的說法是：

> 本意也指人「有識有知」而「違帝之則」。這個「罪」字原文
> 是希臘詞，詞意同一般所說的「犯罪」的「罪」風馬牛不相
> 及。它的原意是射箭時「不中的」即偏離了目標，在基督教
> 裡，這個詞被借用來表示人順從人的私慾違背神的旨意或法
> 則，因驕傲、不信而背離了上帝，也就偏離了上帝造人的目
> 的或人的本性。所謂「人人有原罪」，是說人人都有這種「背
> 離上帝」的傾向或可能。由於人人都有侷限性，都有自由意
> 志，所以也就可能犯這種宗教上的「罪」。這並不是說人人都
> 犯了道德上的罪或法律上的「罪」儘管它們同宗教上的罪有
> 關，而後者是可能靠神來拯救的。（何光滬，1998：62）

因此，在古典童話、現代童話，都帶有這些基本的涵義。「每個
重要的童話故事其實都在處理一項獨特的特性缺陷或不良特質。在
『很久很久以前』之後，我們將會看到童話故事處理的正是虛榮、
貪吃、嫉妒、色慾、欺騙、貪婪和懶惰這『童年的七大罪』。雖然某
一個童話故事可能處理不只一項『罪』，但當中總有一項佔主要地
位。」（雪登・凱許登〔Sheldon Cashdan〕，2001：35）西方童話故

事中常出現的一個人物是「巫婆」，而這些巫婆總是把那些罪惡「攏總」的承擔起來，而最後巫婆也「一定要死」才大快人心。可是為何這些承擔罪惡的角色一定是「女性」呢！其實這跟西方人負罪觀念有密切關係。在舊約《聖經‧創世紀》裡明白記載了罪惡是從夏娃被蛇引誘偷吃禁果開始的，夏娃偷吃後又拿給亞當吃，亞當才跟著一起墮落。因此，「罪」是夏娃一人開啟的。也由於夏娃一人無法承擔全部的罪，就有可能轉移到其他女性身上。（周慶華，2004b：139）由此「女巫」就背上重大的罪名了。古典童話與現代童話中的故事，多半都有「女巫」角色，這些「女巫」也具備「罪」的特性：虛榮、貪吃、嫉妒、色慾、欺騙、貪婪和懶惰，最後都淪落慘死的下場。這代表了童話創作者們模擬造物主的觀念，塑造出醜惡的「巫婆」來媲美造物主當年精明的判決了偷吃禁果的夏娃（詳見第三章第二節）。從耶穌所拈出的「原罪」觀念來看，人都有與生俱來的一種墮落趨勢和墮落潛能，構成它的終極真實；但人都是上帝所造，都有靈魂，所以又都有其不可侵犯的尊嚴。憑著後面這一點，人經由懺悔、禱告就可以獲得救贖，死後進入天堂，永隨上帝左右（人可以得救，但有限度，永遠不能變得像上帝那樣完美無缺）。（張灝，1989：6；周慶華，1997：80）因此，進入天堂就是基督徒的終極目標，而懺悔、禱告尋求救贖就成了基督教徒應有的終極承諾。

二、東方國家的終極信仰

上節已提出，由於越南深受中國文化的影響，從越南的禮儀、倫常觀念、生活方式、宗教信仰等可看出越南與中國文化這種極為特殊的關係和悠久的歷史傳承，直到今天仍可以在越南社會各個層

面深刻地感受到中國文化對越南影響及留下的印跡。據此推論，越南也屬於氣化觀型文化的形態，而中國則被視為東方氣化觀型文化的代表。也就是說，兩國的文化禮儀、信仰、宗教是相通的。

東方氣化觀型文化——信仰儒家仁道的人，他所關懷的是倫常的「敗壞」（社會不安定）。這是儒家的先知孔、孟等人考察人間世私心和私利橫行所造成而需要舒緩的惡迹。（錢穆，1978；牟宗三，1976；方東美，1985；謝仲明，1986）也就是說，儒家獨在倫常方面著力：它以人倫的不和諧而導致社會的不安定為關懷對象，並且認定私心和私利是構成此一倫常敗壞的終極真實。如何扭轉，就在確立仁行仁政這一終極目標，而以推己及人（己欲立而立人，己欲達而達人）為終極承諾。這與基督教有明顯的差異：一個重視自覺自反，一個重視他力救贖。前者最終是要求得人倫的和諧（社會的安定），後者最終卻是要求得人神的安寧。（周慶華，1997：82-83）

信仰道家逍遙境界的人，他所關懷的是人的困窘（不自在），這是道家的先知老、莊等人透視人間世誘引個己的分別心和名利慾而遺留的夢魘後所考慮要除去的。（吳怡，1973；王邦雄，1986）依附道家而別為發展的道教，在道家關懷的基礎上又加了一項「命限」，也足以令人側目。（傅勤家，1988；葛兆光，1989）。道教奉老子為太上老君（至高之神），並收錄各方諸神眾仙，但因為其教義的精神在人世間的修煉，希望能夠有朝一日成仙成道，變為入火不侵、長生不老、甚至騰雲駕霧，形態萬變，穿越時空的神人。（陳俊華，2005：31）道家信徒所要追求的終極目標，就是沒了分別心和名利慾的逍遙境界（純任自然）。為了達到逍遙境界，道家信徒必須以「心齋」（虛而待物）、「坐忘」（離形去知）等涵養為它的終極承諾。這在道教，又加了「方術」（如服食、燒煉、引導、內丹、

符籙、禁劫、祈禳等）（周慶華，1997：82）以確保全人的神氣，
而達到神仙的境界（長生不老）。

　　在東方還有一系緣起觀型文化——信仰佛教涅槃境界的人，他
所關懷的是人的「痛苦」。這是佛教開創者釋迦牟尼從人類生存日
日體驗到的無窮盡的身心逼惱（不快不悅的感受），而誓化眾生令
其永遠脫離生死苦海的悲願所由起（詳見第五章第一節）。上述道
家所認定的「困窘」，基本上與佛教認定的「痛苦」無異，只是構
成此一「困窘」的終極真實，多集中在較為明顯可見的「分別心」
（別彼此、別是非、別生死）和「名利慾」上大有區別。（周慶華，
1997：82）道家以排除分別心名利慾為了自我得以逍遙；佛教則是
倡導去除所有執著，苦滅；只有儒家獨在倫常方面著力，它以人倫
的不和諧而導致社會的不安定為關懷對象（見前）。世界上的宗教
信仰——基督教、道教、佛教、儒教等，唯有儒教關心倫常的問題。
前三者以原罪意識來警告世人不可叛離上帝的旨意，以苦業意識來
消滅人心的惡魔孽障，以委心任運來帶領眾人齊往逍遙境界，也都
是為了看到人間一片淨土，到處一片祥和。只是他們的考慮多了一
個轉折，不像儒家那樣直就自己和他人的關係切入，一舉揪出倫常
敗壞的原因及其對策。（周慶華，1997：82-82）。中華文化中的人
文精神濃厚，行事標準以人為本位，其中隱含的人為的道德倫理是
基礎，這也就是所謂「重人倫」的體現。

三、越南童話中的終極信仰

　　童話是民間流傳的奇妙幻想故事，透過童話故事的探析，我們
會發現它的內涵會直接或間接的反映出一個時代的精神、一個民族

的文化。而不同的文化系統間由於終極信仰不同，而涵化出不同的觀念系統、規範系統、表現系統和行動系統，產生出不可共量的童話內質。關於古越南的信仰，眾多學者提出：

> *Tín ngưỡng của người Việt cổ tồn tại quan niệm: "vạn vật hữu thần", "vạn vật hữu linh. Tục thờ cúng vật tổ, thờ cúng linh hồn người chết là tục phổ biến trong tín ngưỡng của người Việt. người ta cho rằng: người chết là chết phần xác chứ phần hồn không chết, vẫn lẫn quất trong cuộc sống của người đang sống.*
>
> （Phùng Quý Nhâm，2002：130-131）
>
> （古代越南人民的觀念：「萬物有神」、「萬物有靈」。祭祀神物、祭祀死人的靈魂是古代越南人民傳統習俗。人民認為：人死去只有身軀是死，而靈魂卻還活著，與活人一起生活）

這是東方氣化觀型文化中解釋「死亡」的常態，他們相信死去的幽靈依然存在活人的心智中，甚至與活人共存。宣示人有「靈魂」且「靈魂不滅」的。祭祀神物，視宇宙萬物有靈，帶有東方泛靈信仰的特點。這是自然氣化過程所規範的。越南人認為信仰對民族思想教育扮演著重要的角色：「Tín ngưỡng của người Việt có vai trò tích cực trong quá trình giáo dục đạo lý cho con người trong quá trình dựng nước và giữ nước.」（Phùng Quý Nhâm，2002：131）因此，數量驚人的越南童話都帶有古越南的信仰、宗教、倫常道理等，都能體現出越南傳統文化的特色，也是越南民族長久以來引以為榮的遺產。

童話也屬民間文學的一類，以東方文學來說，傳統的氣化觀型文化的特色所及（抒發情志的思維）（詳見前節），童話中對於生理

形象的著墨在神韻動人、心理描述所追求的心齋、坐忘等逍遙境界，還有重視人倫道理，人際關係等價值觀，都如氣聚般的融合在一起，達到萬物一體；不像西方人有受造意識，因媲美上帝而不斷地創新、超越、為達成功而努力。這是氣化觀型文化所塑造的特色，跟創造觀型文化的童話故事大異其趣。

　　文化的五個次系統所包含的終極信仰、觀念系統、規範系統、表現系統和行動系統中，終極信仰所關懷的是自己生命所投向的最後根基，也就是關懷自己心智所依靠的最終神力。終極信仰只能涉及一個國家、一個民族所信仰的終極神／上帝，無法據以代表一個國家、民族的特有文化。也就是說，必須從中形塑出一套對世界所持的觀念，也就是所謂的「世界觀」，才能足力看出它的特性。而這在前節已約略帶過。下一節會著力處理世界三大文化系統中的世界觀念，從而彰顯越南古代人民的世界觀念，而由越南童話為切入點。

第三節　越南童話中的世界觀

一、文化中的觀念系統

　　上一節已提及終極信仰所關懷的是自己生命所投向的最後根基，還未能凸顯出文化特色，因為文化特色是要到觀念系統中的世界觀才得到確定，且可以用來區別異文化系統（所謂創造觀型文化、氣化觀型文化、緣起觀型文化等等，就是以世界觀來分辨標記

的）。所謂觀念系統，依前面所說的是「指一個歷史性的生活團體的成員，認識自己和世界的方式，並由此而產生一套認知體系和一套延續並發展其認知體系的方法」。這一認知體系既然是由歷史性的生活團體所研發制定出來的，那麼它跟該歷史性的生活團體所有的終極信仰必定也有直接的關聯。（周慶華，1997：86）所謂觀念，是特指第一級序的觀念，如哲學這種「形上」觀念或科學這種「形下」觀念，而不涉及在規範系統、表現系統和行動系統中也會提及的道德、倫理、文學、藝術、政治、經濟等等第二級序（或更低級序）的觀念。後者雖然經常成為大家研究的對象，而有所謂觀念史或觀念叢的名稱或研究模式。（沈清松編，1993；蔡英俊，1986）此外，觀念系統中的「系統」，通常是指「依整體原則組合的許多知識」（每一部分在整體之中有其不可轉換的地位及功能）。（布魯格〔Walter Brugger〕編、項退結譯，1989：527）而在聯結觀念時，它所備有的具體特徵，必須是以一個普遍命題來演繹（解釋）觀念現象（也就是在什麼情況下會出現什麼觀念現象，而不是籠統的敘述）。（荷曼斯〔George Caspar Homans〕著，楊念祖譯，1987：17-22）承上節所提，世界現存三大文化系統互有差異，也特別需要以觀念系統中的世界觀（又稱宇宙觀）來作說明。所謂「世界觀」在哲學辭典中的定義是：

> 人們對於整個世界的看法。」（上海辭海出版，1993：58）另
> 外，彼得・安傑利斯（Peter A. Angeles）在《哲學辭典》中
> 也給「世界觀」下定義：「世界觀（world view），有時用德
> 語名詞 Weltanschauung 談它。其意義是：
> （一）個人或群體對宇宙、人類、上帝和未來這樣一類事物

所持守的信念　（觀念、意象、態度、價值）的集合；

（二）一種關於人生和宇宙的全面的觀點，一個人據以解釋
並（或）建構各種關係和活動。一種世界觀可以被深思熟慮
地構成或採納，也可以是一種無意識的同化或適應過程的結
果。它是一個人藉以觀看世界和解釋世界的一般觀點。」（彼
得・安傑利斯〔Peter A. Angeles〕著，段德智、尹大貽、金
常政譯，2004：497）

　　按這樣的定義，也就是根據周慶華所歸結的三大文化中的觀念系
統所關懷的問題。當中創造觀型文化所關懷的是：哲學（如形上學、
知識論、邏輯學、倫理學等）、科學（如基礎學科、技術學科、應用
學科等）；氣化觀型文化所關懷的是：道德形上學（重人倫／崇自然）；
緣起觀型文化所關懷的是：緣起／性空觀（詳見圖 1-2-3）。

　　興盛於西方的世界觀，表面上顯得繁複多樣，實際上卻有相當
的同質性，就是都肯定一個造物主，以及揣摩該造物主的旨意而預
設世界（宇宙）所朝向的某一個特殊目的：如古希臘人認為世界是
由神所創造的，所以它是絕對完美，但它並非是不朽的：世界本身
就含有衰退的種子。因此，歷史自身可視為一種過程。又如基督教
的歷史觀主宰著整個中古世紀的西歐，它認為現世的生命，只是朝
向下一個世界的中途站而已。在基督教的神學裡，歷史具有開創
期，中間期及終止期的區分。而以創造、救贖及最後審判等三種形
式表現出來。這種宇宙觀認為人類歷史乃是直線性，而非交替型
的。在中古世紀的心靈來說，世界乃是一個秩序嚴密的結構。在這
種結構下，上帝主宰著世上每一事物，人類根本沒有什麼個人目
標；只有上帝的誡命，值得他忠實的服膺。基督教的宇宙觀，提供

了一種統一化且含攝一切的歷史圖像。這種神學綜合宇宙觀，個人根本沒有一席之地。人生在世的目的，並不在於「貪得」，而在於尋求「救贖」。（詳見第五章第一節）

漢民族的宇宙觀較為簡單，它可以用一個「氣化宇宙觀」來概括。古印度緣起觀型文化的世界觀以為宇宙萬物的出現和消失，都是因緣和合所致。也就是說，有造成宇宙萬物存在的原因或條件，才能夠促使宇宙萬物的實際存在；反過來說，沒有造成宇宙萬物存在的原因或條件，也就不能夠促使宇宙萬物的實際存在（或者當造成宇宙萬物存在的原因或條件消失了，宇宙萬物也要跟著消失）。而由此「衍生」出人生一大苦集，最後要以去執滅苦而進入絕對寂靜或不生不滅的涅槃（佛）境界為終極目標。（詳見第五章第一節）

二、越南泛氣化觀型文化的世界觀

上節以述說越南同中國一樣存有泛氣化觀型文化的特色，由於氣化觀型文化所代表的漢民族——中國的文獻相當充足，且能體現出漢民族的文化特色。至於越南部分，相關文獻很少提出越南也屬泛氣化觀文化的一個分支，所以只能從中國——漢民族來推論。上一節以提出越南及中國有著不解之緣的關係，從歷史、地理、文化、禮儀、宗教、信仰等方面為共同點。漢民族所屬的氣化觀型文化，相信宇宙萬物為氣化而成（自然氣化就是一個天道流衍的過程）。（周慶華，2006：185）。也就是說，中國傳統所見的世界觀以宇宙萬物為陰陽精氣所化生，那麼宇宙萬物的起源演變就在「自然」中進行；這不無暗示了人也該體會這一「自然」價值，不必作出違反自然之理的事。東方氣化觀中所謂的神或上帝就是天地精氣的別名，人則

是天地精氣的化生，為萬物之靈，生於自然，必也隱含自然之道，所以特別強調「天人合一」的精神，著重人與自然的配應，鮮談天國的不朽生命，而是以實際人生的種種為核心價值，是重人倫的、社會的、感性的、心性的文化。（陳俊華，2005：127）他們沒有唯一的主宰神，只有泛神信仰，並且相信人經過精氣修煉也可以成仙成道，就是仙佛與人在心性本體上原無差別，人經過自修證道後便與仙佛平等。（唐君毅，1993：41-42）本章所要處理的是氣化觀型文化——世界觀中的天地精氣的化生、為萬物之靈、生於自然、泛神信仰等特色，而上述所提及的重人倫的、社會的、感性的、心性等就留到下節加以論述。

越南神話、童話中的情節、人物、東西、神明或精靈，無論生物或非生物，動物或植物，都被視為有人性的，它較寓言中的擬人法更接近人類的心智活動，凡此諸物常常被賦予多重位格（Roles）。除了本身所屬的客觀存在的位格之外，往往也帶著屬人的位格及屬神靈或精靈的位格。（陳俊華，2005：19）明朝吳承恩所撰的《西遊記》更嘗言美猴王孫悟空有七十二變，無論是男女老幼、花草樹木、鳥獸蟲蛇、生物或非生物都可隨時改變，但始終內在存著屬人的位格。（同上，19）此鉅作已說明了東方泛靈神／萬物有靈的特色。觀賞越南童話——以氣化觀型文化中相信宇宙萬物為自然氣化而成泛靈神的特色，對此觀點也有相應的故事值得考察。〈Sự Tích Lạc Long Quân Và Âu Cơ〉（龍子仙孫）這童話故事，此則故事解釋為何越南人自稱自己是「龍子仙孫」的源由。（故事內容詳前）在泛靈神的東方氣化觀，賦予兩人相愛後生了一胞，過了一陣子此胞開了一百個卵，百卵生百子。越南人喜歡以「đồng bào」（同胞）來代表「我們民族」，認為我們原始

祖先是從一個胞胎的一百個卵生出來的。無論是「龍的傳人」或「龍子仙孫」，都反映出人們對龍文化的一種認同，都反映出早在很古遠的時候，人們這種泛靈神的特點。

又如〈Sơn Tinh-Thủy Tinh〉（山神和水神）是越南著名的民間故事（故事內容詳見第二章第三節），故事中的主角山神、水神都附有呼風喚雨的能力。水神為了搶奪 Mỵ Nương（美娘——雄王 18 的女兒）回到自己身邊：「Thủy Tinh hô mưa, gọi gió, làm thành giông bão đùng đùng rung chuyển cả trời đất, dâng nước sông lên cuồn cuộn tìm đánh Sơn Tinh. nước ngập lúa, ngập đồng rồi ngập cả nhà cửa...Sơn Tinh không hề nao núng, dùng phép màu bóc từng quả đồi, di dời các dãy núi ngăn dòng nước lại. nước dâng lên cao bao nhiêu, Sơn Tinh lại làm đồi, núi mọc cao bấy nhiêu.」（水神呼風喚雨，讓洪水侵蓋土壤、田地。洪水升多高，山神就移山去擋洪水。）本故事實際上是由於古時候的越南北部，每年雨季都遭受嚴重的水災、風災，土地都被淹沒了。當時人民就想像為山神和水神打架，可是他們為什麼打架？於是人民要找出一個合適的理由，就是說山神及水神所以起了衝突，是因為他們倆在爭奪一位漂亮的公主——就是 Mỵ Nương（美娘）。而最後勝利的人是山神，水神只好撤退。事過以久，水神無法忘掉仇恨，每想到就會起兵攻打山神。於是藉由此故事，越南人民解釋了為何每年都遭受水災的原因，也體現出古代人民想征服自然的渴望。這種「人神共存」的想法，相信人則是天地精氣的化身，為萬物之靈。這種泛靈神信仰，相信經過精氣修煉人也可以成仙成道，擁有天神的能力。

又如〈Trầu Cau〉（檳榔的來歷）本來是要解釋「吃檳榔的習俗」，為何吃檳榔一定要把三著：檳榔果、荖葉、石灰混在一起享用。根據 Bùi Mạnh Nhị 在《Văn Học Dân Gian Việt Nam》中記載：

Sự Tích Trầu Cau nhằm giải thích tục an trầu: vì sao ăn trầu lại dùng cau, trầu và vôi. Ba thứ hợp lại, thì vị cay, mùi là thơm, màu là từ trắng vôi, xanh lá lại thành đỏ tươi. Nhưng nội dung chủ yếu của truyện lại là ngợi ca nghĩa tình thắm thiết giữa anh em, chồng vợ. Ngợi ca bằng câu truyện vô vàn thương cảm của ba con người trong truyện: hai anh em và cặp vợ chồng. (Vũ Tiến Quỳnh，1995：7)

（檳榔的來歷原本是解釋吃檳榔的習俗，嚼食檳榔一定得將檳榔果、蒡葉、石灰混在一起嚼。三者合在一起會有香、辣的味道。開始嚼是白、青綠的顏色，而後來慢慢變成了鮮紅色。憑著這淒美、傷感的故事，來歌頌三人間的夫妻情、兄弟情）

　　相信宇宙萬物都由精氣所化身的，宇宙間萬物有靈、萬物共存。本故事給檳榔果、蒡葉及石灰附上了生命，把它人格化。藉由人類間的感情來解釋吃檳榔的習俗。讓人看了、聽了後為之動容！也由此可見，古代的創作者及流傳者所受氣化觀型文化的影響。

　　漢人的社會屬於農業經濟型文化，越南也屬農業社會，其思想也屬於農業經濟型的。農業社會的性質是保守的、重視傳統與經驗的累積、要求安穩平靜的生活，團結合作是農業社會穩定的力量，因為必須通力合作，才可以在農耕工作上對抗天災。從以上所帶入的童話故事，都涵帶深刻古代人民的泛靈神觀。以下將會把〈Sự Tích Lạc Long Quân Và Âu Cơ〉（龍子仙孫）、〈Sơn Tinh-Thủy Tinh〉（山神和水神）、〈Trầu Cau〉（檳榔的來歷）這幾則童話故事帶進氣化觀型文化中五個次系統來作定位，便稱之為「泛道／氣化觀」（整體特徵可以稱為泛氣化觀型文化）圖如下：

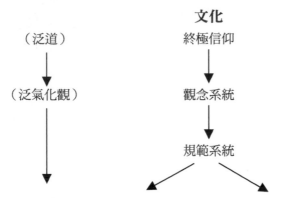

文化

（泛道）　　　　　終極信仰

↓　　　　　　　　　↓

（泛氣化觀）　　　觀念系統

↓

規範系統

表現系統（〈Sự Tích Lạc Long Quân Và ………　行動系統（勞心勞力）
Âu Cơ〉〔龍子仙孫〕、〈Sơn Tinh-Thủy
Tinh〉〔山神和水神〕、〈Trầu Cau〉〔檳
榔的來歷〕）

圖 5-3-1　越南童話〈Sự Tích Lạc Long Quân Và Âu Cơ〉（龍子仙
　　　　　孫）、〈Sơn Tinh-Thủy Tinh〉（山神和水神）、〈Trầu Cau〉
　　　　　（檳榔的來歷）的泛氣化觀型文化關係圖

　　以上的越南童話，帶有氣化觀型文化所相信的宇宙萬物為自然氣
化而成的泛靈神的特色。當中〈Sự Tích Lạc Long Quân Và Âu Cơ〉（龍
子仙孫）這童話故事，是在解釋為何越南人自稱自己是「龍子仙孫」
的緣由。而〈Sơn Tinh-Thủy Tinh〉（山神和水神）則是越南著名的民
間故事，故事中的主角山神、水神都附有呼風喚雨的能力；它解釋了
為何每年都遭受水災的原因，也體現出古代人民想征服自然的渴望。
這種「人神共存」的想法，相信人是天地精氣的化身，為萬物之靈。
而〈Trầu Cau〉（檳榔的來歷），此故事給檳榔果、荖葉及石灰附上了
生命，將它人格化，且藉由人類之間的感情來解釋吃檳榔的習俗。以

上這種相信宇宙萬物都由精氣所化生，宇宙間萬物有靈、萬物共存，是東方氣化觀型文化中的泛靈信仰，而以漢民族為代表。由於農業經濟是要靠「天」吃飯的，中國與越南都屬於農業經濟社會，所以順應大自然的變化規律以從事生產是有必要。四季循環，寒來暑往，日有晴陰，月有盈虧，風雨爆和等現象，是大抵穩定而循環不息的，可視察的。人們靠個人感受、體驗、憑經驗來因應，來解釋大自然，賦予神力。視宇宙萬物統統都是萬物精氣所化身，萬物皆靈，萬物都有自己的生命存在，是很符合東方氣化觀型文化這種世界觀：視宇宙萬物的起源及演變一切都在「自然」中進行。

中國傳統這種世界觀，千古以來已有相當豐富的文字記載，已型塑出一套完整的文化系統。由於越南缺乏文獻上的記載，也沒有相當完整的對越南這種泛靈信仰作定位，所以只能從童話去推。結果是越南童話跟漢民族呈現出的萬物有靈是一樣的，可見越南的泛靈神信仰跟中國的泛靈神信仰是相通的。

第四節　越南童話中的道德規範

一、文化中的規範系統

規範系統是指「一個歷史性的生活團體的成員，依據它的終極信仰和自己對自身及對世界的了解而制定的一套行為規範，並依據這些規範而產生一套行為模式，如倫理、道德等」（詳見本章

第一節），以這點作為前提，在論述時還得先界定規範系統所包含的「行為規範」和「行為模式」。通常是以「倫理」、「道德」來提稱；「倫理」、「道德」表面上固然可以作「『倫理』指的是群體規範，強調的是行為在群體間產生的結果；而『道德』指的是個體的品行與德行，其強調個體行為的理由和動機」（伍至學主編，1995：6-7）這樣的區分，而實際上二者是相互關聯、一體呈現的。所謂「宇宙內人群相待相倚之生活關係曰倫；人群生活關係中範定行為之道德法則曰倫理」（黃建中，1990：21）、「倫理有多種不同的說法，但從倫理必須處理道德行為這一角度去了解，倫理與道德實在可視為一種同義語。西方的倫理學和道德哲學通常互訓，也是把二者放在同一基礎上去討論。中國人的人倫或五倫觀念，實際上是用道德實踐去表現，把忠、孝、仁、愛表現在君臣、父子、夫婦、兄弟、朋友的規範上」（蕭全政主編，1990：104）、「人對道德律作自由抉擇的態度稱為倫理或道德 （希臘語作Ethos'往往也指一個民族或一種職業由於特別重視某一價值而形成的某種特殊道德心態；中文『倫理』與『道德』已約定俗成為同義詞，但也有人加以區分）。肯定客觀道德價值及道德律的自由行動 （倫理的=morally，ethically）係善行，違反道德價值及道德律即係惡行。以對象而言，不善不惡的自由行動對倫理是中立的。然而，個別具體情況中的人，其自由行動則往往非善即惡，因為行動時的意向原非倫理中立，而係或善或惡。倫理方面之善惡，首先屬於自由的意志抉擇，其次屬於由此而產生的習慣，最後屬於道德的主體──位格」（布魯格〔Walter M. Brugger〕編著，項退結編譯，1989：222），以上所述都看不出倫理和道德的界限在哪裡。

其實「倫理」、「道德」講白一點，就是建立人際關係所要遵守的理則或法規，所以有人才給「人際關係」界定為「人類為了要自求生存及營運創造性、發揮自主性，與其他人所接觸的就是所謂的人際關係」或「人際關係是人類為維持生存，所從事社會生活的一種活動，也是最複雜且多元化的一種社會活動」。（彭炳進，1995：26）另外，「倫理」、「道德」是倫理學探討的學科，倫理學所探討的是：某一類人持有什麼道德觀。自古以來，人類的道德觀，大約有天道主義的道德觀（如儒家的據天命以規範人倫）、自然主義的道德觀（如道家的依其自然而無所作為）、禁忌主義的泛道德觀（原始社會，個體受神明或鬼妖支配──巫師或魔術師為媒介──轉化成各種傳統、民俗、民德習慣）、社會學家的道德觀（假定社會的存在先於個人的存在，必然會透過社會連帶關係，而產生一種權威或社會期待，最後轉換為共同的道德規範）和功利主義的道德觀〔西方由農業社會到工業社會，道德方面也由涂爾幹（Emile Durkheim）的社會個人主義轉為邊沁（Jeremy Bentham）的純粹個人主義，而產生功利主義道德觀：所有行為的是非，都必須以其是否能增進人類幸福為判斷〕。（周慶華，1997：102）在漢民族方面，自然以天道主義的道德觀和自然主義的道德觀為主流。這兩種道德觀在本質上是相通的，差只差在彼此表面上的應世策略互有乖違而已。而西方各民族現今幾乎已經全是功利主義的道德觀的踐履者了。（同上，102）

關於中西道德，有學者指出有五點不同：

（一）政治倫理和宗教倫理

漢民族倫理和政治結合，「《孟子》稱『舜使契為司徒，教以人倫，父子有親，君臣有義，夫婦有別，長幼有序，朋友有信。』（滕

文公），《左氏》文公十八年傳則云：『舜臣堯，舉八元，使布五教
於四方；父義，母慈，兄友，弟恭，子孝。』……蓋政治之大端為
教育，教育之大本為禮樂，刑法則所以弼教而輔禮，禮施未然之前，
法禁已然之後；聖哲在位，以身作則，而民皆化之；其政治重在養
成道德之人格，糾正不道德之行為……是倫理外殆無所謂政治……
要皆與宗教殊途」；西方倫理，「初固原於希伯來之教義、希臘之哲
理、羅馬之法典。顧自基督教會興，經院哲學起，揉合以上三種思
想而變其質，道德逐專屬於宗教」。

（二）家族本位和個人本位

漢民族「以農立國，國基於鄉，民多聚族而居，不輕離其家而
遠其族，故道德以家族為本位」；西方「以工商立國，國成於市，
民多貿遷服賈，不憚遠徙。其家庭組織甚簡，以夫婦為中心，父子
夫婦，各有私財，權界分明，不稍假借；其財產為個人所私有，非
家庭所共有」。

（三）義務平等和利權平等

漢民族道德主義務平等，「（《禮記》）〈禮運〉有十義：父慈、
子孝、兄愛、弟悌、夫義、婦聽、長惠、幼順、君仁、臣忠。《左
氏》襄三年傳所謂君義、臣行、父慈、子孝、兄愛、弟敬……蓋父
子、兄弟、夫婦、長幼、君臣，有相對之關係，斯有相當之義務，
是之謂義務平等，非謂子孝而父可以不慈，臣忠而君可以不仁，餘
皆類是」；西方「自柏拉圖已不以對父之孝，對君之忠，對夫婦朋
友之和與信為德本，而歸其本於智……其父子於名分雖非絕無尊卑
之別，而法律上一切利權實無差池；其男女於參政權雖非絕對平

等，而其他各利權實大致相同；蓋人各自保其權利，而不侵人之利權，即為道德也。」

（四）私德和公德

「私德指內行言，公德指外行言」。漢民族重私德。而所以「重私德者，亦由家族制度使然耳。《詩》云：『刑於寡妻，至於兄弟，以御於家邦。』（〈大雅・思齊〉）言德自近暱始也」；西方「雖重個人主義，而個人非勉於公德不能得社會之尊崇；博愛公道，為其最要之德目……人人服務社會，富以財，貧以力，即乞丐亦必以樂歌、圖畫及種種微物末技為介。其公民道德已在家庭學校養成；愛公物，好公益，不對人咳唾，不厲聲詬誶，不妄折花木，不輕犯鳥獸，坐讓老弱，人守行列；故社會事業極發達，而公共場所有秩序」。

（五）尚敬和尚愛

漢民族家庭尚尊敬，因為「家庭大，親屬眾多，易生嫌競，不得不以禮法維持秩序，故尚尊敬。《易》〈家人〉之象傳曰：女正位戶內，男正位戶外。男女正，天下之大義也。家人有嚴君焉，父母之謂也。」西方家庭尚親愛，因為「家庭小，家人父子之間，簡易無威儀，情易通而嫌難起……其親子夫婦相愛之情，必坦然盡暴於外，不似中國人之含蓄而蘊藉；然愛弛而貌親者實亦有焉」。（黃建中，1990：92-100）

從上所述，讓我們可以了解漢民族是重家族倫理、政治倫理，是因為漢民族是一個「橫向」結構的社會（人和人相互依賴——而無所依賴神或上帝），所以大家就全心關注人際關係，而人際關係的建立又由近及遠（由親及疏——《孟子》〈盡心〉「親親而仁

民，仁民而愛物」可以為證）。西方以神或上帝為最高主宰，每
一個人都是神或上帝的子民，彼此只對神或上帝負責（形成一個
無形的「縱向」社會）（詳見本章第一節）：且相互平等，所以就
能看到以個人為本位的行為，也能稱之為「別有隸屬」。而漢民族
的則是「相互隸屬」的家庭倫理。（周慶華，1997：107）由此可
見，傳統中國人信守的世界觀，所表現出來的多半是為使自然和
人性、個人和社會以及人和人之間達成和諧融通、相互依存境界
的行為方式和道德工夫。（周慶華，2007：165-167）東方人深受
氣化觀型文化的影響，擁有絹合人際關係的潛能，尤其是文學創
作裡更可以看出相應的「內感外應」的特質。而以下將會以越南
童話作更進一步的分析。

二、越南童話中的道德規範

氣化觀型文化的終極信仰為道（自然氣化過程），觀念系統為
道德形上學（重人倫，崇自然），規範系統強調親疏、遠近，表現
系統以抒情／寫實為主，行動系統講究勞心勞力分職、和諧自然。
（詳見本章第二節）以家族組成社會為前提，越南也是以家族血統
來維持家庭。有學者也提出同樣的說法：

Tổ chức gia đình của người việt vẫn theo huyết tộc là chính.
Trong gia đình vẫn theo tục: cha truyền con nối. Con trai
trưởng đóng vai trò quan trọng thờ cúng tổ tiên, ông bà, cha
mẹ. Trong gia đình, nhất là những gia đình có nế nếp tôn ti, trật
tự rất được coi trọng. Những mối quan hệ: phu-phụ, phụ- tử,

mẫu tử, huynh-đệ vẫn thường đặt ra một cách nghiêm ngặt trong tổ chức gia đình. Cung cách ứng xử trong gia đình tôn theo đạo lý: kính trên, nhường dưới. Đây cũng là một truyền thống đạo đức của người Việt Nam, việc thờ cúng tổ tiên, ông bà, cha mẹ là một trách nhiệm của con cháu. （Phùng Quý Nhâm，2002：115）

（越南人的家庭組織是以血統為主，家族中乃採取 「父傳子繼」的習俗。長子在祭祀祖先扮演著重要的地位，家族中講究尊卑，強調夫婦、父子、母子、兄弟間的關係。家庭要和睦必須要以禮讓來維持，這是越南人的傳統道德觀。祭祀祖先、長輩被視為子孫的責任。）

這種重人倫，崇自然，強調親疏、遠近的道德觀，以維持家庭和諧和自然，正符合氣化觀型文化的特色。重視家庭倫理，中國道德思想所主張的種種行為，要以仁、義、禮、智、忠、孝、廉、恥、恕、誠、信、勇、和平等諸德為中心。這是中國數千年來主要的道德教條所在。（張定宇，1968：100）越南千百年來都深受儒教的影響，特別是孔子的學說。孔子的倫理思想是以「仁」為核心，孔子對於「孝」的說明，至為精深而詳盡；認為父母慈愛，而子女孝順，則一家之內和氣相處，所以就有「孝為百行之本」的說法。孝是中國傳統的美德。中國先儒視孝為道德根本，也是孝為德行的起點。他們所以有這種看法，乃是認定凡仁義忠信諸德，都不外於孝的擴展與發揚。（同上，118）「孝」是人最重要的美德，越南關於「孝」的民間故事不勝枚舉，如〈Mục Liên-Thanh Đề〉（Mục Liên 下地獄救母）；《Nhị Thập Tứ Hiếu》

（二十四孝）等故事。由此可看出「孝」也是越南道德思想的精義所在。著名民間童話〈Chử Đồng Tử〉──故事當中有一段講述 Chử Đồng Tử 對父親的孝：

> *Xưa ở làng Chử-Xá[4], có một người tên là Chử Cù Vân và người con là Chử Đồng Tử. Hai cha con nghèo đến nỗi phải mặc chung một cái khố. cù vân chết, dặn dò con giữ lấy cái khố mà dùng, nhưng Đồng Tử vẫn cứ đóng khố cho cha rồi mới chôn chung...mình thì chịu cảnh trần truồng khổ sở, kiếm sống bằng cách ban đêm câu cá, ban ngày dầm nửa người dưới nước, đến gần thuyền bán cá.* （Vũ Tiến Quỳnh，1995：17）

（很久以前在 Chử-Xá 村有兩父子，父叫 Chử Cù Vân，子叫 Chử Đồng Tử。家裡很窮，父子倆同時使用一條 khố〔熱帶地區，高原區很尊貴的服飾，樣式簡單讓人們穿了容易使動，由很多顏色的線所繡成的，可見是原住民族很尊貴的東西〕。一天，Chử Cù Vân 大病，臨終的時候，叮嚀兒子要留下 khố。但是 Chử Đồng Tử 最後也將 khố 讓父親穿上一起埋葬……於是自己就沒 khố 穿了，因為沒有衣服穿，每天到晚上才敢出來打魚謀生，白天就躲在小溪下）

以上的情節有點誇張，因為太窮所以父子倆同穿一條 khố，父將死去，兒子就能據為己有。可是 Chử Đồng Tử 沒有遵從父親的遺言，而將它一起埋葬，這往往出自於 Chử Đồng Tử 的孝心。在古人的眼裡，人死後將到另外一個世界，身上起碼要有「布」

4　Chử-Xá：現屬 Văn Giang 縣，tỉnh Hưng Yên（興安省）。

在身。在倫理行為的「五倫」中,「父子」是五倫之首,中國人一向極為重視;而「父慈子孝」,為此倫應遵守的唯一準則,家庭幸福和諧,就建立在此基礎之上。(胡自逢,1987:48)「vào thời phong kiến, các nhà nho đã đề cao cử chỉ của Chử Đồng Tử theo đạo đức phong kiến,coi đó là cử chỉ của một người con có hiếu」(Vũ Tiến Quỳnh,1995:19)(越南封建時期,眾儒家學者讚揚了 Chử Đồng Tử 對父親的所做,歌頌它是孝子的行為。)Chử Đồng Tử 的孝順行為。所蘊含的道德觀念,在實際的人生途程中永遠是指導我們做人做事的標準。

又如〈Trầu Cau〉(檳榔的來歷),以故事中的人物來探討。社會由氣化為人後的相互虯結,所以特別關注人際關係的家庭倫理和政治倫理的秩序化生活,形成了群體依賴的「橫向」結構社會。(周慶華,2005:241)此外,他們的社會是以氏族為骨幹的生活團體,重視家庭倫理,強調血緣的親疏尊卑(夫尊子卑、兄尊弟卑、嫡長子為尊庶出子為卑)、長幼有序的倫常規範,全由精氣化聚的先後而定,天命不得違逆,使得以父權為核心的倫理體系應運出宗法制度,成為穩定社會秩序的工具。漢民族以人為陰陽二氣中的精氣偶然聚合而成;因為是「偶然聚合」,不定變數,所以承認人有「智愚」、「賢不肖」、「貧富」、「貴賤」、「窮達」、「壽夭」和「勞心勞力」等等不平等現象。(周慶華,2007:219)為了規避齊頭式的平等,就會以勞心／勞力或賢能／凡庸來分別治理或安排殊職。(同上,187)傳統文化重視家庭倫理,及緣於氣化觀型文化以家族組成社會為前題,所以故事中哥哥要照顧家中的兄弟姊妹,照顧家庭。故事裡哥哥即使非常喜歡姑娘,多次讓給弟弟,但最後看到弟弟投身自盡,也毫不猶豫選擇一起

「死」。東方的傳統家族裡的小孩以輩分為主，長子都被視為家中的「一家之主」來承擔家族中的責任。因此，故事中的哥哥必須顧慮弟弟的生活甚至幸福。很明顯的可看出故事中的姑娘選擇了哥哥的原因，即使兩兄弟的長相一模一樣，且都是好人，最後哥哥還是第一優先。強調親疏遠近的氣化觀型文化裡， 即使是哥哥已成家但是仍然和弟弟住在一起。在西方強調個人主義，每個人都是獨立的個體，長大後就離家獨自過著自己的生活。已滿十八歲就算成年了，有權利選擇自己的人生，很難看到相似東方這種情形。東方的氣化觀型的觀念系統是著重感情，故事從頭至尾一直強調人與人之間的感情。故事最後將三人死了變成石灰、檳榔樹及蔞葉混在一起食用代表相親相愛、永不分開，來解釋為何食用檳榔一定要把三者混在一起嚼。傳統文化所規範的男主外、女主內，也符合觀念系統裡的重人倫及符合行動系統的勞心勞力分職／諧和自然。男人在田裡耕種、在山上打獵，婦女在家打理家事。故事中兄弟倆在外幹活，姑娘在家中做飯、舂米、釀酒及縫補衣裳，傍晚盼望丈夫回來，各有各的責任，自然諧和了人與人之間的關係。如此家庭和睦，家族才能持久下去。兩則淒美的檳榔傳說故事來自各別的國家，但是內容卻極為相似，都是受到濃厚的氣化過程的道所影響的。（麥美雲，2009）此則故事，不論在人物的刻劃、心理特徵，也是有著明顯的「綰結人情和諧和自然」的文化特色（因為是精氣化生成人，大家如氣聚般的虬結在一起、萬物一體），所以得靠綰結人情、諧和自然來維持他們的「正常運作」，帶有典型的氣化觀型文化的印記。

再如著名的〈Bánh Chưng，Bánh Dày〉（粽子的來歷），屬於解釋越南民俗風俗傳承的故事。當中也顯示出濃郁的氣化觀型

文化中的倫理行為。故事講述雄王想在兒子之中找出一個可以承接王位的人。那個王子一定要對國家、祖先、人民有愛心，同時也要珍惜國家的資源。雄王將各位王子集合起來，並要求每位王子將對他來說最珍貴的食物送給祖先當過年的祭禮。雄王的第18 王子名字叫 Lang Liêu，是一個很孝順又近民、愛民的一個王子，他常跟窮苦農民在一起，沒有享受過富貴的生活，所以沒有貴的東西可以送上去，因此他很擔心不知道應該送給雄王什麼東西。Lang Liêu 王子做夢，在夢中遇見一個神仙，那位神仙告訴她：「在這個宇宙中，沒有東西比稻米還珍貴，稻米是人類的能源。你該用糯米當原料做成方形與圓形的食物，方形食物可以代表地，圓形食物可以代表天。然後用樹葉包起來，食物中間放材料，這樣可以代表父母的生育的形象。最後，簡單卻帶深刻意義的〈Bánh Chưng，Bánh Dày〉助 Lang Liêu 繼承了王位。漢民族及越南的社會都屬於農業經濟型的文化，須得到天神相助，而天神的想法也就是人民的心聲。稻米是人類辛苦用血汗耕種的農物，懂得利用，尊重農民的農作物也就是懂得愛民的人，其他貴重東西雖然昂貴但不比稻米來的珍貴。奉上天地上最珍貴並是由自己親手做成來供奉祖先、長輩（就是父親），以報答養育之恩，就是個孝順的兒子。另外，雄王為了幫人民百姓找出一位愛民的繼承人，細心安排這次比賽，心想找出真正的人才，也是為了讓人民過著安穩的生活。這樣的想法已體現出儒家所倡導的「仁」。深受傳統氣化過程的影響，以達到自然和諧，是眾生平等的仁愛觀；而越南童話中所寄託的人生理想，其實都為氣化觀型文化為綰結人情的體現。以下我將越南童話中的道德規範帶入文化五個系統圖，以便給它作定位。如下圖：

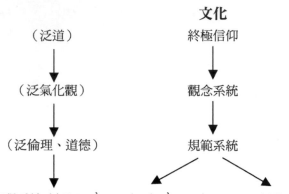

文化

（泛道）　　　　　終極信仰

↓　　　　　　　　↓

（泛氣化觀）　　　觀念系統

↓　　　　　　　　↓

（泛倫理、道德）　規範系統

↓　　　　　↙　　　↘

表現系統（〈Chử Đồng Tử〉、〈Trầu Cau〉 ……… 行動系統（勞心勞力）
〔檳榔的來歷〕、〈Bánh Chưng，Bánh
Dày〉〔粽子的來歷〕）

圖 5-4-1　越南童話〈Chử Đồng Tử〉、〈Trầu Cau〉（檳榔的來歷）、
　　　　　〈Bánh Chưng，Bánh Dày〉（粽子的來歷）的泛倫理道德
　　　　　的關係圖

第六章

越南童話的審美性

第一節　越南童話的審美性發微

一、審美

　　前章已提出，文化系統中的表現系統是指用一種感性的方式來表現，如文學、藝術等等。有關終極信仰、觀念系統和規範系統這些成分，已經分別論述過了。人在面對外界事物時會持有三種態度實用的、科學的和審美的，這也是因為人與對象之間存在著各種不同的關係：其中實用的態度是實踐關係，科學的態度是認識的關係，而審美的態度則是審美的關係。（周來祥、周紀文，2002：13）而文學作品的美固然限於「形式」部分，但它跟其他藝術品（非語文成品）本格的類語文成品的美卻稍有不同；其他藝術品的美可能顯現在比例、均衡、光影、明暗、色彩、旋律等等形式法則上，而承載身為文學作品的美的形式卻不得不關聯「意義」（內容）。（周慶華，1996：211-212）一篇文學作品即使同時具有認知、規範和審美等作用，也很可能會以審美作用為最凸出或最可觀。（周慶華，2004a：132-136），本研究所探討的越南童話「美」的成分也因而傳承至今，可以被討論。

　　大體說來，越南童話的審美屬於文化系統裡的表現系統，而由於越南童話的審美性比較隱微，所以就不放在上節的文化性來處理，而另用專章來加以發微。談到「美」，一般來說，大家都會同意美是人類所最求的基本價值之一。而以上所提及的審美關係，是一種和諧自由的關係。

　　「美」在日常生活中是個充滿歧義的字。有時美的意思是能滿足飲食欲，帶來感官上的感受（美酒、美味），有時美與善同義（美德），有時又與合用同義（價廉物美）。（劉昌元，1994：65）藝術中的「美」有廣狹兩義：狹義的美，所指的是那些令人一見或一聽之下就感到愉快的對象。但顯然有許多被公認為藝術品的東西並沒有這種效力 （現代西方藝術中缺乏這種效力的作品尤其多），或者即使有也摻雜了其他的情感。有些美學家把這種狹義的美稱為秀美或純粹美（康德）、容易美，它顯然不是藝術品的必要條件。廣義的美，有時被稱為「審美價值」，就是有被欣賞價值的意思。它包括了秀美（優美）、崇高（壯美）、悲壯、滑稽、荒謬、怪誕等不同的審美範疇在內（同上，66）。以致大家所指稱的文學作品的美，可能就是表露於形式中的某些風格或特殊技巧（表達方式），而這些風格和特殊技巧始終都是關涉文學作品的形式和意義的。有了這一分際，這裡所說的「美的形式」，自然不能盡以繪畫雕塑音樂等他類藝術的（美的）形式相衡量。（周慶華，1996：211-212）而越南童話中的美也有同樣意義，存有值得深入探討的價值。也有學者認為：「美」從主觀方面看，介於真與善之間，是真與善的和諧統一，是和目的性與合規律性的和諧統一的審美意識……審美關係作為主觀的反映關係，同樣也有精神認識性與倫理實踐性的雙重性格。審美關係包含的倫理實踐，又不同於物質的實踐關係。審美意

識可以說是未來實踐產品的一種超前反應，是實踐活動在觀念世界中的預演。（周來祥、周紀文，2002：31）換個角度看，審美的機趣對人來說應該是永遠不會斷絕需求，它所要滿足人的情緒的安撫、紓解、甚或激勵等等，已經沒有別的更好的途徑可以借來達成（這才顯得它特別重要）。（周慶華，2007：249）就以文學為例，它只要構設得高明（構設得不高明的就是劣質品而可以不用提它了）就很容易顯出這種審美效果：「一個欣賞者從文學作品中所經驗到的不單是知道那裡面說的是什麼，如同閱讀一片報告或時事新聞一樣；而是能從中經驗到一種有異於現實感受的喜愛。這種喜愛，不是現實的喜怒哀樂，而是從現實的喜怒哀樂混合釀成的一種更純粹的感情品質。簡單的說，詩人文學家所以在作品中構造種種意象，其實就是在構造人人所得知解的可喜可怒可哀可樂的意象來寄託著象徵那純粹的感情品質。」（王夢鷗，1976b：249）越南童話是想像的產物，它所描寫的，乃是一種虛構的觀念、想像的世界（當然那個觀念想像，是以現實世界的生活、信仰、風俗、習慣等等為根基，這是無可否認的事實）。當中夾帶了人民對生活、自然、人際間的情感，且藉由童話來寄託所謂的喜、怒哀、樂的情感以為解釋世界、社會等等，而一併促使越南擁有四千年建國與護國的歷史。這四千年來已建立了獨有的文化特色，凡是越南人都感到自豪的是龐大有價值的民間文化作品，當中童話故事數量最多。（詳見第二章第二節）關於越南童話中的美，經考察相關研究越南童話資料相當缺乏，資料籠統、含糊。並未能從故事中發覺越南文化中的美，而這早就得到古代人民的認同而表現在民間故事，特別是童話。

　　以上提及的喜、怒、哀、樂，是很純粹的感情，但不是現實的喜怒哀樂；或可說樂而不淫、怨而不怒、哀而不傷⋯⋯等等似

現實而非現實，古人或稱它為「化境」，而今人稱它為美的經驗或美的感情。文學作品能在欣賞者的心目中發生這樣的效果時，也就呈現了它的極致價值於欣賞者的心目中。在一些特殊的情況下，一篇文學作品中即使同時具有知識、規範的審美等作用，也很可能會以審美作用為最凸出或最可觀。如童話中的〈白雪公主〉一文，它雖然內蘊有「自卑者都有危險傾向」這一心理的反應（知識作用）以及「善良勝過邪惡」這一道德主題（範圍作用），但它吸引人的卻是「魔鏡」、「毒蘋果」、「七矮人」、「鐵鞋」等生動意象的塑造和王后毒害白雪公主，七矮人解救白雪公主、王子獲得美人歸、王后遭到報應等曲折情節的經營上（審美作用）。（周慶華，2004a：134-136）

有人認為：「『美學的』這個詞有廣義和狹義的用法，認為它可以用來指稱某件藝術作品相對於它的內容的形式或構成，指涉一貫的藝術哲學，或是指整體文化的藝術向度。『美學』則是指對於上述任何一項或全部事物的研究。不過，傳統上美學主要關切的是美的本質、感知及判斷。這個詞最早在 18 世紀開始具備前述意義，而美學向來是德國哲學重要的一環，尤其在康德的作品裡影響最著。這方面的討論趨勢，是嘗試辨認美的超越性和永恆性，並分辨出何者為偶發之作，不能躋身藝術之林」。（布魯克〔Peter Brooker〕著，王志弘等譯，2003：3）關於美學，基於論說的方便，僅以到網路時代為止所被模塑出來的「優美」、「崇高」、「悲壯」、「滑稽」、「怪誕」、「諧擬」、「拼貼」、「多向」、和「互動」等九大美感類型作為美學的對象。這些對象，比照早期的說法，或者被統稱為「風格」，或者被統稱為「美的範疇」（姚一葦，1985；王夢鷗 b，1976），以下並以圖來說明：

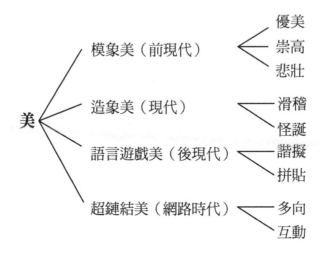

圖 6-1-1　審美範疇關係圖（資料來源：周慶華，2007：252）

　　當中優美，指形式的結構和諧、圓滿，可以使人產生純淨的快感；崇高，指形式的結構龐大、變化劇烈，可以使人的情緒振奮高揚；悲壯，指形式的結構包含有正面或英雄性格的人物遭到不應有卻又無法擺脫的失敗、死亡或痛苦，可以激起人的憐憫和恐懼等情緒；滑稽，指形式的結構含有違背常理或矛盾衝突的事物，可以引起人的喜悅和發笑；怪誕，指形式的結構盡是異質性事物的並置，可以使人產生荒誕不經、光怪陸離的感覺；諧擬，指形式的結構顯現出諧趣模擬的特色，讓人感覺到顛倒錯亂；拼貼，指形式的結構在於表露高度拼湊異質材料的本事，讓人有如置身在「歧路花園」裡；多向，指形式的結構鏈結著文字、圖形聲音、影像、動畫等多種媒體，可以引發人無盡的延異情思；互動，指形式的結構留有接受者呼應、省思和批判的空間，可以引發人參與創作的樂趣。這不論彼此之間是否有衝突　（按：在模象美中偶爾也可以見到滑稽和

怪誕，但總不及在造象美中所體驗到的那麼強烈和凸出；同樣的，在造象美中偶爾也可以見到諧擬和拼貼，但也總不及在語言遊戲美中所感受到的那麼鮮明和另類），都可以讓我們得到一個架構來權衡去取。（周慶華，2007：137-138）在三大文化系統裡，模象美的名稱為一而實際的優美／崇高／悲壯等美感特徵卻「質性」有異。（周慶華，2007：255）關於「審美」，中西方差別甚大。如表現在文學作品或其他藝術品中有關人體的審美，各傳統的差異就大到不是一般人所能想像。西方從古希臘時代以來，就一直存在著人體被精心雕繪塑造成健美型態的痕跡。如所有保留下來的裸體雕像、繪畫等所呈現的男女形象，幾乎都極力在強調男性身材勻稱結實和女性身材豐滿性感。（尼德〔Lynda Nead〕著，侯宜人譯，1995；克拉克〔Kenneth Clark〕著，吳玫等譯，2004）反觀中國傳統的人體審美受氣化觀影響，僅著重在相貌俊秀／風度翩翩（指男性）、容顏俏麗／嫵媚動人（指女性）等為「靈氣所鍾」的部分，而無關體型的健壯豐腴。如今可見中國古代的仕女圖，僅露出手和頸部以上（而非西方裸體中的全露）。至於單執緣起觀的人，已經當生命是一種苦集，自然無所謂「美醜縈心」一類的世俗煩惱。「觀父母所生之身，猶彼十方虛空之中吹一微塵，若存若亡；如湛巨海流一浮漚，起滅無從」（子璿集，1974：872 上）就是在說這個道理。而把這一點推到極致，一個人最後即使必須「割肉餵鷹」或「捨身飼虎」也可以在所不惜。（法盛譯，1974：426 下-427 下）以上所述就不可能有「進一步」以體健或美貌來傲人或成為文化壓迫的幫兇。（周慶華，2005：62）由「裸體」、「健美」、「相貌」等方面就可看出審美在中西方不同，都由處於不同的文化環境所影響而有所別的。創造觀型文化別於氣化觀型文化別於緣起觀型文化。

二、越南童話的審美觀

第五章已探討了越南屬於泛氣化觀型文化，其終極信仰為泛道／泛靈神信仰；觀念系統屬泛氣化觀／泛精氣化生觀念；規範系統屬泛倫理道德／泛精氣化生。其文化系統中的表現系統是指用一種感性的方式來表現，如文學、藝術等等。越南童話也是文學的一部分，也在文化五個次系統關係圖中的表現系統（如圖 6-1-2）。由此看來，越南童話審美可從氣化觀型文化中的審美來作進一步的探討。我先將童話標識至五個次系統內的表現系統中，再將越南童話的審美標識至越南泛氣化觀型文化的五個次系統內的表現系統，以便給越南童話中的審美作定位，如下圖：

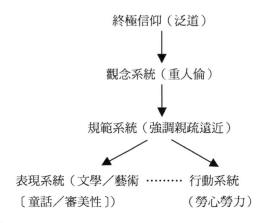

東方氣化觀型文化五個次系統
文化

終極信仰（泛道）

↓

觀念系統（重人倫）

↓

規範系統（強調親疏遠近）

表現系統（文學／藝術 ……… 行動系統
〔童話／審美性〕）　　　　　（勞心勞力）

圖 6-1-2　氣化觀型文化——表現系統中的文學／藝術（童話／審美性）關係圖

越南童話審美性──泛氣化觀型文化關係圖

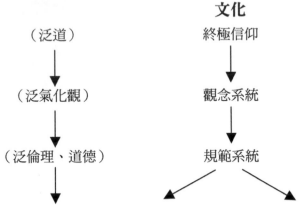

圖 6-1-3　泛氣化觀型文化──越南童話／審美性

　　越南童話中的邏輯、形象、敘述模式和風格共有構成了奇幻美，獨立來看，每一層面都具有自身的存在和審美價值，帶有濃郁東方氣化觀型文化特徵。（詳見第二章第三節）如〈Tấm Cám〉（越南灰姑娘）解釋了「真善美」、「善惡報應」的道理；〈Sự Tích Bánh Chưng Bánh Dày〉（粽子的來歷）詮釋了越南傳統飲食文化；〈Sơn Tinh-Thủy Tinh〉（山神和水神）反映了人民與洪澇鬥爭的精神；〈Sự Tích Trầu Cau〉（檳榔的故事）代表男女之間的愛情，渴望得到幸福的生活；〈Chử Đồng Tử〉體現出「父慈子孝」的倫理道德。這統統都是越南童話的美，並且能使五彩繽紛的童話超越時空地一代傳一代。

　　過去眾多研究越南童話學者，所提出童話中的「美」只限於分析故事的「內容」、「歷史」、「意義」、「人物」、「形象」等問題，相關研究成果缺乏系統性。而很少涉及到「童話中的文化審美性」，

也就是在氣化觀型文化這一大系統內。換句話說，就是創始者及傳承者當時所受什麼文化系統所支配而延伸出這種獨特的「美」，並未獲得深入的了解。「文化」能代表一個國族的過去、現在及未來，是非常重要的一環。越南四千年悠久的文化歷史傳統，使越南童話在古老年代就煥發出奇蹟的光采而傳承至今。也可以說越南童話是東方童話中的璀璨明珠，所以發掘它的「美」是必要的，下節將進一步探討越南童話的審美類型。

第二節　越南童話的審美類型

一、越南──前現代的審美類型

上節已提出審美範疇所歸納的「美」（詳見圖 6-1-1），當中區分了前現代、現代、後現代及網路時代所模塑出來的「優美」、「崇高」、「悲壯」、「滑稽」、「怪誕」、「諧擬」、「拼貼」、「多向」和「互動」等九大美感類型作為美學的對象。人類從前現代、現代走到後現代、甚至網路時代。前現代，是指現代出現以前的時代，它約略以西方 18 世紀所出現的工業革命為分界線 （甚至再早一點到 14 世紀至 16 世紀的文藝復興時期）。至於東方，則遲至 19 世紀末開始接受「西化」以前，都屬於前現代。前現代所可以考及設定的特色在於世界觀的建構及其運用，它的「成形」不啻可以為人類的文化「奠定」良好基礎。（周慶華，2007：163）另外，無論在哪個時

代，不論是否走得穩當，都無法輕易的抹去這幾個階段所形成的學派特色。也就是說，生活在某一個世代或信守某一個世代的人，他們感染了那個世代的氣氛或有意要去參與那個世代的更新創舉，都會藉由各種可能的手段來達成風格區隔的目的而使得我們不得不有所「稱名」對待。好比在文學的表現上（按審美範疇關係圖）我們會以「寫實」（模象）來指稱前現代所見文學整體的情況；而以「新寫實」（造象）和「語言遊戲」以及「超鏈結」等分別來指稱現代和後現代以及網路時代等所見文學的整體情況。而這些「寫實」（模象）、「新寫實」（造象）、「語言遊戲」和「超鏈結」等等，也就因為它們的統攝和衍繹力強而自成學派的徵象。而從當今的角度看，它們跟文化系統「結合」演出後，可以演繹成以下簡單圖示：

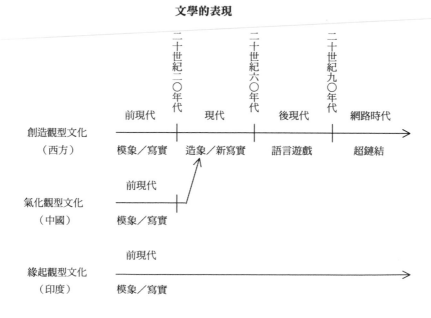

圖 6-2-1　文學的表現（資料來源：周慶華，2007：175）

　　以上圖示，世界現存的三大文化系統所原有各自的「寫實」（模象）表現，名稱雖然相同，內涵卻互有「質別」。換句話說，創造觀型文化中的寫實主要是在模寫人／神衝突的形象的「敘事寫實」；氣化觀型文化中的寫實主要是在模寫「內感外應」的形象的「抒情寫實」；緣起觀型文化中的寫實主要是在模寫種種逆緣起的形象的「解離寫實」（周慶華，2004c：143-144），彼此都在模寫自己所要模寫的形象而鮮少有交集。只是創造觀型文化內部緣於媲美上帝造物本事的企圖心越見強烈，導至敘事寫實的傳統終於被現代前衛的新寫實所唾棄；爾後又竄出後現代超前衛的語言遊戲和網路時代超超前衛的超鏈結等在持續的展現「再開新」的勇氣。縱是如此，氣化觀型文化內的文學表現從 20 世紀初以來就幾近停頓而轉向西方取經，從此沒有了「自家面目」；而緣起觀型文化內的文學表現本來就「不積極」（但以解脫為務，不事華采雕蔚），也無心他顧，所以雖然略顯素樸卻也還能維持一貫的格調。（周慶華，2004b：143-144）獨獨西方創造觀型文化所展出現代／後現代／網路時代的造象／新寫實、語言遊戲、超鏈結等特徵，睥睨其他兩系。當中前現代模象美中的崇高會讓人恐懼，現代造象美中的每一種類型都會讓人另升一種「害怕擁有」的心情。這是西方人為體現自己也能「造物」的本事所逼出的絕活（不像同系統中前現代的人只是在「模擬」或「反映」上帝的創造物所具有的優美／崇高／悲壯等美感特徵）；非西方社會中人沒有相關的信仰背景，如何也無法「集體奮起」一道獻藝逞能。氣化觀型文化一系從創造觀型文化一系進入現代造象美階段後就逐漸轉向追隨，如今已沒有可以展現自己所專屬的審美風格。緣起觀型文化，因內質「與眾不同」，不祈求享樂，只是隨著時間流向前維持一貫「視美為筌蹄」（但以美物為考驗成

佛的媒介而不為終身忻悅受用的格調)（周慶華，2007：263-265），
所以也沒此審美類型的展出。換句話說，按以上論述及圖 6-2-1 所
示，東方氣化觀型文化／緣起觀型文化在 20 世紀初轉向追隨創造
觀的審美／文學表現，所以沒發展出自己一套現代／後現代／網路
時代的審美／文學系統，只侷限在氣化觀型文化／緣起觀型文化的
前現代審美／文學表現範圍 （優美／崇高／悲壯等範圍內）。另
外，關於越南童話是口傳民間文學的一部分，至今沒有再經過修改
及再創作，是人類有價值的遺產，屬於前現代的作品。也就是說，
它的審美類型多半也屬於優美／崇高／悲壯類型，而無從再跨到創
造觀型文化的審美類型。

二、越南童話中的審美類型特色別於別國

優美、崇高、悲壯等是越南童話中的審美範疇（詳前）。優美
感是令人有種純粹的快感，還有和諧、平靜的特色。西方美學中認
為：優美的對象是引起愛或類似情感的對象，它對人具有顯而易見
的吸引力，所產生的是一種愉悅的體驗……崇高的對象則是引起恐
懼，它帶有痛感性質，常常是面臨危險卻又並不緊迫。同時喚起了
人的理性和尊嚴，使人戰勝了恐懼而昇華了自己。（周憲，2002：
60）悲壯是指形式的結構包含有正面或英雄性格的人物遭到不應有
卻又無法擺脫的失敗、死亡或痛苦，可以激起人的憐憫和恐懼等情
緒（詳見前節）。悲壯審美特質其實是另一種崇高美，戲劇中的悲
劇也能稱為悲壯。從悲劇理論的發展來看，悲劇的根本性特徵在於
悲，不悲成不了悲劇，不悲不具有悲劇審美性。（周來祥、周紀文，
2002：86） 對優美／崇高／悲壯的詳細說明，會在下節予以交代。

　　以世界著名安徒生童話〈醜小鴨〉來簡扼概括故事的審美。由於是自傳童話，所以〈醜小鴨〉的寫實性很強。這則故事的主人翁是一隻「醜小鴨」，事實上是一隻美麗的天鵝。由於出生在一個鴨場裡，鴨子們覺得它與自己不同，就認為它很醜。其他動物，如雞、貓、狗都鄙視它：「從蛋殼裡爬出的那隻小鴨太醜了，到處挨打，被排擠，被譏笑，不僅在鴨群中如此，連在雞群中也是一樣；」；「你真的醜得厲害，不過只要你不跟我們族裡任何鴨子結婚，對我們倒也沒有什麼大的關係」；「我醜得連狗也不要咬我了」（安徒生著，葉君健譯，1999：36-38），這都算是「悲壯」的表現。其實，醜小鴨是多麼的謙虛，根本沒有想到什麼結婚。醜小鴨很善良，他的脾氣是多麼的好，總是逆來順受。只因長得醜就要被琢被打被踢，連鴨媽媽也莫可如何。更可悲的是連「醜小鴨」對自己的醜也感到失落、甚至絕望：「我要飛向他們，飛向這些高貴的鳥兒！可是他們會把我弄死的，因為我是這樣醜，居然敢接近他們。不過這沒有什麼關係！被他們殺死，要比被鴨子咬、被雞群琢、被看營養雞場的那個女傭人踢和冬天受苦好的多！」於是就飛到水裡，向那些美麗的天鵝游去：「請你們弄死我吧！」（同上，40-41）　對自己的醜，醜小鴨已經絕望，對這個殘酷的世界已經毫無留戀要找死，但也要死的美麗、死得值得，這是二重的悲壯表示。逆來順受的醜小鴨，其實身體很結實，游起來也不比別人差，還可以說游得比別人快。深藏的美質終究被發覺了，醜小鴨被排斥、欺悔的慘狀，真是令人深感同情。故事結尾有著甚大轉變，小鴨在懇求眾天鵝們弄死它的時候：「它把頭低低的垂在水裡，等待著死。奇蹟就來了，它在清澈的水裡看到自己的倒影，那不在是一隻笨粗的、深灰色的、又醜又令人討厭的鴨子，而卻是一隻天鵝！」看到如今自己已成了一隻

美麗的天鵝，對於過去所受的不幸和苦惱都沒關係了，而它意識到
幸福和美正在向它招手：「許多大天鵝在它周圍游泳，用嘴來親
它」，連小孩們看到它也興高采烈的叫起來：「這新來的一隻最美！
那麼年輕，那麼好看！」故事從悲壯轉成崇高，把小鴨變成一隻天
鵝。故事逐步地把醜小鴨的形象崇高化，當別人稱讚它是一隻漂
亮、年輕的天鵝時，「它感到非常幸福，但一點也不驕傲，因為一
顆善良的心是永遠不會驕傲的。它想起它會這樣被人迫害和譏笑
過，而它現在卻聽到大家說它是美麗的鳥兒中最美麗的一隻鳥兒。」
（同上：41）小鴨對美的追求和嚮往，通過種種苦難後得到了成就
與精神上的安慰。

　　又如越南著名神奇故事中的 Sọ Dừa（椰子殼，古代一名天才
的名字）：神奇的童話故事敘述了日常生活所發生的事。關於古時
父權社會家中成員衝突的事情、婚姻與愛情、社會問題，如：Tấm
Cám（越南灰姑娘），或是一些不幸的人物，被社會制度欺壓，毫
無社會地位的人物，他們都是純樸、心地善良、有超能力但外表長
得奇特的人。（詳見第二章第二節）Sọ Dừa 就是屬於社會中不幸，
長相奇特的人物。故事敘述：

> 從前，一戶年老的夫婦，年紀已經很大了還沒有孩子，兩夫
> 妻渴望能有子繼承，於是為此感到非常失望。有一天，夫婦
> 倆到山上取柴，妻子感到口渴，就喝了椰子殼裡的雨水，於
> 是就懷孕了，夫妻倆非常高興。終於生下了 Sọ Dừa（椰子
> 殼），Sọ Dừa（椰子殼）被生下的時候，差點把老倆口嚇死。
> 他只有頭，沒有身體，沒有手、腳，只是一把圓圓的肉。老
> 夫妻為此很失望，心想老天爺保佑讓他們有後，誰知生下了

「怪胎」，夫人想要把 Sọ Dừa（椰子殼）棄掉，婦人念著
是自己的親生骨肉就捨不得。過了幾年，Sọ Dừa（椰子殼）
也隨時間長大，他會講話，每天在家裡滾來滾去。可是
Sọ Dừa（椰子殼）心地善良且很孝順，每天看到父母幸苦
的工作回家，Sọ Dừa（椰子殼）都會說一些問好，笑話來
逗父母笑，甚至還說自己再長大一點就會去幹活養父母。
雖然只是安慰的話，Sọ Dừa（椰子殼）怎麼可能去工作呢！
但是老倆口也覺得開心。時間一年一年的過去，父母已老
了，Sọ Dừa（椰子殼）還是每天在家滾來滾去。有一天，
父親大病，老婦人要在家看護，於是富翁的牛群就沒有人
放。富翁大發脾氣，於是 Sọ Dừa（椰子殼）告知母親讓
他去放，富翁及父母都笑個不停，最後也同意讓他去。Sọ
Dừa（椰子殼）表現還不錯，每天都按時帶牛群回來。富
翁有三個女兒，富翁要請其中一個給 Sọ Dừa（椰子殼）
送午飯，大女兒、二女兒都嫌棄 Sọ Dừa（椰子殼）長得
醜，四肢沒有，都不肯去。唯有小女兒答應了，每天給
Sọ Dừa（椰子殼）送飯。小姑娘答應的原因是 Sọ Dừa（椰
子殼）四肢不發達，為了讓父母不要擔心就承擔了放牛的
工作，這工作對他來說不是簡單。一天小姑娘送飯的時
候，聽到遠方傳來動人的吹簫聲，於是就躲在一旁看看是
誰，是 Sọ Dừa（椰子殼），他變成一個長得俊秀壯男，小
姑娘從此就愛上了 Sọ Dừa（椰子殼）。他也因小姑娘每天
不厭煩的送飯而喜歡上小姑娘。小姑娘與 Sọ Dừa（椰子
殼）同時提出要娶、要嫁，大家都取笑說他怎麼可能跟你
結婚，姊姊們都嫌 Sọ Dừa（椰子殼）太醜，富翁嫌他只

是一坨肉，家境又窮，配不上妳。小姑娘堅決要嫁，Sọ Dừa（椰子殼）也堅決要娶。於是，富翁有心留難，提出的聘禮都是貴重的東西，Sọ Dừa（椰子殼）當天變成了一個高大、俊秀、健壯的年輕人，全場的人都愣住了。此時，父母親開心得很，原來自己的兒子是個非凡的年輕人，富翁也很滿意，兩位姊姊看得嫉妒，對此懷恨，Sọ Dừa（椰子殼）與小姑娘過著快樂的日子。Sọ Dừa（椰子殼）要上京赴考，離開前拿給妻子一把刀、生火器、兩顆雞蛋，吩咐妻子一定要帶在身上。姊姊兩趁 Sọ Dừa（椰子殼）不在家，就設法陷害妹妹，她們把妹妹推到海裡。小妹妹被大鯨魚吞近肚子裡，此時，她想起丈夫給的小刀，就用刀子把鯨魚的肚子剖開，跑了出來，飄逸到一個荒島裡。雞蛋變成小雞，小雞變成母雞，每天生蛋，每天煮蛋來吃，等待有人來相救。另外，Sọ Dừa（椰子殼）也考取狀元，返回家鄉聽說自己妻子已經死了，兩位姊姊打扮得花枝招展，兩個都想代替妹妹嫁給狀元。Sọ Dừa（椰子殼）相信妻子還活著，到處尋找，終於在荒島裡找到了。Sọ Dừa（椰子殼）把妻子接回家團圓，姊姊們看到妹妹還活著回來感到羞愧，於是就離開了，從此夫妻倆過著幸福、快樂的日子。(譯自 Nguyễn Cừ，2008，78)

故事的審美類型很明顯，剛開始屬於悲壯。Sọ Dừa（椰子殼）生下來只是一團沒手沒腳的肉，每天過著被取笑、厭惡的生活。此故事類型跟上述的〈醜小鴨〉是相似的。故事的轉變從 Sọ Dừa（椰子殼）要求去放牛開始，它開始賦予 Sọ Dừa（椰子殼）另外

的一面，變成一個有才華、外表俊秀、健壯的年輕男孩，把他的形象崇高化。此外，還賦予他有先知的能力（預測到妻子被陷害，而離開之前吩咐妻子小刀、生火器、雞蛋要隨身攜帶；還預感到妻子仍然活著而到處去找……）。更崇高的是即使知道妻子被陷害，而毫無報復之心，讓故事結局變成優美（與妻子過著快樂、幸福的生活）。

　　可以說本故事的審美類型是由悲壯→崇高→優美，而〈醜小鴨〉故事的審美類型是由悲壯→崇高。有這樣的差別是源於文化背景不同所致的：從創造觀型文化到敘事寫實傳統以下或從氣化觀型文化到抒情寫實傳統以下或從緣起觀型文化到解離寫實傳統以下，彼此互不相侔。這裡就以可對比的中西童話來說，西方傳統深受創造觀型文化影響而有詩性的思維在揣想人／神的關係；而中國傳統深受氣化觀的影響而有情志的思維在試著綰結人情和諧與自然。（周慶華，2007：15-17）深具詩性智慧的創造力是創造觀型文化中世界觀的內化，目的在於馳騁想像力而在盡可能的「創新深造」。〈醜小鴨〉其實是安徒生的模擬性自傳，「安徒生在他的自傳《我的一生》裡，詳細敘述他的生平事蹟，早年被排斥及漂泊流浪的坎坷生涯，中年成名以前所經歷的折磨與奮鬥，成名後的中晚年所遭遇到的嘲諷與屈辱以及所獲得的肯定和殊榮。他終生堅持於文學創作，在艱苦的逆境中掙扎，力爭上游、奮鬥不懈，終於得到了光榮而永恆的成就。〈醜小鴨〉的內容，也明顯的涵蓋著他一生的三個階段，象徵他一生的坎坷、奮鬥和成功。」（蔡尚志，1996：104）這存有西方歐洲主義的自我優越感特徵，跟西方創造觀型文化中的終極信仰的衍變有關。由於要不斷地榮耀上帝，所以會以現世表現來尋求救贖而獲得回歸天堂的希望。

因為榮耀自己等於在榮耀上帝，且一直嚮往天堂的上帝，使得他們的思維隱隱然的屬於線性思維，是直線的：能上就會趨近上帝，上不去就會下地獄。所以西方有史以來才有著徹底悲壯的悲劇誕生。如西方著名的羅密歐與茱麗葉，兩家仇恨最後以主角們慘死為結局。西方文學的審美類型多半是從優美→崇高或優美→悲壯（羅密歐與茱麗葉），或悲壯→崇高（醜小鴨）。多半只有一重轉換，而不像東方屬於情志的思維，是指純為抒發情志（詳前），乃緣於氣化觀底下的「綰結人情和諧和自然」的文化特色使然（因為氣化成人，大家如氣聚般的虯結在一起，必須分親疏遠近才能過有秩序的生活，而擁有綰結人際關係的潛能）；在文學創作方面更可以看到相應的「內感外應」的特質。而由文學體現出來的，就可以關連到越南童話。在 Sọ Dừa（椰子殼）的審美類型是由悲壯→崇高→優美，為兩重轉換的審美。最終達到優美結局，不計較往事，以和諧家庭、自然為前提。其實這是受氣化觀型文化的影響，所重視的就是「綰結人情」：人與人之間講究禮尚往來、互通有無，是為了經營出良好的人際關係來維持生活、社會，而讓人與人之間的關係更密切、更融洽。因此，東方史上戲劇裡的悲劇也不像西方式徹底悲壯。中國著名的〈梁山伯與祝英台〉稱得上是悲劇的結局，但故事轉換成兩人變成蝴蝶，永遠在一起來安撫人心，是多麼的優美，留給世人美好的回味。又如越南童話中的〈Sự Tích Trầu Cau〉（檳榔的故事），最後三人一起死，但死後變成了檳榔樹、荖葉及石灰來安撫人，成了讓人欣慰的結局。以上兩個例子的審美感興都是從優美→悲壯→優美的審美類型。這是東方審美別於西方國家的地方，它完完全全為不同的文化傳統所制約。

第三節　越南童話的崇高類舉例

　　上節已提及了東方氣化觀／緣起觀型文化在 20 世紀初轉向追隨創造觀的審美／文學表現，所以沒發展出自己一套現代／後現代／網路時代的審美／文學系統，只侷限在氣化觀／緣起觀的前現代審美／文學表現範圍（優美／崇高／悲壯等範圍內），越南童話是口傳民間文學的一部分，而至今沒有再經過修改及再創作，是人類有價值的遺產，屬於前現代的作品。也就是說，它的審美類型多半也屬於優美／崇高／悲壯類型（詳前）。本節將要談論的是「崇高」這個類型，藉以探究越南童話中的崇高美。

　　「崇高」指形式的結構龐大、變化劇烈，可以使人的情緒振奮高揚（詳見本章第一節）。古希臘神話中的悲劇透過「悲」反射出美，透過「苦難」顯示出崇高，透過「毀滅」展示出希望。古今中外，很多書籍談論「崇高」的美感，都認為「崇高」是由「悲劇」延伸出來的，屬於悲劇的一部分。「悲劇是走向崇高的死，崇高卻是在崇高中走向生。悲劇多展現社會衝突，人與人的衝突……它在現實衝突本身中幾乎難以讓人採取審美態度。崇高卻不僅限於社會，也不僅在藝術中才被喚起，那無邊大海掀起的驚濤駭浪，那驟然而至夾著閃電雷鳴的狂風暴雨直接可以喚起崇高感。悲劇須有一個完整的行動，崇高卻可以只是一個場景。」（張法，2004：144）「崇高」一詞，並使它與美（優美）相對立。在《論崇高和美兩種概念的根源》中，博克從主客觀兩方面區別了崇高和美。從客觀屬性上講，美是小的、柔滑的、嬌弱的、明亮的；崇高則是巨大的、無限的、晦暗的。從主題生理上講，美

是生殖（種族延續）群居的本能要求；崇高則是自我保護的本能要求。美是單純的愉快感受；崇高引起的則是驚懼和恐怖，並雜有痛感。而痛感所以能轉化為快感，博克認為在於客觀危險不大緊迫或得到緩和，從而自我安全得到保障的緣故。美與愛和同情心相聯繫；崇高則與競爭心、自豪感、勝利感相聯繫。（周來祥、周紀文，2002：63）

對於崇高這一範疇，中國學界早期一直採用日譯名詞「宏壯」、「壯美」或是其他相近的概念。不同文化的背景下，涉及到中、西、日三種語言間的翻譯轉換，在任何一門學科領域，新概念、新範疇的產生都難免會出現理解上的誤讀或者使用中的偏差現象。與「宏壯」、「壯美」意義相近的辭彙如「宏大」、莊嚴、宏麗、宏美、崇高等頻頻出現，但是否有美學上的美學意義，能否上升到美學範疇的高度，還要結合其語境來進行辨識。顏惠慶於1908 年所編的《英華大辭典》的 Sublime（崇高）的漢語譯十分豐富：

Sublime：
（一）高的、崇的、高巍的、巍峨的、高舉的、居高所的；
（二）舉止高尚的、高絕的、卓越的、拔群的、出類拔萃的；
（三）超優的、意詞威嚴的、高絕的、超卓的、偉大的、高大的、宏壯的、巍巍的、有威嚴的、莊嚴的……
（顏惠慶，1920：984）

以上所列舉的與「崇高」相近的辭彙，已大體具備成為審美的要素。范壽康美學思想的主線是感情移入說，他首先指明了「崇高的感情」其特徵是一種深與大的感情的結合，這種感情加在偉

194

大的人格移入對象中，造成了對象的崇高品格，所以人格的偉大才是崇高的本質。（鄂霞、王確，2009）另外，也有學者提出，作為一個嚴格的美學範疇，崇高同美一樣，也是真與善、合規律性與合目的性的矛盾統一的一種具體形態。崇高也有真、善的特性。安徒生童話〈拇指姑娘〉裡的小姑娘由一顆神奇的大麥孕育而成，出生於鬱金香的花蕊上，她善良、嬌美、堅持上進，在流浪的生活中，鄙棄醜惡、黑暗，追求美好、光明，最終如願以償。原先過著快樂無憂的生活，而後漂泊流浪，嬌小的她討厭愚蠢的蛤蟆和喜陰的鼴鼠，可又無力擺脫逆境，但由於她的善良終於使她重見光明，一隻小燕子把她帶入了溫暖如春的花的世界，真是她的善良而把主人翁的人格崇高化。主人翁都有美麗動人的外表和善良高貴的心，喚起了讀者對這種詩意美的最求和嚮往。又如〈醜小鴨〉中的醜小鴨自出生以來就背負著「本不該來」的沉重包袱，在歧視、排擠、攻擊的陰影下生活。即使有家也無可歸，即使有親也舉目無援，但是他就憑著一顆執著的心，努力的一步一步接近幸福，終於蛻變成一隻白色的天鵝，實現了醜向美的轉化。這樣的故事結局帶給人一種嚮往幸福的心情。

　　根據以上所帶入關於「崇高」的述說，經查證《Nguyễn Cừ-Truyện Cổ Tích Việt Nam》（Nguyễn Cừ 主編，越南童話故事集）中的故事甚多，我將依據每則故事的結局來分類，具前現代越南童話審美的審美範疇中的優美、崇高、悲壯等三大類型；「崇高」類是最少的，「優美」及「悲壯」類較多。經考察，我將故事中的「崇高」分成：近於崇高、崇高兼優美、崇高兼悲壯等三大類。當中以崇高成分為主。依據結局的好壞，「崇高」類的故事有以下幾則可為代表：

表 6-3-1 越南童話崇高類舉例

崇高類		
近於崇高	崇高兼優美	崇高兼悲壯
無	• Chiếc Bật Lửa Thần（神奇打火器） • Thánh Gióng（扶董天王的故事） • Nghề đặt biệt（特殊能力） • Chàng lùn（小矮人） • Da Rác lấy chồng tiên（Da Rác 嫁仙人）	• Chú Bé Thông Minh（聰明的小孩）

　　越南的童話故事，內容多半是講述一些關於動物的故事、神奇的故事、世俗的故事；也多半是關於魔鬼、民族英雄、愛情、倫理、神仙、風俗等。以上所帶入的故事多半是關於勇士、英雄的故事、善良人的故事、孤兒的故事等（詳見第二章第二節）。就如《Nguyễn Cừ-Truyện Cổ Tích Việt Nam》（Nguyễn Cừ 主編，越南童話故事集）中的〈Chiếc Bật Lửa Thần〉（暫譯為：神奇的打火器）中，主人翁——Mồ Côi 是個孤兒，從小過著貧苦、飢餓的生活。一天得到仙人幫助，得到一個神奇的打火器，許什麼願望就會成真，從此過著飽暖的生活。此外，Mồ Côi 不忘記往年窮苦的日子，還會利用「神奇打火器」來幫忙其他窮苦的人，是多麼崇高，值得敬佩的人格。直到「神奇打火器」的事被外洩，貪心的國王把 Mồ Côi 抓住，意謀奪取打火器。Mồ Côi 在獄中被敲打、用刑，最後得到他曾救過的窮人們，同心協力的拯救，把 Mồ Côi 救出來，從此過著幸福快樂的日子。結局是優美的，過程是崇高的，群眾們這種「以德報恩」的行為讓結局昇華，完全是由 Mồ Côi 的好心所致，善舉充滿了慷慨精神，有一種激動人心的壯美的精神力量，體現的是最高的善和最偉大的崇高。Nghề Đặt

Biệt（特殊能力）故事，當中五兄弟具備給自己一項特殊能力。大哥學會攀爬技術；二哥會射箭，一箭可射百隻鳥兒；三哥可用自己製造的「望遠鏡」，可看到世間上人民的喜、怒、哀、樂的事，甚至能看出即將發生的天災。四哥學會裁縫，不只破衣褲，連木頭、石頭、皮膚他都能縫，實在太神奇了；五弟救了龍王的女兒，龍王要報答此恩，便使人教他遁地術。五兄弟如期回到家，一次國王頒布誰能把自己唯一的公主救回來就把公主許配給他，及讓退王位。五兄弟各別用了自己的擅長能力把公主救回來了。五兄弟一起，公主不知要嫁給誰，難以作出決定。五兄弟同聲的說，救公主是他們的職責，無須報答。最後，公主提出了一個好辦法，請國王相認五位壯士為乾兒子，一來可以一同管理國家大事；二來她又多了幾位哥哥，豈不一舉兩得，從此他們過著幸福安穩的生活。故事結局，顯現出東方氣化觀——綰結人情、諧和自然的特色。兄弟間的謙虛、禮讓，肯定了主人翁們高貴品質，從而肯定了生活中的美的理想。

　　越南童話著名的〈Thánh Gióng〉（扶董天王的故事）Thánh Gióng 是越南民族古代英雄之一，相傳擊退中國商朝入侵的民族英雄——Thánh Gióng（扶董天王），當年是巨人腳印被扶董天王媽媽踏到結果成孕。到了三歲都不會翻身、不會講話，只會趙著要吃飯。外賊入侵，雄王到處尋找人才。此時，Thánh Gióng 要母親把使者叫進來，跟使者說：「về bảo với vua rèn cho ta một con ngựa sắt, một thanh gươm sắt, một áo giáp sắt và một nón sắt, ta sẽ đánh đuổi giặt dữ cho」（Nguyễn Cừ，2008：194）（請回去稟報給雄王，給我準備一匹鐵馬、一把鐵劍、一套鐵夾、一頂鐵帽，我要去打戰），使者聽了心想是天上派下的救國英雄。在等待雄王

送武器來的時候，Thánh Gióng 每天吃很多，母親燒多少飯菜都不夠，村民看到也送來很多食物供應給 Thánh Gióng。不到一天，Thánh Gióng 已變成一個健壯的青年男子，穿上雄王送來的鐵夾、鐵帽、鐵劍，告別母親及村民，騎上鐵馬往外衝。Thánh Gióng 殺死了無數敵軍，連鐵劍也斷掉，於是 Thánh Gióng 沿路拔下了路旁的竹子，握在手裡繼續往外衝。不到半天，Thánh Gióng 已把全部侵賊趕出邊界。這時，Thánh Gióng 騎著馬到 Sóc Sơn 山下，脫下鐵夾、鐵帽，與馬一起飛到天上去。人民為了紀念 Thánh Gióng——一名救國英雄，雄王使人在 Thánh Gióng 家鄉蓋了一間廟宇來祭祀 Thánh Gióng，封為 Phù Đổng Thiên Vương（扶董天王）。

　　此故事體現出越南人民的「愛國精神」。敵人侵犯，保護國家是全國人民的責任，從古代已植根在人民腦裡。Thánh Gióng 是一位民族英雄，從小發展不正常，母親懷他並非自然的事，母親到山上撿柴，看到一個巨大的腳印便踩上，回家後就懷孕了。Thánh Gióng 到三歲還不會笑，不會說話，有使者來訪便說起來了，此情節真是神奇。還聽說雄王要尋求人才就毫不猶豫的出戰，戰後與鐵馬一同飛天。這樣的結局令人讀後產生一種崇高感；崇高感是因戰勝了一個可怖的敵人而產生的快感，是由痛感轉進成快感。此外，更令人敬佩的是 Thánh Gióng 與馬飛上天的情節。敵人已趕走了，照一般來說會直接衝到皇宮去等賞賜，但他卻不是這樣。越南知名教授 Bùi Mạnh Nhị 也贊成他的行為令人欽佩：「ấy là muốn ca ngợi tấm lòng yêu nước chống giặc của người Việt Nam ta: không đợi tuổi nào mới cứu nước, lên ba cũng làm được thành tích vẻ vang chứ không đợi lớn. Mặt khác cũng tán tụng thái độ biến mất trên chín tầng mây sau khi làm xong nhiệm vụ của với nước nhà, không bợn chút nào vì lợi lộc, danh vị thường tình, một thái độ hết sức cao đẹp, hùng vĩ.」（Vũ Tiến Quỳnh，1995：145）（歌頌了越南人民的愛國精神，不在乎年紀，三歲小孩也能立出大功勞。此外，還要讚頌 Thánh Gióng 消失的行為，不貪圖名利，值得敬佩的行為）不貪圖名利、無私的奉獻，在此故事內容中蘊含著十分可貴的美學思想──崇高，讓人不斷地嚮往，以他為榮。

第四節　越南童話的優美類舉例

　　我們日常生活中多少對「美」這個字已有某些認識，並且多少知道應該把它應用到哪些對象上。文學都需要美，童話世界充滿了種種神奇的想像、夢幻和奇異，有一種自由積極的力量來實現人們對美好生活的嚮往。美麗的童話故事能愉悅人的心靈，能給人以美的享受，這統統都是美的表現。當中「優美」，指形式的結構和諧、圓滿，可以使人產生純淨的快感。（詳見本章第一節）如果把它套用在童話故事，就可以說：童話美是為了激發兒童對美的最求，喚起兒童美的理想，激發兒童內心的審美情感，使他們能對作品中的美有所理解和把握，從而能達成教育兒童的目的。也就是說，童話美本身就有教育的功能。有人認為美是客觀事物的形象屬性，如形體的比例、勻稱、對比、顏色，聲音的對比、和諧、統一、變化、平衡等等，是客

觀事物的形象屬性。然而，如果這些形象屬性離開了人的情感感應、情感注視、情感昇華就不會獲得美的認可。同理的童話故事也一樣，故事情節沒讓讀者留下難忘的印象就不算是美的結局。另外，「美」與人類的勞動實踐有密切的關係，人為了生存而進行勞動實踐，創造活動。人的勞動實踐實際上是對自身的生存超越的實施，在這種超越的實施中體驗到了愉悅，從而也就體驗到了美，這就是「美」的本質。馬克思認為，只有在勞動發展中才會創造出兩種事物：一種是存在於外在客體世界的「透過勞動實踐在直接、間接或幻想中被人類長期改造過的創造物」；另外一種是存在於人的內在主體世界的「被長期改造、豐富和完善起來的人類的感覺、想像、情感、思維等心理功能」在主客體之間產生的感應，達到和諧，適應和愉悅的統一時，就會顯現出激動人心美的形態。（邱明，2003）童話故事是人民長期以來對生活周遭的反應的紀錄，根據勞動人民世世代代口耳相傳紀錄整理而成。越南童話的特點就是大部分童話都是記載了古代勞動人民的生活，如何待人處世、如何面對外在世界，人的生存遇境的差異和變化，必然導致喜、怒、哀、樂等不同的情感。人的情感相當複雜，但只要在那些伴隨著精神超越感的心情之中，人就能感受到美。另外，童話故事中的幻想，也是一種美的表現，幻想間接地折光反映出來現實生活中實際存在或發生過的，對於現實生活與藝術虛構之間找出某種相似處，從而發展出豐富的想像和聯想能力，也能使讀者從習以為常的平凡生活中發現周圍世界不平凡的奇異的實質，從而受到思想、認知和審美的教育，贏得了人民的同感。也就是說，童話多方面的功能，是透過讀者的審美享受去體現的。

　　例如格林童話中有許多描寫勞動人民日常生活，歌頌了他們的聰明與智慧，揭露了不合理的現象：〈老狗直而坦〉寫的是一條狗，牠老到牙齒都掉光了，主人認為牠毫無用處，要把牠殺死。老狗的命運就像勞動人民苦難生活的寫照；〈農民和魔鬼〉寫一個農民使魔鬼上當，得到了幸福和財富；〈聰明的農家女子〉同樣也是讚美農家女兒的聰明才智，農家女一貧如洗，卻聰明非凡，她解出了國王出的謎，而成了王后，又以自己的聰明機智保住了王后的地位；在童話故事裡，善良、好心、長期受虐的主人公們往往得到仙女們的幫助，讓他們得到幸福；而那些懶惰的、心地醜惡的人自然逃不出受懲罰的命運。〈小紅帽〉、〈灰姑娘〉、〈白雪公主〉、〈白新娘和黑新娘〉……都體現了人們這一理想和願望，這些結局統統都富有「美」的性質。氣化觀型文化視宇宙萬物為精氣化而成，具有情志的思維在試著綰結人情和諧和自然。人與人之間講究禮尚往來、互通有無，是為了經營出良好的人際關係以維持生活、社會秩序，讓人與人之間的關係更密切、更融洽（詳前），並且還達到某種教育的目的。另外，優美感是令人有種純粹的快感，還有和諧、平靜的特色。所以就童話故事而言，故事結局具有這樣的特點就可歸為「優美」類型的美感。

　　在越南童話庫中，帶優美性質的童話不勝枚舉，依據《Nguyễn Cừ-Truyện Cổ Tích Việt Nam》（Nguyễn Cừ 主編，越南童話故事集）中，每則帶「優美」成分的童話的結局，再細分成：近於優美、優美兼崇高、優美兼悲壯等三大類。當中以優美成分為主。依據結局的好壞，「優美」類的故事有以下可為代表：

表 6-4-1　越南童話優美類舉例

優美	
類型	故事代表
近於優美	〈Cái ang vàng〉（金盤子）；〈Chồng xấu chồng đẹp〉（美醜丈夫）；〈Mưu khôn lấy được vợ〉（機智娶到賢妻）；〈Mai An Tiêm〉（西瓜的故事）；Bánh chưng bánh dày（粽子的來歷）；〈Con Côi〉（人名）；〈Chàng lười〉（懶惰人）；〈Sự tích thành Cổ Loa〉（Cổ Loa 牆壁）；〈Sự tích người làm chúa muôn loài〉（人為動物之王）；〈Sự tích con bọ hung〉……
優美兼崇高	〈Sự tích con cóc〉（蟾蜍的故事）；〈chiếc thoi vàng〉（金笛子）；〈sự tích Sọ Dừa〉（椰子殼）；〈chồng thử vợ〉（兩夫妻）；〈Sự tích Lạc Long Quân Và Âu Cơ〉（龍子仙孫）……
優美兼悲壯	〈Sự tích đèo phật tử〉（成佛的故事）；〈Hai cây khế〉（兩棵楊桃樹）；〈Vua lợn〉（豬黃帝）；〈Chàng gù〉（駝背人）；〈Có đi không có về〉（一去不回頭）；〈Chiếc đèn dưới hang sâu〉（井底之燈）；〈Cô bé chăn vịt〉（放鴨子的小姑娘）；〈Viên ngọc thần〉（神珍珠）；〈Sự tích Trầu Cau〉（檳榔的故事）；〈Nàng ngón út〉（拇指姑娘）；〈Thạch Sanh〉（英雄）……

　　以上都是依據故事結局來分類，所謂「近於優美」就是故事過程與結局相近，多半都代表好的；「優美兼崇高」就是結局是優美的，而過程帶有崇高意味；「優美兼悲壯」就是結局是優美的，而過程帶有悲壯意味。

　　「近於優美」的故事代表如〈Mưu khôn lấy được vợ〉（機智娶到賢妻），講述一家姑娘長的如仙般的美，但就是不講話，有時三天也不會吭一聲。父母看到很失望，便想出一個好辦法，就是誰能讓愛女一天開口說三句話就把女兒嫁給他。村中男子紛紛來訪，不管如何都未能讓女子開口。唯有隔壁村的一名青年男孩，運用自己

的聰明才智，引發到女子開口。每次女子開口，他就用一把刀子插在地上作證據。女子由此被打動及敬佩男孩的機智，最終便嫁給他了。再如〈Mai An Tiêm〉（西瓜的故事），Mai An Tiêm 被趕到荒島後，不為此而失去信心及幸福生活的渴望。每天勤苦的工作並研發出一種能解渴的植物——西瓜，直到得到國王接回家，絲毫沒有表現對往事的感傷、對痛苦生活的不滿。他用了一雙瘦削的肩膀熬過了這艱苦的生活並邁向新的希望。這種偉大深沉力量的讚頌，展現了優美。往事不追究反而更加倍尊敬國王，從此過著快樂、幸福的生活。此故事帶給人一種家庭情切、溫暖的感覺。Bánh Chưng Bánh Dày（粽子的來歷）此故事，越南古代人民對宇宙的觀念：地是方形、天是圓形。而 Bánh Chưng 的形狀是方形代表地，Bánh Dày 是圓形代表天（詳見第二章第三節）。一則解釋了越南傳統美食；一則代表子孫對祖先、父母的孝（詳見第五章第二節）。另外，故事還體現出過去雄王們的愛國愛民的精神。生命，也許是宇宙之間唯一應該受到崇拜的因素。身為一國之君必然要時時為人民著想，而這則顯現出越南封建社會中偉大雄王們以崇高的理想激勵人民，弘揚人類的主體意識，讓故事不斷昇華。

　　「優美兼崇高」的故事代表有〈sự tích Sọ Dừa〉（椰子殼），在本章第二節已提及。故事的審美類型是由悲壯→崇高→優美，當中優美及崇高成分較為明顯 （詳見本章第二節）。再如〈chồng thử vợ〉（兩夫妻）的故事，故事講述一對夫妻感情很好，從來沒爭吵過，讓人羨慕。村里的人對此很納悶，難道有這麼理想的夫妻，於是便跟丈夫說道：「叫他回去找碴！」他說：「夫妻倆和睦相處，何為要沒事找事來鬧呢！」村人再次恐嚇男子：「你不敢找碴，如果被 Lang（村里富翁）知道，你就惹上大禍了。」富翁知道此事後把男子找來了，叫他

回家找事打罵妻子，否則就不會讓他好過。在封建社會裡，富翁是掌控土地的人，男子也不敢違命，只好垂頭喪氣的回到家，後面跟著一些慫恿男子的人，想在旁湊熱鬧。回到家看到飯菜已準備好、如此的賢妻怎麼開得了口打罵呢！在外等著看好戲的人不停催促。男子便大罵說東西擺錯地方了（由於一切都太完美，唯一能找碴是東西方的位置不對），妻子一聲也不吭，默默的收拾東西，照丈夫的意思去做，旁人看到都生起羨慕的眼神。最後男子跑到富翁家說：「你想如何我就認了，無能服從您的旨意。」富翁與其他人笑著稱讚他們夫妻倆的和睦令人敬佩，是倫理道德中的一種美德。夫妻間和睦相處、禮讓尊敬能為榜樣，有此宣導，是人民對幸福生活的最高理想。

「優美兼悲壯」的故事代表有〈Sự Tích Trầu Cau〉（檳榔的故事），其美感都是從優美→悲壯→優美的審美類型，最後三人一起死，但死後變成了檳榔樹、荖葉及石灰來安撫人，成了讓人欣慰的結局。故事雖然人物統統死去，但過程歌頌著兄弟間的親情、夫妻間的愛情。從悲壯（三人死去）轉成優美（變成檳榔樹、荖葉、石灰）進而解釋了越南傳統美食的緣由，其代表了男女愛情，成為婚嫁喜事中不可或缺的聖品。〈Hai cây khế〉（兩棵楊桃樹）故事講述兩兄弟，母親早死。哥哥是個好吃懶做的人，弟弟則是個勤勞的年輕人。父得重病，弟弟賣力幹活奉養家中的父親與哥哥。由於無法負荷父親的醫療費用，弟弟晚間到別人田裡偷割稻米、蕃薯等拿到市裡換錢買藥，於是就被抓進牢裡去了。眼看著患重病的父親，哥哥拿走了家中值錢的東西逃跑。父親因病重而死去，弟弟在牢裡傷心、哭泣不堪，哀求長官允許他回家奔喪。通知哥哥一同回家辦理喪事，哥哥不但沒為自己的行為感到羞愧，反而不願回家。弟弟為此痛恨哥哥，丟棄重病的父親不理會，而現在連奔喪也不回去。過

了幾年，牢期已滿，弟弟回到家鄉。一天，父親托夢給他，叫他要好好照顧兩棵楊桃樹。楊桃樹結果時，一群烏鴉飛下來食果，說道因為得病，要有楊桃果當藥癮。弟弟聽了大方的讓烏鴉們食果，烏鴉王要報答他，於是載他到一個荒島，荒島上滿滿都是黃金、金銀珠寶，叫他儘量的拿。而後弟弟富裕起來，娶了妻子過著快樂的日子。哥哥看到起了嫉妒，用全部現有的財產來換兩棵楊桃樹，弟弟同意了。一樣的，哥哥讓烏鴉們盡情食用，烏鴉王也照樣載哥哥到荒島。貪心的哥哥裝滿一戴又一戴，回程因路太遠，又很重，烏鴉王也沒力了，叫他少帶幾袋，他堅持不丟，最終烏鴉承受不了連人及物都丟下，最後哥哥慘死了。這故事過程帶有悲壯感：哥哥丟棄父親不管、父親死後為兒不回去奔喪、奪走所有值錢的東西、小心眼（看到弟弟變富裕）……到後來哥哥的死，體現出「種什麼因得什麼果」的道理。善良、孝順、老實的弟弟終有好報，過著幸福的生活。〈Chàng gù〉（駝背人）；〈Cô bé chăn vịt〉（放鴨子的小姑娘）中的人物刻畫、情節布局：主人公開始的坎坷命運，因善良而最終得到應有的回報。而醜惡，狠毒的壞心人，最後也得到應有的報應。這個結構類型的童話告訴了我們在「因」層次中勞動人民的一種善惡觀。勤勞、善良、老實被人欺壓的弱小者，同樣獲得好報的因。這個道理告訴人們，只要具有這樣一種品質，就能具備了通向美滿結果的因素。童話中主人公們這些「優秀品德」，從開始一直在作品中詳細的渲染。如弟弟分家吃了虧也毫無怨言。相反的，童話中的惡，往往屬於這種結構方式──就是凡是遭到惡報，沒有好結果的人都因一次或多次做壞事而導致的。

　　童話故事中的「外在標誌」：是人物各種外在特徵和表現的總和──他們的外表、年齡、性別、地位等都使童話故事豐富、多樣，

具有魅力和美感。實際上,可從故事的功能結構上來識別童話的審美,童話結構多半是在平衡——失去平衡——恢復平衡的結構中展開的。童話故事中的奇幻美就是表現在失去平衡——恢復平衡的過程中,童話幾乎動用了一切超自然的手段——神仙、神物相助一些人物自身的美德(善良、勇敢、富於同情心)。這些人物通常透過自身的美德獲得幫助,達到成功。這是民間童話的基本命題,人們能在故事的「發現」與「突轉」中獲得審美愉悅,也能從故事中獲得一種基本的安全感受。

第五節　越南童話的悲壯類舉例

　　探討越南民間童話,會發現其中有相當一部分,而且又往往是那些比較重要和著名的故事,常常是悲劇性的或帶有悲壯色彩的。如:〈Tấm Cám〉(越南灰姑娘);〈Sơn Tinh- Thuỷ Tinh〉(山神和水神);〈Mỵ Châu- Trọng Thuỷ〉(人名)……這些故事特有的形式與內容反映了人類面對的主要矛盾——人與社會、自然界的矛盾。另一方面借助這種悲壯的結局,寫出了人們在改造自然中的壯烈性:有的是自我犧牲的精神,以及最終會戰勝自然,取得勝利的無窮力量和信心。也就是說,在這些故事中體現了美學中的悲壯美和崇高美。

　　悲壯,指形式的結構包含有正面或英雄性格的人物遭到不應有卻又無法擺脫的失敗、死亡或痛苦,可以激起人的憐憫和恐懼等情緒(詳見本章第一節)。悲劇中往往存在悲壯意味。中國古

典悲劇著重反映社會現實，西方悲劇大多取財於神話故事，透過主人翁們的不同遭遇反映宗教、政治、道德等觀點。西方悲劇，有的描寫個人和命運抗爭，希臘戲劇可為代表（如蘇福克拉斯《伊底帕斯》）；有的描寫個人被預定失敗，卻並不為了自己命運難於抗衡的勢力，而只為了他自子的性格襲有某種遺傳的缺陷，莎士比亞的戲劇可為代表（如《哈姆雷特》）；有的描寫個人和環境抗爭，描寫個人的性格和社會情形之間的劇戰，近代的社會劇可為代表（如易卜生《娜拉》）；有的描寫集團和集團的鬥爭，這是現代戲劇創作的主要傾向（如高爾基《夜店》）（詳見第四章第三節）。東方——中國式的悲劇，雖然帶悲壯意味，但最後都以「圓滿結局為收場」。它不論是精衛填海式的（跟邪惡勢力抗衡到底，如關漢卿《竇娥冤》）；還是孔省東南飛式的（以寧為玉碎而不為瓦全的精神跟現實抗爭，如小說《嬌紅記》和電影〈梁山伯與祝英台〉）；或是愚公移山式的（一代接著一代跟現實搏鬥，如紀君樣《趙氏孤兒》，都以追求「團圓之趣」為歸宿。（熊元義，1998：221-223）由此可見，西方悲劇有著濃郁的心靈懺悔性；西方人面對釀成的痛苦與災難總持著一種解脫不掉的負罪感，這種負罪感直接由主人公明確的表達出來。如《哈姆雷特》中，主人公的悲劇並非在於他的叔叔殺死了他的父親，娶了他的母親，以及引發出一連串害孤與救孤的悲劇性情境，而是主人公面對復仇問題的猶豫不決的行動與思考的悲劇情勢。東方式——中國，從元代的知識分子，遠大抱負未能滿足，生活在社會的底層，深深感受到人民生活的艱苦，便站在老百姓的立場，寫下了當代社會的黑暗、人民的悲慘遭遇。另外，還寫出了下層社會人民的憤怒心聲。如元代著名戲劇家關漢卿的傑作《竇娥冤》，就是一個取材於當

代社會現實生活的大悲劇。竇娥短短的一生中遭到喪母失父的打擊、高利貸的毒害、潑皮流氓的欺壓、貪官盲目的判決。關漢卿徹底的洩露了當時統治階級的黑暗，並賦予劇中主人公以堅強的反抗性格，歌頌她與統治階級進行奮鬥不屈的勇敢精神。另外，中西方悲劇的結尾上有很大的差異，西方悲劇往往在悲劇主人公遭遇的時候以大悲來結束，如《哈姆雷特》結局為：情人俄菲利亞，大臣波洛涅斯，雷歐提斯，善良脆弱的母親以及自我全部陷入血泊中的大悲劇。由於中西文化發展不同，使中國悲劇存有一種鮮明的特徵——揚善罰惡。中國文人對自身文化有一種自信和執著，邪不能勝正的道理，也就是所謂「善與惡」，堅持神聖的使命就在於盡情的歌頌善良，無情的批評邪惡。所以中國悲劇中的主人公常展示出毫不妥協、理直氣壯的人生態度。《竇娥冤》中的竇娥因為不屈服張驢兒的淫威而被陷害，面對苦刑因為擔心婆婆不堪折磨，便承擔冤獄。也因此，她的冤屈不平及善良秉性終於化成正氣感動了天地。顯然中國悲劇講究「團圓結局」，往往給予一線光明，總顯現出「善有善報、惡有惡報」的大團圓結尾。如《竇娥冤》中父親為竇娥申冤昭雪；再如〈梁山伯與祝英台〉，結尾寫馬家迎娶英台之日，花轎中途經過山伯墳墓，英台下轎奠祭，墳墓突然分裂，英台自投墳墓中，二人雙雙化成蝴蝶飛去。這種結尾，表達了劇作家和民眾們對自由婚姻的嚮往。中國古代悲劇價值是一個從憐憫、憤怒到崇敬的教化過程，悲劇價值產生的前提在於「同情」。以上帶悲劇性的作品，悲劇作家們往往透過抒情性極強的唱詞，把悲劇環境的渲染和自然景物的描寫以及人物內心世界的刻劃融為一體，塑造了人物形象，造成濃厚的悲壯氣氛，使悲劇情感到達深刻細緻的地步。同理的可以說，西方古

典悲劇價值的過程是審美情感，從低到高，從平和到激越。而中國古典悲劇價值的獲得是一個從平和到激越又回歸平和的圓轉過程，而這往往由於中西文化的發展不同而有所差別。連同越南童話中，也感受到了一種悲壯美，一種人世間最純粹的悲壯。

「美」給人希望，讓人賞心悅目。而悲壯的美卻給人一種惻怛感，一種對於人生的莊重、一種對於人生的憐憫。很多人認為，古希臘悲劇才具有悲壯美。我想說的是，越南民間童話中的悲壯也是極美的一種，因美而傳承不斷。在越南童話庫中，帶悲壯性質的童話數量甚多，而那些都是可讓人動容、耐思考的故事。依據《Nguyễn Cừ-Truyện Cổ Tích Việt Nam》（Nguyễn Cừ 主編，越南童話故事集），如同前節的越南童話的崇高、優美類舉例一樣，我將本節悲壯類的故事分成：近於悲壯、悲壯兼優美、悲壯兼崇高等三大類。依據故事的結局，「悲壯」類的故事有以下為代表：

表 6-5-1　越南童話悲壯類舉例

悲壯	
類型	故事代表
近於悲壯	〈Sự tích con đỉa，con muỗi và con vắt〉（吸血動物的緣由）；〈ở ác gặp ác〉（惡有惡報）；〈Nàng Tô Thị〉（蘇氏女士）；〈ba anh em〉（三兄弟）；〈Mỵ Châu- Trọng Thuỷ〉（人名）；〈Sơn Tinh-Thuỷ Tinh〉（山神和水神）……
悲壯兼優美	〈Tấm Cám〉（越南灰姑娘）；〈sự tích bàn chân lị lõm〉（腳底凹洞的緣由）；〈Chàng Ngàn Mụn Hạt Cơm〉（碎米皮人）；〈truyện chàng Đu-Lơ〉（Đu-Lơ 的故事）；〈cái cân thuỷ ngân〉（水銀秤）；〈Mồ Côi đừng chết〉（Mồ Côi 別死）；〈chú bé thông minh〉（聰明的小孩）……
悲壯兼崇高	〈Sự tích con Kênh Kênh〉（Kênh Kênh 的故事）；〈chuyện chàng Lút〉（Lút 的故事）……

　　以上都是依據故事結局來分類，所謂「近於悲壯」就是故事過程與結局相近，多半都代表悲的；「悲壯兼優美」就是結局是悲壯的，可過程帶有優美意味；「悲壯兼崇高」就是結局是悲壯的，可過程帶有崇高意味。

　　近於悲壯故事的代表〈Sơn Tinh-Thuỷ Tinh〉（山神和水神），是最具悲壯意味的一則故事。水神為了搶奪 Mỵ Nương（美娘——雄王 18 的女兒）（詳見第五章第三節），卻造成了天災。「Từ đó,oán ngày càng thêm nặng, thù ngày càng thêm cao, không năm nào Thuỷ Tinh không làm mưa bão, dân nước lên đánh sơn tinh và lần nào thuỷ tinh cũng thua,phải bỏ chạy」（Nguyễn Cừ，2008：546）（從此以後，兩神間的仇恨越來越深，每年水神都會喚風暴雨來攻打山神，但每次都輸，要逃跑）。此故事解釋了為何每年人民都遭受水災的原因。另一方面表現出上古人民與洪水的鬥爭，也體現出古代人民想征服自然的渴望。這則故事的悲劇在於兩神間的不斷戰爭，結局引發出無止無盡的鬥爭，帶給人民不少的損失與傷痛，受害者則是可憐的勞動人民們。悲劇的收場往往得到人民的傳播一方面是故事情節合理；一方面則代表了人民對大自然的解釋。

　　〈Mỵ Châu-Trọng Thuỷ〉（人名）是本節必要提及的一則感人的愛情故事。Mỵ Châu（暫譯：美珠）和 Trọng Thuỷ（暫譯：重水）是故事中的主角。本故事歌頌了男女間的愛情，特別是自由戀愛。但「自由戀愛」在封建社會是完全無法順遂的。歌頌男女間的愛情是越南民間文學永恆的主題，〈Mỵ Châu- Trọng Thuỷ〉的悲慘命運已完完全全洩露出當代社會統治者的黑暗。另外，本故事歌頌男女間的自由戀情，還著重開啟自由戀情中的「人道主義」價值。Đỗ Hữu Tuấn 在《Mỵ Châu- Trọng Thuỷ Đam San》中提出：「Với truyện Mỵ

Châu-Trọng Thuỷ, tôi nghĩ rằng chúng ta có thể khai thác cái giá trị nhân đạo chủ nghĩa trong tình yêu nam nữ, một thứ tình cảm và hạnh phúc bình thường nhưng không thực hiện được dưới cái chế độ xã hội có những quyền lợi ích kỷ của các bọn người thống trị và xạm lược.」（Vũ Tiến Quỳnh， 1991：6）（對於 Mỵ Châu- Trọng Thuỷ 這故事，我想可開發出男女間的人道主義價值。一種很單純的感情、追求幸福的渴望但無法能在當時社會實現，因為那存有自私的統治者及侵犯者的掌控）〈Mỵ Châu- Trọng Thuỷ〉的故事如下：

> 金龜幫助 An Dương Vương（安陽王）蓋 Cổ Loa（防護敵人的堡壘），蓋完後金龜要回大海去，便給國王一個他的爪子。國王把爪子做了一個神弩能百戰百勝。此弩一射能擊中一千多敵人。國王非常珍惜神弩，把它掛在睡房裡。

> 當時，趙陀（南越武帝，又稱「南越武王」。西元前203至137年在位），他試圖用一切手段侵犯南越（當時越南）。屢次發兵攻打越南，但每次都失敗而退。然後就派他的兒子 Trọng Thuỷ（重水）向 An Dương Vương（安陽王）聯婚，試圖揭曉越南到底有什麼祕密武器而能百戰百勝。

> 安陽王有的一個可愛的女兒，叫 Mỵ Châu（美珠）。他們很快就愛上了對方，國王無疑讓 Trọng Thuỷ（重水）跟他親愛的女兒結婚。一天晚上，兩人在花園賞月，Trọng Thuỷ（重水）問他的妻子為何沒有誰能夠打敗國家，到底有什麼祕密。Mỵ Châu （美珠）老實的對丈夫說，並沒有任何祕密。只有城堡和一個神奇的神弩，而先由父王保管，在他睡房裡。Trọng Thuỷ（重水）驚訝極了，想要親眼看看神弩。

公主立即採取了弓還告訴他使用方式，An Dương Vương（安陽王）毫不知情。有一天，Trọng Thuỷ（重水）要求允許他回國探望親王，便告知趙陀此武器，趙陀命他要想辦法得到此神弓。Trọng Thuỷ（重水）回來後，提議要辦一個宴會，趁大家都喝醉，把握機會，Trọng Thuỷ（重水）秘密闖入國王的房間，用一個一模一樣的假弓換走了神弓。

Trọng Thuỷ（重水）再次要求返國幾天。國王也允許了他的要求。將要離開的 Trọng Thuỷ（重水）對心愛的妻子說：「我必須返國到遠方的南部，不知何時能回來。」可憐的妻子對她丈夫說：「不管去哪裡，我都會帶著一件羽毛衣，路上灑下羽毛當記號，你沿著羽毛就能找到我。」

數天後，趙陀突然起兵攻打越南。當聽到這個消息，平陽王街一個沒有採取任何預防措施反對。An Dương Vương（安陽王）與以往一樣拿出神弓，他等到敵人到達的堡壘，並要求他的管家，使弓反擊才發現被竊換了。最後堡壘被佔領了，安陽王不得不迴避，與他親愛的女兒逃跑。My Châu（美珠）毫不知情，沿路邊灑放羽毛作記號。敵兵沿著羽毛追抓 An Dương Vương（安陽王），他們經過很多的洛磯山脈和許多坎坷道路，到達海邊，而敵人卻背後跟蹤。國王下來，把臉向海和祈求禱告聖金龜。旋風起立回答國王的話，聖人並告訴他，敵人在他的後背。安陽王看著心愛的女兒，又想到可憐的人民、國土，他便拿起刀來，切斷他親愛女兒的頭，然後跳入水中自盡。Trọng Thuỷ（重水）當時跟隨羽毛到達海邊，發現他的妻子躺在草地上死了。他嚎啕大哭，然後將妻子身體用海水梳洗後埋葬，埋葬完也禁不起痛苦而自盡

了。由於 My Châu（美珠）的血漏入海中，然後生牡蠣吃了之後就養成寶貴的珍珠，而這些珍珠顯得特別亮白。（譯自 Nguyễn Cừ，2008：371-374）

　　此故事結尾是一個悲劇結局，故事情節從頭到尾也顯示出悽慘的悲壯意味。趙陀要攻打南越，他利用了 Trọng Thuỷ（重水）的孝心叫他去聯婚，而 Trọng Thuỷ（重水）利用了 My Châu（美珠）對他的愛而謀神弓，An Dương Vương（安陽王）的粗心大意讓賊侵入，而最後卻親手殺死了唯一的女兒，這完完全全是悲劇收場。My Châu-Trọng Thuỷ 如果不是生在這私利的封建社會，相信他們的愛將會得到好結局；無辜的情人們應該得到的是幸福快樂的生活，而不是如此悲慘的收場。他們的愛情的確是被當時封建社會所害的。這樣的主題，隱含著很高的人道主義價值。My Châu（美珠）灑羽毛的情節，對她來說是一個想保護愛情的行為，但她不知道會遭到父王的誤會，認為她是間諜，而最後增添她的悲慘遭遇。她的死只讓人感動而不能歸罪於她。Trọng Thuỷ（重水）這個男子，年輕的他深愛上 My Châu（美珠），但因父親的私利權力，要做一些違背常理的事。Trọng Thuỷ（重水）被召集回國但又返回，可是他的回返不是帶兵攻打南越，只是純粹要找親愛的妻子——My Châu（美珠），看到妻子死了便投井自盡。所有的罪可歸給趙陀，是他一手策畫引起這悲慘結局，My Châu（美珠）、Trọng Thuỷ（重水）也只是受害者而已。My Châu（美珠）、Trọng Thuỷ（重水）的死是一個嚴厲的控訴，控訴了當時的舊社會制度與私利的權力。人們對他們的悲慘命運特別感傷，也由此感傷而讓他們永遠活在人們的腦海裡。

　　接著是不能不提的著名鉅作──〈Tấm Cám〉（越南灰姑娘）。此故事從本研究一開始就不斷地提起，它是越南家喻戶曉的童話故事，並與世界上的灰姑娘型有著不同的地方。（詳見第四章第二節）越南的〈Tấm Cám〉帶有濃郁傳統童話善有善報、惡有惡報的結局，Tấm 成為皇后後續演化的情節。死後再收陷害而最後有所反彈，她一手策畫讓繼母女倆慘死。因家庭、社會給予了她不公正的待遇，她這種「以仇報仇」的行為是可以理解的。Tấm 對母女倆的刑罰相當殘酷，由於越南屬泛道的文化觀，由於氣的流動，別人給你一個刺激，就自然的有所反彈，這是氣化觀的特點。雖然故事結局是：「從此與國王過著快樂幸福的生活」，但這優美的團圓情節我認為只是一部分而已，其結局是帶悲壯性的，加害者（Tấm──灰姑娘）與受害者（母女倆）都處於悲壯狀態。Tấm 用殘酷的手段讓他們慘死就違犯了仁道；Tấm 應該要讓國王用以法律來懲罰才對。因為我們東方沒有唯一主宰權的神──上帝，只有上帝才有權力懲罰善惡。觀看〈Tấm Cám〉（越南灰姑娘）和格林童話中的〈白雪公主〉主人公的遭遇也有所差別。越南的 Tấm 被繼母及妹妹陷害死了，每次輪迴又遭到更悲慘的厄運，沒貴人相助：變成鳥，被吃掉；變成樹，被砍掉；變成紡織機，又被砍掉後燒；這統統都是悲劇收場。最後變成香果樹，又變回人類，Tấm 的命運才有好轉。相對的〈白雪公主〉中的白雪，更悲壯的是陷害她的竟然是自己的親生母親，這是人生的一大悲劇。每次遭受陷害，白雪公主都能化解危機得到相助，這過程又把故事情節崇高化，直到王子出現從此過著幸福快樂的生活。到最後，王子與白雪結婚又邀請了皇后，她一進王宮，就認出了白雪公主，恐懼和驚嚇竟使她呆住了，站在那兒一動也不動。可是一雙鐵拖鞋已經放在炭火上，這會兒燒紅的鐵拖鞋被人用

鉗子夾過來，放在她面前。她只得穿上這雙鐵鞋跳舞，直到倒在地上死去。（格林兄弟〔Jacob Grimm，Wilhelm Grimm〕著，徐璐等譯，2001：48-49）白雪公主從頭到尾都沒有復仇的念頭，讓皇后自食惡果，讓皇后得到應有的結局，這呈現出一種優美；而其過程是悲壯的，而結局是崇高的，將白雪公主的道德予以昇華了。在人類一直認為最能給人希望和溫暖的美好親情裡，卻看到了絕望和寒冷的母親對親身女兒的苛待。是的，這就是〈白雪公主〉帶給我們的震撼，就是皇后用了最卑鄙和最醜陋的行為給人的沉痛打擊。讓皇后自討苦吃，自己穿上鐵鞋橫死，白雪公主的崇高性格，這樣的人物刻劃，可追溯到西方的終極信仰。在西方社會，唯一的終極審判是上帝，白雪公主是人，無法扮演上帝來懲罰皇后。反觀東方的終極信仰為道，沒有上帝主宰之說，別人對你攻擊，就自然而然的有所反擊，讓對方嘗到當初自己所遭受的不幸。而越南灰姑娘就有這樣的反擊及報仇行為。

第七章

越南童話的教育價值

第一節 在語文教育上的價值

　　語文是中小學一門基本學科，語文學科所編選教材大都是文質兼美，有很高的審美價值、教育價值，為學生開啟了心靈美、行為美、語言美等視野，特別是童話類。童話是一種文學，它伴隨人類生活的時間最為悠久。最早凝聚了人類的智慧及經驗，借口耳傳承方式流行在人類活動的地方，而人類也用記憶和思想來保存及傳承童話。特別是越南童話，它歷史悠久，內容豐富、多彩、充實、健康、形式多種多樣。此外，童話還能帶給兒童歡喜、教育意義。兒童在聽或說故事的時候，會在無意識中獲得教益，而這些教益將會埋在兒童的心靈深處。童話，顧名思義是專門為兒童所寫的一種特殊文學作品，這些作品富有情趣，深得人心，特別受兒童喜愛。

　　兒童世界就是童話的世界，每則童話都以不同的形式、不同的內容、不同的側面、不同的表達方式，生動、形象的反應了自然、社會各個方面，讚揚了生活中美的事物和勞動人民勤勞、樸實的美德，批判並揭露了生活中醜惡的一面。這些內容往往需要教師們加以正確引導，能使學生感受到美的薰陶，提高他們的知

識。透過語文教育，學生能在童話世界中潛移默化的學習語文、培養學生的語感，能讓學生享受到語文這門學科獨特的樂趣。對教育而言，讀書的目的並不是獲取知識，而是訓練思維。兒童從幼兒園到小學，小腦袋仍然裝滿童話，他們最喜愛的、接觸最多的仍然是童話。〈白雪公主〉、〈灰姑娘〉、〈醜小鴨〉、〈人魚公主〉……都是他們津津樂道的作品。童話中栩栩如生的人物、起伏動人的故事情節深深的吸引了他們，每天放學回家最喜歡做的一件事就是讀童話。讀童話使學生們開闊了視野、增進情感交流、獲得大量訊息、激發學生想像的創作欲望，讓他們不知不覺中喜歡上語文這門學科。本研究所舉的越南童話──〈Trầu Cau〉（檳榔的來歷）；〈Bánh Chưng，Bánh Dày〉（粽子的來歷）；〈Tấm Cám〉（越南灰姑娘）；〈Sự Tích Lạc Long Quân Và Âu Cơ〉（龍子仙孫）；〈Sơn Tinh-Thủy Tinh〉（山神和水神）；〈Hai cây khế〉（兩棵楊桃樹）；〈Mai An Tiêm〉（西瓜的故事）……都是蘊含著豐富的人生哲理和道德修養的故事（詳前）。其教學的主旨在於讓學生自主領悟其深層涵義，從而明白做人的道理，這樣才能讓語文教育發揮作用，把語文教育的功能變成有價值的功能。劉富在〈淺談構建特色的童話教學模式〉中指出：「閱讀淺近的童話、寓言、故事嚮往美好的情景，並明確指出：培養學生高尚的道德情操和健康的審美情趣，形成正確的價值觀和積極的人生態度是語文教學的重要內容。」（劉富，2009）

透過生動有趣的童話故事來諭示做人的道理，告訴學生什麼是真、善、美，什麼是假、惡、醜，什麼是值得學習讚揚的，什麼是應該反對和批評的，從而激發學生追求真理。所以說語文學科對於提高學生的思想道德素質，培養有理想、有文化、有道德、有紀律

的新一代具有重要意義。因此，有必要把童話故事融入語文教材中，廣為選進更多富有豐美的德育內容的範文。

　　童話是人類的遐想、夢幻的紀錄，也是人類超越程度的精神存在的顯現物，產生於兒童的天真。它是成人的情感、觀念融入幻化到兒童心靈中，所以特別引的兒童的喜愛。在前面已述說過：童話的特質包含了幻想、誇張、擬人、啟發、教化等特質。童話在文學上，特別在兒童文學領域中，它具有永恆性、個別及普遍性。每一層面都具有自身的存在和審美價值（詳見第三章第一節）。這種審美價值也是教育上的價值。由於兒童天性喜歡幻想，幻想是童話的翅膀，真實才是童話的內質。要使兒童真正達到學習童話，接受教育的目的，就必須要剝去童話虛幻的外表，把當中幻想的故事用以真實的方式來講。就如上節所探討越南童話中帶優美、崇高、悲壯的故事中的真實來傳達給孩子，不管故事當中是醜陋的、美麗的統統都是帶有教育意義的故事，是人民以故事方式來記載與傳承。把幻想變成真實的，才能使孩子從童話所蘊含的道理中受到思想教育。另外，也能藉由童話幻想的翅膀，在神奇的世界裡培養學生的想像能力。童話裡的幻想世界能超越時間和空間的限制，生出許多奇異的情節，這能滿足孩子們的好奇慾望，是訓練孩子們想像力很好的方式。在語文教學中，應抓住這一特點來培養學生的想像力，激發他們創造美好生活的願望。

　　我個人認為：讓學生能從童話世界裡學習知識，接受教育才是童話的重要特徵，讓學生在幻想的故事和離奇的情節裡體會到豐富的知識和做人的大道理，才是童話教學的主要目的。對一個國家，一個民族而言，思想教育極為重要。而從童話中的幻想和誇張，可以借鏡它所深刻揭露封建社會的不公平，歌頌勞動人民的勤勞和善

良，只有靠自己的勞動才能獲得真正的幸福的道理等（詳見第五章中的故事舉例）。

　　一篇優秀的文學作品所以經久不衰地感染一代又一代的讀者，其魅力在於該作品是真、善、美的化身。這種美不管是悲壯美、崇高美或優美形式，都是以最強烈的藝術魅力來感染讀者，有助於培養良好的人格。正如越南童話的「Ở Hiền Gặp Lành」（善有善報），是一條無形的紅線貫穿著童話故事的內容，是眾多童話故事中一個「永恆」的主題，相信善有善報為核心就是童話故事吸引兒童的地方（詳見第一章）。民間故事裡對善的理解都是簡單明瞭、確切公正的。施常花在〈童話在心理教育輔導上的應用〉中指出：

> ……人格教育在現今社會更形重要，當為首重任務。有鑑於兒童普遍喜愛聆聽或閱讀童話故事，而經適當選擇的童話確能具有高度的教育心理輔導功能，因此藉著閱讀優良的童話可以培養兒童分辨善惡及謀得解決問題的能力，並堅強自我和超我的能力，期能獲得健全心理，面對人生各種橫逆，發揮天賦潛能，享受幸福與喜悅的生命。（林文寶編，1992：100）

　　可見童話對兒童在心理教育輔導上處重要的地位。語文教育具有極強的人文性質，應該發揮它促進人性真、善、美品質形成的功能；而現行童話故事蘊藏著豐富的美感因素，這給語文教學明確的目標和任務，將童話帶入語文教材中，把它作為一種載體，當中不僅承載著語文知識內容的結構，而且還蘊含著道德觀念，審美情趣等。語文教學據此可以加強對學生的審美情趣的培養，從而深化學

生的審美感受，形成審美價值觀。也就是說，童話在語文教育中能發揮更大的作用。因此，必須樹立語文就是童話的教育理念，促進語文與童話的相互融合。

　　童話教學對提高兒童的觀察能力、想像能力和語言能力都具有重要作用。童話中的幻想和擬人手法，不僅能符合孩子的生理和心理特徵，而且還能啟迪兒童的心智，豐富他們的想像力具有重要的作用。講童話：大量童話故事的閱讀，能使學生腦袋中累積許多的故事，就能創設一個講故事的氣圍，能激發兒童講故事的興致，同時也能提高兒童讀書的熱情。編故事：豐富想像力是這個年齡層凸出的特點。在他們的眼裡，世界是五彩繽紛的，一切故事都富有浪漫的童話色彩，各種、動植物都能開口說話，兒童的世界就是童話的世界。讓學生編寫童話，讓他們根據具體事物來編童話。這樣一來，能讓每個學生都能插上想像的翅膀，無拘束的飛翔在童話世界裡。寫童話：把自己編的童話用自己的話寫出來，這對於學生來說是輕而易舉的事，因為每個學生都喜歡寫自己的童話。讓學生實實在在感受到學習語文的樂趣，在講、編、寫……童話中學生身心得到美的薰陶，體驗到自己創作的樂趣，享受到了成功的喜悅，讓學生一天天的成長。除了以上童話的功能及在語文教育中的運用價值外，本研究的第五、六章所發掘的越南童話的文化性及審美性。越南童話淵源流長，有獨特的文化及審美的象徵，所以必須把其文化及審美的價值帶入語文教學，這是很合適的做法。歷史悠久的越南童話，更要讓越南受教育的人能了解其文化的特性與審美的特徵，讓語文教育發揮更完善的作用，凸顯出更高的教育價值。

第二節　在創新文化審美教育上的價值

　　本節將要探討的是「創新文化」及「審美教育」兩個課題；也就是將「創新文化」引進審美教育又有什麼教育價值是本節的探討目的。首先關於「創新文化」的議題，在探討「創新文化」的意義之前，我們必須先了解何謂「創新」？根據北京商務印書館出版的《應用漢語辭典》給「創新」的下的定義是：（動詞）摒除舊的，創造新的。此外，「創意」的定義是：（名詞）創造的新意；（動詞）創造新意，「創造」的定義是：（動詞）造出以前所沒有的事物；（名詞）指新方法、新理論、新成績、新事物。（商務印書館編書研究中心，193）「創新」、「創意」、「創造」都是近義詞，都有「創新新事物」的意思。簡單的說，「創新」、「創意」、「創造」就是一種解決問題的過程，運用各種獨特的方法來解決問題，同時也創造新事物。此外，林璧玉認為：「任何創造活動，必須依據各人的能力、過去的經驗，藉著客觀條件，將各人內在潛力，經由觸發、交會、組合、融貫等思考程序而表露出來。」（林璧玉，2009：50）另外，陳隆安、朱湘吉認為「創造」是一種「無中生有」的創新，也是「有中生新」的「推陳出新」。創造是一種能力；包括敏覺力、流暢力、變通力、獨創力及精進力。並透過思考的歷程，對於事物產生分歧性的觀點，賦予事物獨特新穎的意義。（同上，50）周慶華也指出「創造」一詞原為有神論所使用，指上帝由空無中造成事物；後來轉用為一般使某些事物中產生一種原來沒有的新東西的行為。（周慶華，2004b：2）

　　「創新」、「創造」、「創意」是一種解決問題的過程，有人認為是將一些材料、知識重新組合，強調創造並非無中生有，憑空而來

的；相反的，有些人卻認為「創造」是一種「無中生有」的創新。
（林璧玉，2009：81）在本研究中，本節重點在於「創新文化審美
教育上的價值」，當中的「創新文化」是一種以「文化」作為基礎
的創新。所謂「文化的創新」也就是以「製造差異」為主而非「無
中生有」的創新學說。「無中生有」指的是一種原創性、獨創性，
也包含靈光一閃、突發奇想的新奇想法或創造力。（同上，81）而
「製造差異」的定義，就是指並非完全的創新，寫作只要能顯現「局
部差異」的創新。而在語文教學方面，眾多研究學者試著把語文教
學各項目進行創新、創造出與以往不一樣的科目、不一樣的教學方
法來達到最理想的目的。如《創造性教學法（下冊）》中指出：

> 創造性寫作教學」指的是教師設計使用各種良善的教學法，
> 安排教學情境，來啟發兒童潛存的能力，以為培養兒童的創
> 造力，所實施的教學活動。以期學生能經常運用思考，養成
> 自由活潑的生活態度，向上進取的能力，足以適應多變的社
> 會環境。（林亨泰、彭震球，1978）

這是創新運用在實際語文教學很有效的例子。至於在純理論建
構上，本節中的「創新文化」就是透過越南童話故事，來提供可能
創新文化審美的「質素」與教育作結合。強化文化創新面與別的系
統不一樣，也就是本文所提及的世界三大文化系統——創造觀型文
化、氣化觀型文化、緣起觀型文化的差別。

在童話中談「審美」，就是童話的美。其實，童話美是一種複
合的美，童話給人純淨的感覺；有時與崇高美相結合，給人一種嚮
往高尚的感覺；有時與悲壯美相結合，給人一種憐憫的感覺。「審
美教育」是整個素質教育體系中的不可缺少的組成部分，也是語文

學科重要的教學內容。語文教育與審美教育有許多交叉和包容之處，二者間有著千絲萬縷的關係。建議在語文教學中要積極引導學生接受優秀文化的薰陶，培養他們高尚的審美情趣與能力，發展健康人格。在語文教學中，良好的審美教育應該抓住創新的契機，運用創新的手段，激發學生的學習興趣，發掘學生潛在的創造力。張素琴在〈語文審美教育與創新〉轉引了中國的 2001 年 11 月第一版的《九年義務教育三年製初級中學教科書・語文》在修定指導思想中明確指出：「在教學過程中，努力開拓學生的視野，注重培養創新精神，提高文化品味和審美情趣，培養社會主義道德品質，發展健康格性，逐步形成健全人格。」（張素琴，2009）張素琴也提出：「根據審美教育的基本規律和課堂教學的一般特點，我們可以採用多元化的教學方式，帶領學生在新奇美妙的情節中接觸美、發現美，引導學生在輕鬆愉悅的氛圍中感受美、鑑賞美，進而在自由開放狀態下盡情地創造美、表現美。」（同上）就如童話而言，如果能充分把握作品中藝術形象的人物美、意境美、情感美，深化教育意義美等因素，那就能對學生進行審美教育。語文教育具有極強的人文性質，應該發揮它促進人性真、善、美品質形成的功能（詳見前節）。不同的童話故事，美點各異，個別故事反映出的美是創作者及傳承者長期以來對人、事、物經過審美處理後所表達出來的，因此它必然具有極強的審美傾向。在教學過程中，教學者應抓住美點，引導學生進入故事中的特定情境，讓學生深入其境，透過親身體驗，在心理自然產生感受，在情感上產生了共鳴，便能達到「審美教育」的目的。

不同文化所採納的思維傾向，直接左右其人生觀、思想意識和哲學理念。（吳大品〔Tai P.Ng〕著、徐昌明譯，2009：3）由志麗

指出：「語文教學的核心是培養學生的思維能力，而思維能力最高層次是創造性思維，是一種具有開創意義的高智能力思維活動。」（由志麗，2009）所以把文化引進教學是一件必要的事；而再結合童話故事帶進語文教學，其效果更佳。童話故事不只是可以渲洩負面的情感，而且還可以讓孩子在無意識層面上深刻的習得人類智慧、社會習俗和種種美德。童話故事除了幫助孩子習得人類智慧，宣洩情感外還幫助他們看到希望，相信「善惡報應」這永恆的主題。這樣的信念給了孩子多少的憧憬，給了孩子多少的力量來面對成長中的困難、煩惱與挫折。透過童話並能了解自己國家千百年來人民所建造出獨有的文化特色的來龍去脈。

創新是近年來教育界呼聲很高的一句口號，培養學生具有創新潛質和創新品格。語文教學也肩負培養學生創新能力的使命，使創新能力成了教育者最為迫切的任務。我有個想法，就是創新似乎可以藉由一切已有的東西，包括人類的累積，傳統下來的文化、經驗、情感來完成，甚至可以與異系統作比較來凸出其特色。培養學生對美感的欣賞創造能力，使學生進入審美的最高境界，從而深刻理解美。

東方與西方文化的差異，使得越南童話有獨特地方存在（詳見第五章）。針對西方文化來說，越南有自己美的特色，所以要持續它，而最好方法就是將它融進教育中。開展越南文化獨特的美，要先讓越南受教育者能掌握、了解並融會自己國家的文化特色。隨著現今社會的進步、經濟的發達，外來文化越來越豐富、多樣，但想要學習別系統的文化並非是件容易的事，不如姑且返回到自己文化傳統去學會相對西方文化來說具異質性的東西，讓它能繼續發揚。換句話說，得更加強化、持續發揮自己的文化，而不要盲目仿效外

來文化;而這種維持相對異質性東西,在普世上也是所謂「創新文化」的表現。

第三節　在教育政策擬訂上的價值

　　經前兩節的論述,童話能在創新文化審美教育上顯現價值,如果將此納入教育政策擬訂上實施可是更佳的一件事,從而能顯現出它的普遍性價值。培養學生對美感的欣賞創造能力,使學生進入審美的最高境界,從而深刻理解美。童話不直接描繪現實生活,它只是借助幻想手段去形塑雖不存在於現實卻又具有現實意義的藝術形象,從而達到間接反映現實的目的。童話是兒童文學作品最重要的題材。它用想像、誇張、擬人、象徵等手法,把心中最美的東西聚集起來,匯集成另一個奇幻世界。它具有奇妙的幻想、曲折的情節、優美的語言、有趣的內容,深受兒童及成人的喜愛,是兒童成長的營養糧食。我認為童話教育在小學低年級語文教材中應該佔相當比重才合適,但是越南語文教材中往往缺了這一區塊。由於越南教育部網站不公開參閱,所以只能從現有的教科書進行推論。越南的教育學制是五、四、三年:小學是五年制、國中四年制、高中三年制。童話特別受兒童喜歡,從幼兒園到小學,小腦袋中仍然裝滿了童話,也是有關文學作品中接觸最多的文類。越南教育部現今所採用教科書是全國統一版本,由 Bộ Giáo Dục và Đào Tạo(教育及培訓部) 所編寫並出版的。Nhà Xuất Bản Giáo Dục(教育部出版社)最新 2009 年版的課程項目分別包括:

表 7-3-1　越南小學教科書項目概況

越南小學教科書	
年級	課程項目
一年級	1. Tiếng Việt（tập1，2）（語文 1，2 冊） 2. Toán 1（數學 1） 3. Tự nhiên và xã hội 1（自然與社會 1） 4. Tập viết 1（tập 1，tập 2）（習寫字 1，2 冊）
二年級	1. Tiếng Việt（tập1，2）（語文 1，2 冊） 2. Toán 2（數學 2） 3. Tự nhiên và xã hội 2 （自然與社會 2） 4. Tập viết 2（tập 1，tập 2）（習寫字 1，2 冊）
三年級	1. Tiếng Việt（tập1，2）（語文 1，2 冊） 2. Toán 3 （數學 3） 3. Tự nhiên và xã hội 3（自然與社會 3） 4. Tập viết 3 （tập 1， tập 2）（習寫字 1，2 冊） 5. Âm nhạc 3（音樂 3） 6. Tập vẽ 3（繪畫 3）
四年級	1. Tiếng Việt（tập1，2）（語文 1，2 冊） 2. Toán 4（數學 4） 3. Khoa học 4（科學 4） 4. Lịch sử và địa lý 4（歷史與地理 4） 5. Âm nhạc 4（音樂 4） 6. Mỹ thuật 4（美術 4） 7. Đạo đức 4（道德 4） 8. Kĩ thuật 4（技術 4）
五年級	1. Tiếng Việt （tập1，2）（語文 1，2 冊） 2. Toán 5（數學 5） 3. Khoa học 5（科學 5） 4. Lịch sử và địa lý 5（歷史與地理 5） 5. Âm nhạc 5（音樂 5） 6. Mỹ thuật 5（美術 5） 7. Đạo đức 5（道德 5） 8. Kĩ thuật 5（技術 5）

　　從上述越南小學教科書項目表來看，這是新改革的課程，跟我讀小學時的課程不盡相同。2009 年版的教科書大概包涵：Tiếng Việt（語文）、Toán（數學）、Khoa học（科學）、Lịch sử và địa lý（歷史與地理）、Âm nhạc（音樂）、Mỹ thuật（美術）、Đạo đức（道德）、Kĩ thuật（技術）……Tiếng Việt（語文）課中，每一課引入的課文多半是今年編寫時所編選的，很少看到引入童話故事，數量寥寥無幾。由於一、二、三年級，學生識的字不多，所以書中都是一些簡單明確的課文。到了四、五年級才出現有引用零散的童話故事偶爾穿插，這有點可惜，而學生如果想多了解必需要課外閱讀。由以上表格可看出，越南現行的小學教科書中應該多善用童話故事當題材。在四、五年級中多加了 Đạo đức（道德）的課，書中依主體、單元來歸結。如：Trung Thực Trong Học Tập（學習中要誠實）、Hiếu thảo với ông bà，cha mẹ（孝順爺爺奶奶、父母）、Biết ơn thầy giáo，cô giáo（尊師重道）、Yêu lao động（熱愛勞動）、Kính trọng và biết ơn người lao động（尊敬、感激勞動人民）、Có trách nhiệm về việc làm của mình（對自己所做要負上責任）、Nhớ ơn tổ tiên（感恩祖先）、Tình bạn（友情）、Em yêu quê hương（我愛祖國）、Em yêu hoà bình（我愛和平）、Bảo vệ tài nguyên thiên nhiên（保護自然）。……（Lưu Thu Thuỷ 主編，2009）都是一些培養學生高尚的道德情操和健康的審美情趣，為正確的價值觀和積極的人生態度奠定了基礎。以上的主題也是童話中蘊含的真正主題，所以如果能把童話內容帶進以上主題加以強調，我相信效果會更好。低年級學生的注意力不穩定，學習動機易受興趣支配，所以可依據他們愛幻想的特點，引導他們透過聯想走進童話世界，一定可以讓他們感到興味盎然。在學生開始對童話產生濃厚的興趣後，教師便可以利用一些時間引導學生自己閱讀童話書。

　　童話故事的語言優美、明快、活潑、有趣，最適合當閱讀的題材。學生如多讀童話，就會產生一種抑制不住的說話欲望，就會希望能有機會將自己讀的童話講給大家聽。這是我小學時有過的一門 Kể Chuyện（說故事）的課，不知為何現在已經沒有了。這樣的一門課，不僅能在課堂上聽到同學們不同的表達，在家也可以多閱讀。熱愛閱讀童話並想分享給大家一起聽，教師可以定期展開各種活動，如：講故事比賽、班級讀書會等，鼓勵學生上台講自己喜歡的故事，從而培養學生學習與參與的積極度。這樣不僅能鍛鍊學生的口語表達能力，而且還能鼓勵學生讀更多、更認真。童話把現實中複雜的問題單純化、深奧的問題淺顯化、嚴肅的問題輕鬆化，讓一些抽象的道理觀念自然的潛移入兒童的思想中；同時童話故事多半都是美的結局，這能夠增強兒童的信心，激發兒童對現實世界的憧憬和嚮往，起了很好的正面引導作用。另外，由於童話故事的生動有趣，語言的豐富、多彩吸引著學生。如果在讀熟的基礎上進行表演，便可以把故事言語、主題、情節得以內化。因此，趁著抓住學生的熱情，根據童話故事編寫劇本，或改寫結局等，然後讓他們試著演一演。不論是否把故事改寫，演出的過程中都需要學生動腦筋，展現無限的創造力。演出時的動作、言語讓學生自己去創造，這樣更能激發學生的主動性和創造性。這樣不僅能讓學生在閱讀過程中體會到閱讀的樂趣，而且還能培養兒童閱讀的良好習慣，增進同儕之間的溝通。培養學生正確理解和靈活應用童話來充分表達，陶冶性情，啟發新知，則是教育的終極目標。以下僅參考台灣國民中小學九年一貫課程綱要語文學習領域（國語文）中的課程目標：

表 7-3-2　台灣國民中小學九年一貫課程目標

課程目標	
課程目標 基本能力	國語文
1. 了解自我與發展潛能	應用語言文字，激發個人潛能，拓展學習空間。
2. 欣賞、表現與創新	培養語文創作的興趣，並提升欣賞評析文學作品的能力。
3. 生涯規畫與終身學習	具備語文學習的自學能力，奠定生涯規畫與終身學習的基礎。
4. 表達、溝通與分享	運用語言文字表情達意，分享經驗，溝通見解。
5. 尊重、關懷與團隊合作	透過語文互動，因應環境，適當應對進退。
6. 文化學習與國際了解	透過語文學習體認本國及外國的文化習俗。
7. 規畫、組織與實踐	運用語言文字研擬計畫，並有效執行。
8. 運用科技與資訊	結合語文、科技與資訊，提升學習效果，擴充學習領域。
9. 主動探索與研究	培養探索語文的興趣，並養成主動學習語文的態度。
10. 獨立思考與解決問題	運用語文獨立思考，解決問題。

　　比照來說，如果把越南童話引進類似的語文教學，相信能達到以上的目標。如：（一）了解自我與發展潛能：可以應用童話中語言文字，激發個人潛能，拓展學習空間；（二）欣賞、表現與創新：培養童話創作的興趣，並提升欣賞評析文學作品的能力；（三）表達、溝通與分享：運用童話文字表情達意，分享經驗，溝通見解，教師應用童話中的情節，指導學生進行合作學習，不僅能提高學習效率，更讓學生在學習中增長知識；（四）文化學習與國際了解：透過語文學習體認本國及外國的文化習俗；（五）主動探索與研究：培養探索語文的興趣，並養成主動學習語文的態度，教師應提供學生相互交流的機會，從而認識到生活的多樣性；（六）獨立思考與解決問題：運用語文獨立思考，解決問題，這點是未來希望童話故事能讓學生擴充生活經驗，拓展多元視野的目的。以童話融入語文

教學來引領學生的學習生活，促進學生德、智各方面全面的發展，是童話教學這課題的目標。

　　上述「文化學習與國際了解：透過語文學習體認本國及外國的文化習俗」這目標，也可說是本研究的最終目標之一。人類存在最有價值的生命力就是創造，創造出新的東西是原始人的創造能力。人們不斷地以口傳、傳承方式來肯定、創新自己的文化。在已有的基礎上再進行創造，人的創造能力是最可貴的。文化是一個民族、一個國家重要的一環，如何繼承、將它發揚來肯定自己，是一個國家人民的責任。在教育來說，教師除了傳輸課本知識以外，給學生建立文化知識也很重要，如何再生文化也算是教師的責任之一。教育除了認知以外，還包含了創造，這裡的創造也就是如何找出方法讓它再生。所謂的「再生文化」，也是創造力、活力的表現，在教育裡的文化創造可以理解為：找出新方法來提供教育，讓它多元化，而不能盲目吸收外來文化，要不然傳統的創造活力將被埋沒。越南民間文學中的童話故事有教化意義，有著獨特的文化特色。如今因全球化的影響，國內外不斷吸引著個別的外來文化而忽略了自己的特色，是很可惜的事。如果將童話故事中所蘊含的情意價值、觀念加以保存，再進行創造，那「再生文化」就有了新出口。想要越南凸顯出自己的文化特色，那就得先強化自己的文化本質，從小學生開始進行文化教育。保持自己的文化特色，可以從比較外來文化的差異進行，從差異來認識自己的文化。外來文化的強勢影響，很多人已經忘了自己文化的美而盲目追隨，自己文化的美被壓抑、埋沒。所以今要讓文化美的部分強化，讓外來文化不能超越，這樣才能肯定我國（指越南）四千年來的深遠文化傳統。對教學者來說，他本身就是一個傳輸者，有效的教育必定要達到教育目標，而教育如何

施教又必須要有方法，也藉由成果來驗證教育效果。學生們吸收知識，並以知識來認識世界價值觀，以情意部分去感受喜愛或憎怒。這是很重要的環節，學生藉由這些情感來累積知識，選擇好的來吸收，不好的就排除，這都需要有個好方法，唯有創新才能達到此目的。再創造的前提就是先認清自己的文化，不斷創新。在創造過程中，最好的方法就是與異系統作對比來顯現差異（詳見第四章第二節）。因此，透過比較學生會習得批判能力。本研究所謂的「創新」，並非「無中生有」，而是透過差異生活來認識體現文化精華。

　　創新文化的審美教學對一個國家來說顯然很重要，由於文化背景、民族氣質、價值觀念等多方面的差異，形成多元文化不同的模式；而面對新世紀的外來文化，各領域都致力於在現代與傳統之間尋找一個突破點，在教學方面也一樣，進而確立具有本民族特徵的教學理念是首要注意的事。越南童話有它的深厚文化審美價值與教育價值，建議把它納入教育政策擬訂上來強化童話教育。唯有這樣才能貫徹越南童話教育／創新文化審美教育的價值，而非讓它隨意的流落在民間任由自行的流傳。

第八章

結論

第一節 主要內容的回顧

　　童話作為一種古老的文學題材，在整個兒童文學領域中佔有重要的位置。童話只屬於兒童文學，成人作為兒童文學創作的主體，自然而然地把成人世界的審美價值觀念帶入兒童文學領域，滲透進屬於純兒童文學的童話中。童話是想像的產物，它所描寫的，乃是一種虛構的觀念，以現實世界的生活、信仰、風俗、習慣等等為基礎，這是無可否認的事實。越南童話歷史悠久，內容豐富、多彩、充實、健康，是人民長期以來經驗智慧的結晶。在本研究第一章第一節已表示，要清楚了解「童話」如何形塑「文化」，而「文化」如何輔助「童話」。在這情況下，我從結構越南經典童話開始，發掘越南童話的文化深層意涵及其審美性和教育價值，由多元角度探討越南童話故事。期望藉此研究經驗，能給其他同在教學的夥伴們在教學上參考；並希望能在越南教育政策擬訂上發揮作用。

　　本研究採用理論建構的方式探討「越南童話的文化審美性及其教育價值」，首先將童話、文化、審美的概念釐清，以其他研究方法作為參據。並使用「文化的五個次系統」作為邏輯上主要的論述結構。由於本研究各章節所處理的問題性質不同，所以研究方法各

異:首先是以「現象主義方法」來分析、整理有關童話研究的資料;
其次是運用「發生學方法」來探討越南歷史源流中童話的起源與進
展,以尋找出越南童話的特徵;再來是採取「比較文學方法」來探
討越南童話與別國童話的差異,以便彰顯出越南童話的獨特性;接
著是藉用「文化學方法」析理出不同文化系統間的差異,了解不同
文化背景對童話的影響,作為未來童話跨文化交流的參鏡;最後則
是以「美學方法」及「社會學方法」來凸出越南童話的美與提升童
話應用推廣的一面——創新文化教學。本研究的問題與方法確立以
後,我將論述的焦點集中在「越南童話的文化審美性」,先釐清二
者的特色與價值,進而將它提供給教育作參照並發揮其特色與功
能。本研究所列舉印證的童話大致是越南民間童話,為了看出它的
特殊性,於是結合世界各國的童話著作來作比較,再以專章的方式
探討越南童話的審美,由於越南童話的審美性比較隱微,所以就不
放在「文化性」來處理,而另用專章予以發微。

　　第二章的文獻探討,我將過去對童話研究的文獻作個檢討,綜
觀這些童話故事的特性與社會文化的相關研究中,發現了:

　　一、眾多童話研究學者撇開談論越南童話,有可能是對越南這
方面缺乏認識。越南童話美如詩畫,猶如一幅美麗誘人的風景畫,
讓人讀來充滿美的感受。越南童話屬於古代童話,而非創作童話,
是民間口傳故事的一類,是人民大眾共同創作並廣為傳播的,具有
虛幻的內容和散文形式的口頭文學作品。

　　二、文化涉及的面向相當廣,它代表一個國家的特色。越南歷
史上分別受了中國、法國和美國的統治。越南文化總是處於不斷與
外界交流的動態中,也因此呈現出明顯的多元化特徵。越南多元文
化的形成是越南民族積極吸納世界上各民族優秀文化的結果,是越

南民族在文化上交流性的體現。對越南童話的研究資料相當含糊、籠統；本研究蒐集越南童話多元化的文化性，於此更可以凸顯出整體研究的價值。

　　第三章童話的特徵，以「童話的童話性」、「童話的源起及其社會背景」、「童話的心理需求」等視角切入童話的發展進程及童話特徵。童話中的一個永恆的主題「倡導真、善、美；諷刺假、惡、醜」這些愛恨情感深涵著教化意義；這些富有幻想色彩的故事對兒童身心的健康成長有積極的教化作用。童話中，創作者及傳播者總會有意無意的將自己的人生經驗、社會意識、道德情感、理想願望等寄託在童話故事中，試圖傳給下一代，從而盼望他們能從中學習如何待人處世，傳頌民族的美德……兒童的單純心靈，最容易被感化。題材豐富，動人的情節就可以激揚兒童的志氣，引導他們每次看待人生世態都要持著善良、美好的一面，因而培養了他們高尚的情操。

　　第四章承續前一章所論述的「童話的特徵」來開啟「越南童話的特徵」，進一步聚焦到越南童話的興起與傳承、與別國童話的差異與象徵意涵。越南童話故事屬於民間故事，是人民口傳的民間文學。描述古代社會的生活，以淺顯、易懂的言語來傳承給下一代，無形中成了小孩們成長的營養糧食。另外，由於越南童話多半反映人民當時的生活情況，這有助於小讀者了解他們當時的生活，也藉由童話故事來認識本國的傳統習俗文化，能擴充兒童的認知。這是越南童話獨特的地方。與別國童話的差異，我取著名的〈灰姑娘型〉世界流傳最為廣泛的一則民間故事，以相應的是越南人民家喻戶曉的〈Tấm Cám〉來作比較。發現兩則故事雖然題材相似，都是由相似的主題、內容所延伸，但依不同的國家，不同文化的影響而有所不同之處。這也說明了

童話作為勞動人民集體創作和反映民族集體意識的故事，所反映的不僅僅是人民的生活及生活中的種種矛盾，更主要的是表達了勞動人民的是非觀念和愛憎情感及對待生活的態度。

第五章則是本研究的核心，越南可說是受中國文化影響最深，越南文化在各個方面都深深烙下中國文化的痕跡。周慶華（2005）所提的「世界三大文化系統」來為這些越南童話文本作定位，受基督教文化影響的西方童話文本應列屬於創造觀型文化系統。受儒道思想薰陶的中國、日本童話屬於氣化觀型文化。受古印度佛教影響的童話屬於緣起觀型文化。據上述所提，因越南深受中國文化的影響，相關的禮儀、倫常觀念、生活方式、宗教信仰等都可看出越南與中國文化這種極為特殊的關係和悠久的歷史傳承。由此推論，越南也屬於泛氣化觀型文化的範圍；此外緣起觀型文化在越南社會也深著影響力，這統統都有童話故事作印證。童話故事的文化審美，可從文化系統中「終極信仰」下推到「觀念系統」、「規範系統」、「行動系統」。探討越南童話中的文化審美及其教育價值的體現，具有以下特徵：

一、古代越南人民的觀念：「萬物有神」、「萬物有靈」的述說。（Phùng Quý Nhâm，2002：130-131），由於越南深受中國文化影響，從禮儀、倫常觀念、生活方式、宗教信仰等（可從童話故事驗證）。也就是說，越南帶有傳統的氣化觀型文化的特色所及（抒發情志的思維），童話中對於生理形象的著墨在神韻動人、心理描述所追求的心齋、坐忘等逍遙境界，還有重視人倫道理，人際關係等價值觀，都如氣聚般的融合在一起，達到萬物一體。

二、分析幾則童話代表作，發現越南童話帶有氣化觀型文化所相信的宇宙萬物為自然氣化而成的泛靈神的特色。由於中國傳統的

世界觀，千古以來已有相當豐富的文字記載，已型塑出一套完整的文化系統。由於越南缺乏文獻上的記載，也沒有相當完整的對越南這種泛靈神信仰作定位，所以只能從童話去推。結果是越南童話跟漢民族呈現出的萬物有靈是一樣的，可見越南的泛靈神信仰跟中國的泛靈神信仰是相通的。

三、藉由分析越南童話故事，東方氣化觀型文化，特別關注人際關係的家庭倫理的秩序化生活。社會是以氏族為骨幹的生活團體，重視家庭倫理，強調血緣的親疏尊卑。此外，越南深受傳統氣化過程的影響，以達到自然和諧，是眾生平等的仁愛觀；而越南童話中所寄託的人生理想，其實都為氣化觀型文化為縮結人情的體現。

第六章則進入另一個討論核心「越南童話的審美性」，越南童話的審美性屬於文化系統裡的表現系統。「審美性」是一種對美醜所給予的評價態度，通常指在主客觀的情境中，對事物或藝術品的美的一種領會，所求的就是「美」。越南童話的美屬於前現代的優美、崇高、悲壯類型。越南童話的美是值得深入探討的價值。它是想像的產物，所描寫的乃是一種虛構的觀念、想像的世界，以現實世界的生活、信仰、風俗、習慣等等為根基，也夾帶人民對生活、自然、人際間的情感，且藉由童話來寄託所謂的喜、怒、哀、樂的情感以為解釋世界、社會等，促使越南擁有四千年建國與護國的歷史。

緊接著上一章，探討越南童話審美可以從氣化觀型文化中來給越南童話的審美作定位。因受不同的文化系統影響，童話審美也有所差別。以安徒生的〈醜小鴨〉與越南童話的〈Sọ Dừa〉（椰子殼）為代表。〈醜小鴨〉的審美性是由悲壯→崇高；而〈Sọ Dừa〉（椰子

殼）的審美性是由悲壯→崇高→優美的二重轉換。很明顯這樣的差別是源於文化背景不同所致的。西方傳統深受創造觀型文化影響而有詩性的思維在揣想人／神的關係；而中國傳統深受氣化觀的影響而有情志的思維在試著縮結人情和諧和自然。（周慶華，2007：15-17）西方人由於要不斷地榮耀上帝，所以會以現世表現來尋求救贖而獲得回歸天堂的希望。因為榮耀自己等於在榮耀上帝，且一直嚮往天堂的上帝，使得他們的思維隱隱然的屬於線性思維，是直線的：能上就會趨近上帝，上不去就會下地獄。所以西方有史以來才有著徹底悲壯的悲劇誕生。東方人的思維屬於情志的思維，是指純為抒發情志，乃緣於氣化觀觀底下的「縮結人情和諧和自然」的文化特色使然（因為氣化成人，大家如氣聚般的虬結在一起，必須分親疏遠近才能過有秩序的生活，而擁有縮結人際關係的潛能）；所以才有二重、三重轉換來審美的情節以達到諧和自然、縮結人情的目的。

　　第七章所論是將本研究成果作一統整，並將其加以推廣。三大文化系統長久以來各自形成專屬的傳統，衍化出不同文化特色。透過文化的跨文化交流，呈現出新時代的文化視野。倘若將童話應用在語文教育上，則能引導學生學習聽、說、讀、寫的策略，以完整的概念來提升學生的語文能力、提高學生的人文素養。絕大多數的人都喜歡聽故事，聽故事會引起興趣，是增進學習的好方法。將童話故事融入語文教學中，預期能達到如此效果：培養學生喜歡閱讀的習慣、擴展知識與累積生活經驗、培養良好的品格、啟發思考能力與想像力、認識本國傳統文化，並培養多元文化的觀念和美感的培養。

　　此外，第七章還提到「創新文化」及「審美教育」。當中的「創新文化」是「製造差異」而非「無中生有」，而是透過差異生活來

認識體現文化的精華。近幾年來，因外來文化的強勢影響，很多人已經忘了自己文化的美而盲目追隨外來文化。而自己「文化美」被埋沒了，這可是有損越南四千年來的深遠文化傳統。文化是一個民族、一個國家重要的一環，如何繼承、將它發揚來肯定自己，是一個國家人民的責任。在教育來說，教師除了傳輸課本知識以外，給學生建立文化知識也很重要，所以教育上的「創新文化」也就是「再生文化」的意思。有必要找出一個新方法來提供教育如何讓自己文化特色得以發揚，也就是可以從越南童話教學著手，來宣揚它的「美的本質」。深厚文化審美價值與教育價值的越南童話，建議把它納入教育政策擬訂上來強化童話教育。唯有這樣才能貫徹越南童話教育／創新文化審美教育的價值，而非讓它隨意的流落在民間任由自行的流傳。

第二節　未來的展望

本研究所探討的面向頗大，因時間、篇幅的有限，個人的見解也可能還有尚未穿透的層面，以致在此再予抒論及展望未來。倘若以後有機會，我會將每一章節再作細緻的延伸。

首先，對於本研究所列舉與收集的作品有限，這乃侷限於我個人所接觸過的作品；也因篇幅體例所限，無法提出大量的越南童話文本和西方童話文本作對照，是為跨文化討論時最大的缺憾。如果再有機會，將收集更多學者和專家們的意見，一併納入討論，期盼本研究能連結到日後許多研究的參考資料。

　　越南童話具有深厚文化審美價值及教育價值，我希望有機會進入教學現場，將本研究所討論的問題一一帶入教學上，能讓本研究的論點得到驗證。

　　另外，將本研究運用在實際教學，我個人所提出的論點希望能回饋給以後對童話有興趣的研究者，可以在我的基礎上再作研究。

　　在本研究的第一章緒論曾提出：「凡有關童話故事的改編及翻譯問題，而後有機會再專文探討。」在本研究對越南童話文化的探討基礎上，也想嘗試如何改編劇本，但是要保證在改編的前提下，一定保留童話中文化的特色。童話中的文化特色也就是越南的文化特色。另外，在童話翻譯方面，因為越南童話深含著越南獨有的文化特徵，所以把童話翻譯成各國語言，讓外國人也來讀越南童話，從而欣賞它的美，這也是對外文化交流的體現。

參考文獻

子璿集（1974），《楞嚴經》，《大正藏》卷 39，台北：新文豐。

上海辭海出版（1993），《哲學辭海》，台北：東華。

王　弼（1978），《老子道德經注》，新編諸子集成本，台北：世界。

王小浩（2008），〈中西童話的對話——評舒偉教授的《中西童話研究》〉，《社會科學報》第 10 卷第 4 期，414-416，天津。

王文玲（2004），《格林童話中的女性角色現象》，國立台東大學兒童文學研究所 碩士論文，未出版，台東。

王邦雄（1986），《老子的哲學》，台北：東大。

王夢鷗（1976a），《文學概論》，台北：藝文。

王夢鷗（1976b），《文藝美學》，台北：遠行。

方東美（1985），《新儒家哲學十八講》，台北：黎明。

孔穎達等（1982），《禮記正義》，十三經注疏本，台北：藝文

尼　采（Nietzshe）著，劉崎譯 （2000），《悲劇的誕生》，台北：志文。

尼　德（Lynda nead）著，侯宜人譯（1995），《女性裸體》，台北：遠流。

皮　柏（Josef. pieper）著，黃藿譯（1985），《相信與信仰》，台北：聯經。

布魯克（Peter Brooker 著，王志弘等譯（2003），《文化理論詞彙》，台北：巨流。

布魯格（Walter M Brugger）編，項退結譯（1989），《西洋哲學字典》，台北：華香園。

由志麗（2009），〈淺談在語文教學中培養學生的創新能力〉，《黨史博采（理論）》第 10 期，39，河北衡水。

安徒生著，葉君健譯（1999），《安徒生故事全集》，台北：遠流。

伍至學主編（1995），《尼采：在哲學的邊緣》，台北：聯合。

江偉明（2000），〈童話教育與學生創造潛能的開發〉，《江西教育科研》第 7 期，40-42，江西。

牟宗三（1976），《中國哲學的特質》，台北：學生。

吳　怡（1973），《逍遙的莊子》，台北：新天地。

吳　康（1967），《老莊哲學》，台北：商務。

吳鼎等（1966），《童話研究》，台北：小學生。

吳　鼎（1969），《兒童研究》，台北：台灣教育輔導月刊社。

吳　鼎（1980），《兒童文學研究》，台北：遠流。

吳大品（Tai P.Ng）著，徐昌明譯（2009），《中西文化互補與前瞻——從思維、哲學、歷史比較出發》，香港：中華。

吳士蓮（1988），《大越史記全書》，內閣官板，和內：社科。

呂大吉主編（1993），《宗教學通論》，台北：博遠。

何光滬（1998），《神聖的根源》，台北：書林。

沃　克（Evan Harris Walker）著，薛興國譯（1996），《醜女與野獸——女性主義顛覆書寫》，台北：智庫。

沈　崢（2008），〈中國文化傳播到越南的方式初探〉，《紅河學院學報》第 1 期第 6 卷，26-29，昆明。

沈清松（1986），《解除世界魔咒——科技對文化的衝擊與展望》，台北：時報。

沈清松（1993），《中國人的價值觀——人文學觀點》，台北：桂冠。

克拉克（Kenneth Clark）著，吳玫等譯（2004），《裸藝術——探究完美形式》，台北：先覺

李漢偉（1988），《兒童文學講話》，高雄：復文。

李慕如（1998），《兒童文學綜論》，高雄：復文。

求那跋陀羅譯（1974），《雜阿含經》，《大正藏》卷 2，台北：新文豐。

邱　明（2003），〈試論童話美的本質〉，《喀什師範學院學報》第 4 期第 24 卷，80-83，喀什。

彼得‧安傑利斯（Peter A. Angeles）著，段德智、尹大貽、金常政譯（2004），《哲學辭典》，台北：貓頭鷹：

林文寶等（1993），《兒童文學》，台北：五南。

林文寶編（1992），《認識童話》，台北：中華民國兒童文學學會。

林文寶（1994），《兒童文學故事體寫作論》，台北：毛毛蟲兒童哲學基金會。

林文寶（1998），《認識童話》，台北：天衛。

林守為（1977），《童話研究》，台南：作者自印。

林守為（1982），《兒童文學》，台南：台南師專。

林守為（1988），《兒童文學》，台北：五南。

林亨泰、彭震球（1978），《創造性教學法（下冊）》，台北：台北市政府教育局。

林富士（2004），《漢代的女巫》，台北：稻香。

林璧玉（2009），《創造性的場域寫作教學》，台北：秀威。

林鍾隆（2005），〈童話的寓言與創作〉，《故事讀寫教學學術研討會論文集》，107-112，台東：東師語教系。

法盛譯（1974），《佛說菩薩投身飴餓虎起塔因緣經》，《大正藏》卷3，台北：新文豐。

周　憲（2002），《美學是什麼》，北京：北京大學。

周來祥、周紀文（2002），《美學概論》，台北：文津。

周惠玲（2000），《夢穀子，在天空之海》，台北：幼獅。

周敦頤（1978），《周子全書》，台北：商務。

周慶華（1996），《台灣當代文學理論》，台北：揚智。

周慶華（1997），《語言文化學》，台北：生智。

周慶華（1998），《兒童文學新論》，台北：生智。

周慶華（2001a），《作文指導》，台北：五南。

周慶華（2001b），《後宗教學》，台北：五南。

周慶華（2002），《故事學》，台北：五南。

周慶華（2003），《閱讀社會學》，台北：揚智。

周慶華（2004a），《語文研究法》，台北：洪葉。

周慶華（2004b），《創造性寫作教學》，台北：萬卷樓。

周慶華（2005），《身體權力學》，台北：弘智。

周慶華（2007），《語文教學方法》，台北：里仁。

亞里斯多德（Aristotle）著，姚一葦譯（1986），《詩學》，台北：中華。

胡自逢（1987），《中國倫理》，台北：正中。

韋　葦（1991），《外國童話史》，南京：江蘇少年兒童。

韋　葦（1995），《世界童話史》，台北：天衛。

姚一葦（1985），《美的範疇論》，台北：開明。

姚一葦（1996），《藝術批評》，台北：三民。

祝士媛（1989），《兒童文學》，台北：新學識。

洪文瓊（1989），《兒童文學見識集》，台北：聯經。

洪文瓊主編（1989），《兒童文學童話選集》，台北：幼獅。

洪丕謨（1992），《道教長生術》，杭州：浙江古籍。

洪汛濤（1989a），《童話學》，台北：富春。

洪汛濤（1989b），《童話藝術思考》，台北：千華。

洪汛濤（1989c），《兒童文學理論與實務》，台北：富春。

洪志明（1999），《兒童文學評論集》，台中：台中市政府文化局。

洪炎秋（1979），《文學概論》，台北：中國文化大學。

施護譯（1974），《初分說經》，《大正藏》卷 14，台北：新文豐。

唐君毅（1993），《中西文化精神之比較》，北京：群言。

格林兄弟（Jacob & William Grimm）著，徐嘉祥譯 （2000），《初版格林童話集 1-4》，台北：旗品。

格林兄弟（Jacob & William Grimm）著，徐璐等譯 （2001），《格林童話故事全集》四冊，台北：遠流。

孫 奭（1982），《孟子注疏》，十三經注疏本，台北：藝文。

孫志文主編（1984），《人與宗教》，台北：聯經。

潘 玉（2005），〈越南與中國之間的對話〉，23，今與昔雜誌。

殷海光（1979），《中國文化的展望》，台北：活泉。

陳正治（1988），《童話理論與作品賞析》，台北：台北市立師範學院。

陳正治（1990），《童話寫作研究》，台北：五南。

陳俊華（2005），《中西文化概論》，台北：新文京。

郭蒂尼（Romano Guardini）著，林啟藩譯 （1984），《信仰的生命》，台北：聯經。

荷曼斯（George Caspar Homans）著，楊念祖譯（1987），《社會科學的本質》，台北：桂冠。

麥美雲（2009），〈越南與台灣的檳榔文化初探〉，周慶華主編，《語文與語文教 育的展望》，131-132，台北：秀威。

雪登‧凱許登（Sheldon.Cashdan）著，李淑珺譯 （2001），《巫婆一定得死——童話如何形塑我們的性格》，台北：張老師。

勞思光（1984），《新編中國哲學史》，台北：三民。

張　法（2004），《美學導論》，台北：五南。

張　湛（1978），《列子注》，新編諸子集成本，台北：世界。

張　灝（1989），《幽暗意識與民主傳統》，台北：聯經。

張定宇（1968），《中國道德思想精義》，台北：正中

張美妮主編　（1989），《童話辭典》，哈爾濱：黑龍江少年兒童。

張素琴（2009），〈語文審美教育與創新〉，《備教導航》2009 年期，
　　　80-81，寶雞。

張清榮（1997），《兒童文學創作論》，台北：富春。

張蒲清（2008），《中國經典童話》，台北：三言。

張嘉驊（1996），《怪物童話》，台北：民生。

張麗容（2002），《童話的王國：安徒生》，台北：格林。

崔　蕾（2005），〈童話的東方與東方的童話〉，《吉林省教育學院
　　　學報》第 3 期第 21 卷，79-82，吉林。

溫公頤（1983），《哲學概論》，台北：商務。

葛兆光（1989），《道教與中國文化》，台北：東華。

曾仰如（1993），《宗教哲學》，台北：商務。

黃建中（1990），《比較倫理學》，台北：正中

黃慶萱（2002），《修辭學》，台北　：三民。

彭　懿（1998），《世界幻想兒童文學導論》，台北：天衛。

傅林統（1990），《兒童文學的思想與技巧》，台北：富春。

傅林統（1996），《美麗的水鏡──從多方位探究童話的創作和改寫》，
　　　桃園：桃園縣立文化中心。

傅林統（1999），《豐收的期待：少年小說、童話評論集》，台北：
　　　富春。

傅勤家（1988），《中國道教史》，台北：商務。

鄂霞、王確（2009），〈美學關鍵詞「崇高」的生成和流變〉，《文
　　　藝爭鳴・理論》2009 年 12 期，32-37，吉林。

凱薩琳・奧蘭絲姐（Catherine Orenstein）著，楊淑智譯（2003），《百
　　　變小紅帽》，台北：張老師。

業品君（2006），《灰姑娘的前世今生──論童話與文化的互動》，
　　　台東大學兒童文學研究所碩士論文，未出版，台東。

葉詠琍（1986），《兒童文學》，台北：東大。

趙如琳（1991），《戲劇藝術之發展及其原理》，台北：東大。

熊元義（1998），《回到中國悲劇》，北京：華文。

鳩摩羅什譯（1974），《中論》，《大正藏》卷30，台北：新文豐。

廖卓成（2002），《童話析論》，台北：大安。

維基百科（2009a），〈童話〉，網址：http://zh.wikipedia.org/ w/index.php?title=%E7%AB%A5%E8%A9%B1&oldid=11637956，點閱日期：2009.8.12。

維基百科（2009b），〈Truyện cổ tích Việt Nam〉，網址：http://vi.wikipedia.org/w/index.php?title=Truy%E1%BB%87n_c%E1%BB%95_t%C3%ADch_Vi%E1%BB%87t_Nam&oldid=2323126. 點閱日期：2009.10.12。

維基百科（2009c），〈Tấm Cám〉，網址：http://vi.wikipedia.org/w/index.php?title=T%E1%BA%A5m_C%C3%A1m&oldid=2358659. 點閱日期：2009.10.29。

維基百科（2009d），〈Bánh chưng〉，網址：http://vi.wikipedia.org/w/index.php?title=B%C3%A1nh_ch%C6%B0ng&oldid=2368113，點閱日期2009.11.3。

維瑞娜・卡斯特（Verena Kast）著，林敏雅譯（2004），《童話治療》，台北：麥田。

劉　富（2009），〈淺談構建特色的童話教學模式〉，《成才之路》，2009期，17-18，連雲港。

劉昌元（1994），《西方美學導論》，台北：聯經。

劉苓莉（1998），《兒童對童話中「友誼概念」之詮釋──以『青蛙和蟾蜍』為例》，國立嘉義師範學院國民教育研究所碩士論文，未出版，嘉義。

劉燕萍（1996），《愛情與夢幻──唐朝傳奇中的悲劇意識》，台北：商務。

蔡仁厚（1984），《孔孟荀哲學》，台北：學生。

蔡尚志（1989），《兒童故事原理》，台北：五南。

蔡尚志（1992），《童故事寫作研究》，台北：五南。

蔡尚志（1996），《童話創作的原理與技巧》，台北：五南。

錢　穆（1967），《莊老通辨》，香港：新亞研究所。

錢　穆（1978），《四書釋義》，台北：學生。

賴西安（1998），〈尋找童話的創作新意和閱讀趣味〉，《台灣地區（1945 年以來）現代童話學學術研討會論文集》，169-180，台東：東師兒文所。

蕭全政主編（1990），《文化與倫理》，台北：國家政策研究資料中心。

謝仲明（1986），《儒學與現代世界》，台北：學生。

謝群芳（2004），〈中越民間文學及其研究現況〉，《解放軍外國語學院學報》第 27 卷第 3 期，105-108，洛陽。

鍾　珂（2008），〈中國傳統風俗在越南的遺存和嬗變〉，《東南亞縱橫》編輯部郵箱，2008 年 8 期，65-68，廣西。

顏惠慶（1920），《英華大辭典》，上海：商務。

薩德賽（D R Sardesai）著，蔡百銓譯（2001），《東南亞史》，上冊，台北：麥田。

譚達先（1977），《中國民間童話研究》，台北：商務。

羅婷以（2001），《西洋圖畫書中的女巫形象研究》，台東大學兒童文學研究所碩士論文，未出版，台東。

羅婷以（2002），《巫婆的前世今生——童書裡的女巫現象》，台北：遠流。

嚴靈峯（1966），《老莊研究》，台北：中華。

Bùi Văn Nguyên（1991），《Việt Nam-Truyện Cổ Với Triết Lý Tình Thương》，Hà Nội：NXB Khoa Học Xã Hội。

Hồ Chí Minh（1995），《Hồ Chí Minh Toàn Tập，tập1-6》（in lần 2），Hà Nội：NXB Chính Trị Quốc Gia。

Lưu Thu Thuỷ（2009），《Đạo Đức 4》，Bộ Giáo Dục và Đào Tạo：NXB Giáo Dục。

Lưu Thu Thuỷ（2009），《Đạo Đức 5》，Bộ Giáo Dục và Đào Tạo：NXB Giáo Dục。

Nguyễn Cừ（2008），〈Truyện Cổ Tích Việt Nam〉，NXB Văn Học Đông Á。

Nguyễn Đổng Chi（1976），《Kho Tàng Truyện Cổ Tích Việt Nam》，

Nguyễn Hữu Châu（2007），《Giáo Dục Việt Nam Những Năm Đầu Thế Kỉ XXI》，Hà Nội：NXB Giáo Dục

Nguyễn Minh Thuyết（chủ biên）（2009），《Tiếng Việt 1》，Bộ Giáo Dục và Đào Tạo：NXB Giáo Dục。

Nguyễn Minh Thuyết（chủ biên）（2009），《Tiếng Việt 2》，Bộ Giáo Dục và Đào Tạo：NXB Giáo Dục。

Nguyễn Minh Thuyết（chủ biên）（2009），《Tiếng Việt 3》，Bộ Giáo Dục và Đào Tạo：NXB Giáo Dục。

Nguyễn Minh Thuyết（chủ biên）（2009），《Tiếng Việt 4》，Bộ Giáo Dục và Đào Tạo：NXB Giáo Dục。

Nguyễn Minh Thuyết（chủ biên）（2009），《Tiếng Việt 5》，Bộ Giáo Dục và Đào Tạo：NXB Giáo Dục。

Phùng Quý Nhâm（2002），《Cơ Sở Văn Hoá Việt Nam》，Tp Hồ Chí Minh：作者自印。

Trần Ngọc Thêm（1999），《Cơ Sở Văn Hoá Việt Nam》，Hà Nội：NXB Giáo Dục。

Trần Quốc Vượng（1998），《Cơ sở văn hóa Việt Nam》，Hà Nội：NXB Giáo Dục。

Vũ Ngọc Khánh（2006），《kho tàng thần thoại Việt Nam》，Hà Nội：NXB Văn Hóa Thông Tin。

Vũ Tiến Quỳnh（1991），《Mỵ Châu- Trọng Thuỷ Đam San》，Khánh Hoà：NXB Tổng Hợp。

Vũ Tiến Quỳnh（1995），《Văn Học Dân Gian Việt Nam》，Tp Hồ Chí Minh：NXB Văn Nghệ。

國家圖書館出版品預行編目

越南童話的文化審美性及其教育價值/麥美雲著.
-- 一版. -- 臺北市：秀威資訊科技, 2010.07
面 ； 公分. -- (東大學術；20) (社會科學類；
AG0130)
BOD 版
參考書目：面
ISBN 978-986-221-520-3(平裝)

1. 童話 2. 文學評論 3. 越南

868.359 99011079

BOD Books on Demand 社會科學類 AG0130

東大學術⑳
越南童話的文化審美性
及其教育價值

作 者 / 麥美雲
發 行 人 / 宋政坤
執行編輯 / 林泰宏
圖文排版 / 鄭佳雯
封面設計 / 蕭玉蘋
數位轉譯 / 徐真玉 沈裕閔
圖書銷售 / 林怡君
法律顧問 / 毛國樑 律師
出版發行 / 秀威資訊科技股份有限公司
台北市內湖區瑞光路 583 巷 25 號 1 樓
電話：02-2657-9211 傳真：02-2657-9106
E-mail：service@showwe.com.tw

2010 年 7 月 BOD 一版
定價：320 元

讀者回函卡

感謝您購買本書,為提升服務品質,請填妥以下資料,將讀者回函卡直接寄回或傳真本公司,收到您的寶貴意見後,我們會收藏記錄及檢討,謝謝!
如您需要了解本公司最新出版書目、購書優惠或企劃活動,歡迎您上網查詢或下載相關資料:http:// www.showwe.com.tw

您購買的書名:_____

出生日期:_____年_____月_____日

學歷:□高中 (含) 以下　　□大專　　□研究所 (含) 以上

職業:□製造業　□金融業　□資訊業　□軍警　□傳播業　□自由業
　　　□服務業　□公務員　□教職　　□學生　□家管　□其它_____

購書地點:□網路書店　□實體書店　□書展　□郵購　□贈閱　□其他

您從何得知本書的消息?

　□網路書店　□實體書店　□網路搜尋　□電子報　□書訊　□雜誌
　□傳播媒體　□親友推薦　□網站推薦　□部落格　□其他_____

您對本書的評價:(請填代號　1.非常滿意　2.滿意　3.尚可　4.再改進)

　封面設計____　版面編排____　內容____　文/譯筆____　價格____

讀完書後您覺得:

　□很有收穫　□有收穫　□收穫不多　□沒收穫

對我們的建議:_____

_____

_____

_____

E-mail：＿＿＿＿＿＿＿＿＿＿＿＿＿＿＿＿＿

聯絡電話：(日)＿＿＿＿＿＿＿＿ (夜)＿＿＿＿＿＿＿＿

地　　址：＿＿＿＿＿＿＿＿＿＿＿＿＿＿＿＿＿

郵遞區號：□□□□□

姓　名：＿＿＿＿＿　生日：＿＿＿＿　性別：□女 □男

....

（請沿虛線撕下對摺‧謝謝！）

114466
台北市內湖區瑞光路 76 巷 65 號 1 樓
奇幻基地科技股份有限公司　收
BOD 數位出版事業部